邓 军 邓伊玲 邓建桥 著

百年风霜

一个亚欧家庭的中国往事

外语教学与研究出版社

北京

图书在版编目（CIP）数据

百年风霜 ：一个亚欧家庭的中国往事 ／ 邓军，邓伊玲，邓建桥著． —— 北京 ： 外语教学与研究出版社，2019.12
ISBN 978-7-5213-1503-5

Ⅰ．①百… Ⅱ．①邓… ②邓… ③邓… Ⅲ．①纪实文学－中国－当代 Ⅳ．①I25

中国版本图书馆 CIP 数据核字 (2020) 第 022887 号

出 版 人　徐建忠
项目策划　彭冬林
责任编辑　刘　荣
责任校对　于　辉
封面设计　水长流文化
版式设计　李　高
出版发行　外语教学与研究出版社
社　　址　北京市西三环北路 19 号（100089）
网　　址　http://www.fltrp.com
印　　刷　三河市紫恒印装有限公司
开　　本　650×980　1/16
印　　张　19.5
版　　次　2020 年 5 月第 1 版 2020 年 5 月第 1 次印刷
书　　号　ISBN 978-7-5213-1503-5
定　　价　59.80 元

购书咨询：（010）88819926　电子邮箱：club@fltrp.com
外研书店：https://waiyants.tmall.com
凡印刷、装订质量问题，请联系我社印制部
联系电话：（010）61207896　电子邮箱：zhijian@fltrp.com
凡侵权、盗版书籍线索，请联系我社法律事务部
举报电话：（010）88817519　电子邮箱：banquan@fltrp.com
物料号：315030001

记载人类文明
沟通世界文化
www.fltrp.com

谨以此书献给我的父母

——邓军

序 一

一个跨国婚姻家庭的百年历程

2006年7月的一个上午，在哈尔滨皇山东正教墓地，我们为妈妈举行了葬礼。过来参加葬礼的人有我的亲人，还有来自哈尔滨工业大学、黑龙江大学等单位的朋友和同事。

我的妈妈是塞尔维亚人，出生在中国的北方小镇亚布力，在哈尔滨工业大学工作了三十多年。可以说，妈妈把她的一生都奉献给了养育了她以及她始终热爱的中国。

经常有人这样问我："你的妈妈是外国人，而你为什么却是中国人？"出于礼貌，我只能简单地解释一下，因为细说起来很复杂，不是一两句话就能够说清楚的。我们家属于跨国婚姻家庭，从"一战"到现在的一百多年的时间里，整整三代人经历了种种磨难以及许许多多的悲欢离合才延续到现在，才有了现在的幸福生活，实属不易。

"一战"时，我的姥爷是一名来自塞尔维亚的骑兵指挥官。战争结束后，他带着骑兵队伍回塞尔维亚时路过西伯利亚的克拉斯诺亚尔斯克。在那里，他与姥姥一见钟情，并私定终身。在回塞尔维亚的途中，他们历经千辛万苦，来到了中国的山东。因为身上凑不够回国的船票钱，姥爷只好带着姥姥去投奔远在哈尔滨的老乡，并经老乡介绍，来到了中东铁路亚布力车站当扳道工。在亚布力十多年的时间里，他们有了两个孩子——我的舅舅和我的妈妈。

为了挣到更多的钱，姥爷拼命地工作着，姥姥勤俭持家，养育孩子……然而，一场突如其来的大洪灾让他们一无所有，回国的梦想彻底破灭。

为了养家糊口，姥爷只好带着一家人回到哈尔滨。在那里，他当起了搬运工，一家人在日本人的统治下度过了一段贫困而屈辱的日子。1945年8月，姥姥被穷凶极恶的日本鬼子杀害了，舅舅找到她的尸体时发现她身上还少了一只胳膊……姥爷忍受着丧妻之痛，又因疾病缠身，几年后就不幸离世。

姥爷一生都没有实现回到祖国的愿望，所以他在临终前嘱咐舅舅一定要回国，以实现他终身未了的夙愿。后来，舅舅终于得到了回国的机会，回到了自己的祖国，但兄妹二人怎么也不会想到，这次离别竟是永别，他们之后再也没能相见。

我的妈妈经人介绍，去了哈尔滨侨民档案馆工作，并与同在一个大楼里工作的爸爸相识、相知、相爱、相守……

爸爸是一名革命干部，曾在延安抗日军政大学学习。他曾是一名非常出色的战地记者，战争结束后，上级委派他到哈尔滨从事经济建设工作。

爸爸妈妈的爱情和婚姻从一开始就受到严峻的考验。按照当时的政策，妈妈要跟爸爸结婚，必须加入中国国籍，所以妈妈为了爱情，毫不犹豫地加入了中国国籍，并把名字改为"邓伊玲"；为了妈妈，为了这个家，爸爸曾放弃了可以当外交官的机会；为了爸爸，为了孩子，妈妈也毅然放弃回国定居的邀请……就这样，他们同甘共苦，不离不弃，手挽着手共同面对风风雨雨。

"大跃进"时期，爸爸因对"大跃进"提出了反对意见而被人污蔑为"反党分子"，不得不从商业局局长的位置上退下来，被安排到牧场工作。妈妈也遭遇了种种不公和屈辱，常常被人辱骂，连小孩都会向她扔石子……

"文革"期间，父母的命运更为多舛，他们双双挨批挨斗，都被关进了"牛棚"，还安排到农村进行劳动"改造"，并到贫穷的农村落户生活；弟弟参加了生产建设兵团；我孤零零地留在了哈尔滨……就这样，我们一家人分散在各地，忍受着痛苦的煎熬……

后来，父母终于有机会带着妹妹返城了，弟弟也回到了哈尔滨，全家人终于团聚了！

爸爸恢复了工作，后来还担任了水产局局长一职；妈妈听从学校领导的安排，给学校编写俄语教材；我和弟弟陆续工作、上学、成家；妹妹也考上了大学，并留校任教……全家人一直保持着积极向上、努力拼搏的状态，并对未来充满了无限的期待。

改革开放后，妈妈与家乡亲人们的通信联系恢复了。爸爸离休后与妈妈商量，决定去南斯拉夫探亲。1987年6月，他们终于见到了日夜思念的亲人。

妈妈在世时用俄语写下了《我在中国的一生》，我后来在整理妈妈的笔记时，才深刻感受到她内心的痛苦与挣扎……我至今还记得她当时伏案写作的样子：泡上一杯红茶，点上一支烟，思考良久之后，在本子上工工整整地写下每一个字……

我曾答应过妈妈，要把我们这个家庭的经历写下来，并付诸出版。考虑到自己的身体状况，我退休后就着手写作。本书历时四年，终于完稿，我的心情一下舒展了许多。

本书分为两大部分：前部分是父母自己写的回忆录，以及我对父母的追思；后部分是我对弟弟、妹妹和我自己的点滴回忆。我先把妈妈用俄文写的内容翻译成中文，接着又把爸爸写的手稿整理出来。在回忆我和家人的经历时，我的脑海里就像放电影一样，眼前会浮现出各种心酸与感人的画面。在写作过程中，我常常是一只手握着笔，另一只手拿着纸巾，泪水常常模糊我的双眼……

我们这个跨国婚姻家庭经历了三代人，在这三代人里，我的姥姥、姥爷、爸爸、妈妈还有妹妹都相继离世，我们这一代只剩下我和弟弟了，但我们的下一代会继续传承下去。

跨国婚姻在中国历史上虽然很早就有，但随着改革开放的深入发展，中国公民娶、嫁境外配偶的数量不断上升，人们的认可度也明显提高。可是在过去，跨国婚姻家庭可谓凤毛麟角，民众对他们的关注度很高，他们承受的压力也会大大高于寻常人家。

姥爷和姥姥组建的家庭是一种跨国婚姻家庭，而由爸爸和妈妈组建的家庭却是中国千万个普通家庭的缩影。不管是姥爷和姥姥，还是爸爸和妈妈，虽久经磨难，历经沧桑，但他们矢志不渝，忠于爱情，并且深深地爱着他们自己的祖国。他们身体力行，默默地为国家间的友好交往充当着民间的使者。

本书在写作过程中，我得到了家人和朋友的帮助，特别要感谢我的爱人安德烈，没有他的支持，本书不可能顺利出版。本书在出版过程中得到了外研社的大力支持，外研社的彭冬林老师给予了极大的帮助，责任编辑刘荣老师为本书的出版付出了艰辛的劳动，在此，我对他们表示最诚挚的谢意！

邓军执笔于哈尔滨

2019 年 11 月

序 二

斯拉夫之魂

参悟人生命运，其意无穷；感知悲欢冷暖，收获良多。

作为一名记者，我是幸运的，因为我有幸触及许多真实、鲜活且充满戏剧性的人物故事。

大约在二十年前，我第一次听闻在中国的哈尔滨有一位"中国的塞尔维亚女士"，当时别人就是这样给我介绍伊琳娜·扎尔克夫娜·马加拉舍维奇的，她的中文名字叫邓伊玲。这个名字让我这个喜欢寻根问底的人很快就记住了。

又过了几年，我登门拜访了邓伊玲，那次见面后，我就写了一篇题为《塞尔维亚的苹果树》的专题报道。她的童年是在离哈尔滨不远的亚布力火车站度过的，而"亚布力"在俄语中是"苹果树"的意思。当时正好是圣诞节，"苹果"又称为"平安果"，是平安的象征。

身材匀称，头发灰白，有一双会说话的眼睛，脸上挂着让人舒心的微笑，还有一副清脆、甜美的嗓音……这就是邓伊玲给我的第一印象。

让我倍感荣幸的是，我与邓伊玲的女儿邓军教授也有着多年的友谊，在俄语圈子里人们都叫她"伊娅"。

因为一个人，爱上这座城。我是因为伊娅才真正了解哈尔滨的。对我而言，"伊娅"就是这座城市的代名词。她热情、善良、贤达、聪慧……是一个能给人带来温暖，让人不自觉地想跟她交往的人。

伊娅从小就会中、俄两种语言，这得益于她的家庭，受益于家庭文化的长期熏陶。于她而言，这两种语言就像空气一样，成为她生活中不可或缺的部分。这两种文化共融、共生，一起滋养着她的心灵，使她拥有了一双可以在国际文化交流的天空中自由翱翔的翅膀。

2018年8月，我与伊娅及其家人在塞尔维亚邂逅，他们是从中国专程飞到塞尔维亚与亲人们团聚的。

饮水思源，树茂追根。塞尔维亚是他们家族的"根"，他们此行也是来向这片滋养过他们家族的土地致敬的。

塞尔维亚的亲人们热情地接待了他们，共生于他们心灵中的"斯拉夫之魂"使他们紧紧地相拥在一起，难舍难分。欢笑、喜悦、泪水、感动、问候……这些都将永远镌刻在他们彼此的记忆中。

其实，所谓的"斯拉夫之魂"，就是他们对朋友的关心，对亲人的关爱，对生活的热爱，对和平的向往，对美好的渴求……邓伊玲和她的妈妈薇拉、女儿伊娅身上都能找到那些美好的东西。忠贞与坚忍，豁达与勤勉，优雅与善良……这些品质在她们身上体现得淋漓尽致。

让我感到惊奇的是，在贝尔格莱德的亲属家中，我竟然看到了那一捆捆保存完好的信件，那便是邓伊玲从遥远的中国寄来的。在那一封封因年代久远而有些发黄的信纸上记录着邓伊玲生平一件件难以忘怀的往事以及一个个感人的场面，里面有她的爱和痛，有她的希望和忧伤……

让我感到意外的是，伊娅的儿子虽然不太懂俄语，但他对这一切都了然于心。在倾听长辈们用塞语、俄语、汉语的混合语交谈时，小伙子不禁潸然泪下，此时此刻，此情此景，千般滋味，万般感慨，唯他体会最深。

体会深刻的还有我自己。在这么多年的交往过程中，我总是被他们的温暖和关爱所感动；在哈尔滨，我总会受到他们热情的接待和周到的服务；在贝尔格莱德，我目睹过他们与亲人们相拥而泣的场面；在这本书的俄文译稿中，我了解到他们这个家族三代人经历的悲情往事，感知到命运的霜雪与冰寒，体会到人与人之间那份永恒的温暖……

这个家庭的历史如一面镜子，不同人物的经历真实地再现了他们所处的不同的时代背景以及他们的生活状况，并且充满了画面感。我确信，根据此书一定可以拍摄出一部很好的电影。

我还有一个深刻的体会，那就是本书中充满了爱的力量：薇拉对丈夫的爱，邓伊玲对孩子的爱，伊娅对家人的爱、对学生的爱……我不禁为之动容，泪水在眼眶里打转……

这个家庭在百年历程中经历了各种磨难，但好人多于坏人，善良终将战胜邪恶，这是维系我们这个世界的根本法则，更是保障我们人类生活无坚不摧的伟大力量！

这是一种不可战胜的力量！

亚历山大·雅罗申科

（《俄罗斯报》特派记者，俄罗斯国家新闻记者最高奖获得者）

2019年12月

（邓军　译）

目　录

我在中国的一生

邓伊玲

我的爸爸妈妈

我的爸爸

我的童年里充满了火车的汽笛声，还有那些飞驰而过的客车和货车。那时候，大我两岁的哥哥常常领着我去火车站，去迎接快要下班回家的爸爸。

火车喘着粗气，徐徐驶入站台。我们看到从火车上跳下来一个年轻人，他个子很高，面容黝黑，但长得很帅。那个人就是我们的爸爸。我们快步跑过去，扑到爸爸的怀里。爸爸抱起我，把手里的信号灯和一绿一红两面小旗递给哥哥，我们三人高高兴兴地向家的方向走去。

我们的家离车站很近。这个离哈尔滨不远的小车站有一个非常好听的名字，叫亚布力。亚布力是一个北方小镇，1922年的春天，我就是在这里出生的。

妈妈常在家里等着我们，给我们准备饭菜。那时候她很年轻，皮肤白皙，慈眉善目。妈妈是俄罗斯人，她的名字叫薇拉。爸爸是塞尔维亚人，他的名字叫扎尔克。那时候，爸爸是中东铁路上的扳道工，妈妈是家庭主妇。

因为爸爸经常要外出工作，很少在家，所以他每次回家都成了我们的节日。妈妈会给他做他最爱吃的红辣椒烧芸豆，然后配上带有葱香味的咸玉米粥。这是爸爸的家乡菜，味道好极了！在遥远的塞尔维亚，在老家米尔克芙茨村，他的妈妈尤拉常给他做的就是这种菜肴。

那时候我年龄太小，关于爸爸的很多经历，我是后来才知道的。

爸爸在家乡工作时也是铁路工人。1914年，"一战"爆发了，作为家中的长子，他当了志愿兵，奔赴前线英勇作战，后来成了一名骑兵指挥官。1919年，他跟随部队辗转多地，最后来到了西伯利亚。在那里，他有幸认识了我的妈妈。

当时，妈妈只有17岁，既年轻又漂亮，对未来充满期待。妈妈给我讲过他们相爱的故事：有一天，妈妈坐在学校的窗台上，忽然看见楼下有一支塞尔维亚骑兵队伍正从学校的大门口经过，队伍最前面的是一个骑着高头大马的年轻指挥官。妈妈情不自禁地告诉她身旁的女同学们："我一定要认识这个人！"女同学们一哄而散，根本没把她的话当回事。当天晚上，妈妈去邻居家串门，恰巧看见了那个年轻的指挥官，这个人就是我的爸爸。

爸爸和妈妈当时一见钟情，都认为自己找到了最好的人生伴侣。可是没过多久，爸爸要返乡了。他首先要穿过西伯利亚，然后走海路乘船回国。妈妈在对未来一无所知的情况下就这样跟着爸爸私奔了。妈妈当时没有得到外公和外婆的同意，但她义无反顾地离开了家，这让他们伤心欲绝。

也许正如妈妈所说的那样——"这就是命"，这注定了她命运多舛，必将经历千辛万苦。

我的妈妈

屋外天寒地冻，风雪交加，屋里的柴火烧得噼啪作响。这个时候，我们会和妈妈一起围坐在火炉旁，感觉既温暖又惬意。妈妈会在烛光下给我们朗读文章，或者给我们讲各种各样的神话和寓言故事……

我和哥哥还会让妈妈讲她和爸爸私奔的事情，此时，妈妈的脸上会掠过一丝忧伤。她看着炉中的火苗，讲述自己的经历："那时候我太年轻，太无知……但我太爱你们的爸爸了……我以为自己过一段时间就会和你们的爸爸一起回家去见你们的外公和外婆，以为他们很快就会原谅自己心爱的女儿……但是，一切都事与愿违……世道变得越发艰难，时局总是动荡不安，人们四处奔走……后来战争爆发了，你们的爸爸和他的同乡们不得不回塞尔维亚。我跟着你们的爸爸，一路上吃尽了苦头……"

他们首先要穿过天寒地冻的西伯利亚。他们顶着严寒在冰天雪地里走了很久，一直走到人困马乏……他们历经千辛万苦，最后辗转到了中国山东的曲阜，因为他们听说从那附近也可以乘船出发，回到塞尔维亚。在曲阜，爸爸和妈妈住到了一个中国商人家里。这个商人表面上很友好，实际上非常狡猾。爸爸把自己的马儿卖给他时，他不断地砍价，最后只给了他们非常少的钱，因为他看出来了，这对年轻的恋人别无选择。

在马尾巴下面，爸爸藏着一支手枪。爸爸当时盘算着，要是买船票的钱不够，就把枪卖掉。爸爸是一个爱马如命的人，要卖掉那匹一直陪伴他左右的战马，无疑是一件痛苦的事情。可是，如果他不这么做，哪里还有别的办法呢？

那个商人看妈妈长得漂亮，于是心里起了歹意。他对爸爸说："长官，把你的女人卖给我吧，我看中她了！你回国的路费我全包了！"爸爸顿时火冒三丈，拿出手枪指着这个混蛋。妈妈赶紧拉住爸爸，担心他一怒之下真的会打死那个商人，闹出人命。那时候，妈妈已经怀孕了。

爸爸和妈妈离开了那个商人的家，去买回家的船票，但不幸的是，他们手里的钱还不够买一张船票。无奈之下，他们卖掉了手枪，但还是没有凑够回家的路费。

他们只好去哈尔滨，投奔爸爸的一个老乡。那时候，哈尔滨的城里已汇集许多不同国家、不同种族的人。老乡来哈尔滨已有一些年头了，他帮爸爸找了一份工作，介绍他到火车站当扳道工。爸爸感觉自己身上责任重大，所以，当有人介绍爸爸去亚布力车站当扳道工时，他就一口答应下来，因为他没有更好的选择了。因为没有地方住，爸爸和妈妈只好住在火车站的水泵房里。

此时已是1920年的冬天，哥哥鲍利斯在水泵房里出生了。1922年，我也在亚布力镇出生了。

后来发生的事情，我们都很清楚了。

我的妈妈出生在一个官员家庭，受过良好的教育。她精通几门外语，懂音乐，爱看书。跟着爸爸之后，由于生活所迫，她开始学习如何烘烤面包，如何做不太复杂的菜肴，如何养鸡喂猪……对她来说，这完全是另一种生活。不管怎样，爸爸有了一份稳定的工作，他们已经有了公家给的住房。妈妈是一个贤妻良母，性格温顺，内心善良，对爸爸充满关爱；对生活充满热情。虽然她总穿着同一条连衣裙，但她总是快快乐乐的，对未来充满信心。

灾难来临

自由自在的生活

因工作需要，爸爸经常要更换不同的火车站，他到哪里工作，我们就跟随他到哪里。就这样，哥哥和我像野草一样自由自在地生长着。

在当时中国的东北，自然资源非常丰富，茂密的森林里有很多木材和煤炭。我们在河里捉鱼捞虾，在森林里采摘蘑菇和坚果。我们经常跟中国的孩子一起玩，这里成了我们的天堂。

我们最喜欢的节日是中国的春节。一到春节，到处都会燃放烟花爆竹，人们踩着高跷，扭着秧歌，一起欢度佳节。邻居们会给我们端来香喷喷的饺子和美味的菜肴。集市上售卖着各种各样的年画，人们买回来后会贴在自己的家里，用来招财或者辟邪。我们也像别人家那样，买来画有灶王爷的年画，把它贴在厨房里。妈妈一边笑一边说："也许灶王爷真能帮到我们呢！"

后来，我们又搬到了一个叫穆棱的森林火车站，那里也是一个盛产煤炭和木材的地方。森林里会有各种野兽出没，有东北虎、棕熊、野猪、狐狸，还有很多的狍子和兔子。我们和妈妈会一起去林子里给兔子下套儿。那时候，几乎每户人家都有猎枪，家里常年都备着各种野味。

1930年，我和哥哥一起上了"苏联小学"。放学后，我们就和邻居的孩子们一起玩。我们像当地所有的中国孩子一样，无忧无虑地生活着。

灾难接踵而至

爸爸努力地工作着，他常常对我们说："我在铁路上都干了很多年了，很快就会辞职。一旦拿到退职金①我就带着你们回家乡。"他给米尔克芙茨的亲人们写信，讲了自己的计划。亲人们回信说，他们都很兴奋，都希望大家尽早在一起。爸爸的回国梦想很快就要实现了。

没多长时间，我们就收到了来自塞尔维亚的护照：一本是爸爸的，由爸爸带着哥哥；另一本是妈妈的，由妈妈带着我。爸爸非常高兴，开始办理自己辞职的事情。

有不少人对他提出建议，不要拿退职金，而要领木材，因为领到的木材卖出去就可以赚到一大笔钱。爸爸听从了这些人的建议，领了木材，计划着尽快把这些木材卖出去，赚到回家的路费。

然而，天有不测风云，我们遭遇了一场灾难。

那一年夏天，东北下起了大雨，河水泛滥，穆棱遭遇了百年

---

① 员工退职时，依照其服务年资、劳绩等有关因素，可以获得一笔钱，即退职金。

不遇的洪灾。我们当时住在高岗上，所以幸免于难，可是山坡下的车站都被洪水淹没了，爸爸领取的木材也被大水冲走了。

洪水冲走了爸爸的木材，同时也冲走了他回国的希望，爸爸的梦想彻底破灭了。几天之内，爸爸的头发都白了，脸色也变黑了。他开始借酒浇愁，喝醉时又流泪痛哭。那时候，他失去了工作，家里一贫如洗。不管怎样，日子还得过下去，可怎么个过法呢？

此时，一个更大的灾难降临了，日本侵略者占领了四平、沈阳、吉林、长春、哈尔滨……妈妈称这些侵略者为"日本鬼子"。

公家的房子我们不能再住了，于是我们决定回哈尔滨寻找出路。全家人收拾好可怜的家当，动身去了哈尔滨。那里等待我们的将会是什么，我们也不知道。

这一年是1932年，对我们家来说，这是很悲惨的一年。

重回哈尔滨

我们回到哈尔滨，当时城里面到处都是水，人们用木筏当交通工具。在离市中心很远的地方，爸爸找到了一处住宅。这个房子是一个土坯房，有一半低于地面，像个地窖。因为房租不贵，所以我们在这里住了好多年。

离家不远的地方是铁路的仓库，爸爸在那里当搬运工，和中国工人们一起干活。他们每天都要搬运各种货物，包括煤炭、木材、粮食、药材等值钱的东西，这些东西是要运往日本的。

不久，我和哥哥上了"俄侨学校"。在这里，我们不用唱国际歌，但每天早晨同学们都要在大厅里对着圣像读祈祷文。我们一开始学的是英文和中文，但很快就被迫改学日文了。

溥仪来哈尔滨乘游艇游览松花江的时候，我们全校师生都被安排到松花江边，向他挥动小旗，用日语高喊"万岁"。有时候，全校学生都要听从命令，到校外参加防空演习。在演习时，日本人会释放一种很难闻的气体，把大家呛得眼泪直流。

我们在哈尔滨的生活就这样重复着，这里的一切与之前我们去过的所有地方都不一样。这里有很多客栈，有豪华的酒吧，街上有很多抽大烟的人和乞讨的人，赌场和妓院比比皆是。监狱里人满为患，既有中国人，也有外国人。日本侵略者不想养活监狱里的人，就出损招——给他们接种伤寒病毒，导致他们大量死亡，很少人可以活着走出监狱。

这个城市里有很多外国人开设的商店，店里的商品琳琅满目。走在街上，我时常会驻足凝望放在橱窗里的商品，里面有漂亮的服装，有好吃的奶酪、火腿肠等食品，让人目不暇接，然而这一切都不是我可以享用的。我很快就明白了哪些是富人，哪些是穷人。

以前我们在车站附近住的时候，大家都是普通的铁路职工，生活不富裕，所以彼此都会相互照顾；孩子们因为穿不起鞋，只能整天光着脚到处跑，但大家都很友善，过得都很快乐！

白色恐怖下的生活

上学路上

因为我们的家离学校很远，所以我和哥哥每天上学都要步行一个多小时才能到学校。在上学路上，我每天都能遇到让我印象极其深刻的事情。后来，我把这些事讲给孙辈们听，他们都不敢相信这是真的。

那时候，我去上学的路上要经过两座桥。我常常能看到遗弃在桥底下的死婴，他们被席子裹着，只露出一双双小脚。因为他们的家人养不活他们，他们只能病死或饿死。他们的家人没钱安葬他们，就把他们扔到桥底下或铁路边上。在桥下，我还经常看到冻死的大烟鬼或乞丐。那个时候在哈尔滨，这样的人有很多，有外国人，也有中国人。

路上有很多人力车，我常常看到人力车夫拼命地拉着日本艺妓或日本军官，那些日本军官不但不给车钱，还用脚踹他们。

在上学路上，我无事可做，就学着读街上的牌匾，比如"普希金药店""什维特柯商店""日内瓦珠宝首饰店""火星咖啡店""赫尔墨斯咖啡店""马迭尔宾馆""松浦商行""兰巴吉斯面包房""维诺格拉多娃美容院"等等。

这条街最初的名字叫"中国大街",但街上除了擦皮鞋的人和乞讨的人是中国人外,几乎看不到其他中国人。当时的哈尔滨被人们称为"东方莫斯科"或"小巴黎",因为这里居住着许多外国人。

每年的3月1日是日本人的"赛马节"。这一天,日本军人会骑着身披各种装饰的马儿,为首的那个人是身上挎着洋刀的日本军官。我看着耀武扬威的日本人,心里总是想着:"如果有一天人们能绞死这些坏蛋,勤劳善良的中国老百姓就能翻身了!"

爸爸在家里常对我们说:"你们记住了,这些日本人不是人,中国是中国人自己的国家,这是再清楚不过的事情。"

果不其然,有越来越多的装着日本军人的骨灰盒被送回了日本。人们看见这一场面,难掩内心的喜悦,相互传递中国抗日将士打击侵略者的消息。

纸鞋子

那时候,商店里会出售各种各样的鞋,我特别渴望拥有一双好鞋子。因为商店里的鞋子价格太贵,所以妈妈会在旧货市场给我买别人穿过的旧鞋子。有一次,妈妈在日本人开的商店里给我买了一双皮鞋,我高兴万分,便急不可耐地穿上新鞋子去看电影。不巧的是,当天下了一场大雨,街上到处都是水。我走路十分小心,从没水的地方过去。

突然,一个喝醉了的日本兵出现在我的面前,他挥舞着大刀大声地喊着什么。我吓坏了，拼命地往前跑，之后跑过一片水洼地。到家后我才发现，我的新鞋因为进了水而裂开了……原来这双鞋不是皮的，而是用纸板做成的。那一天，我因为心里感到委屈而痛哭了一场。

妈妈抚摸着我的头劝慰着我："别哭了，孩子！虽然我们是穷人，但我们是诚实的人，这才是最重要的。"这件事让我难以忘怀。之后我一看见那些喝得烂醉的人，就会远远地绕着走。

然而，日本兵无处不在。我们家旁边曾住着一个日本兵，他整天穿着黑色披风，腰上挎着军刀，手上戴着白手套，表情极其严肃，眼里时常露着凶光。他一回到家，就在院子里把自己脱个精光，用冷水洗澡。

他的妻子是一个普通的农家妇女，从早到晚都操持着家务。当这个日本兵回到家时，他的妻子先深深地给他鞠个躬，然后摆好食物。这个日本兵不只是一个人回家，有时候他还会带回一两个艺妓。他的妻子只能默默地向他们鞠躬。酒足饭饱后，这个日本兵便开始打他的妻子，他的妻子只好躲到邻居家里。她说自己的丈夫是条狗，实际上他连狗都不如。

后来，这个日本兵被抓起来了。人们在他家的地板下，找出了成箱的炼乳和饼干，这些东西后来都给了周围的邻居们，这个日本兵的妻子被遣送回了日本。

家乡来信

时光在流逝，而我们渐渐长大了，哥哥成了帅小伙，我也成了一个大姑娘。爸爸因为身体发胖，皮肤松弛，工友们都叫他

"大肚子"。"大肚子"爸爸和工友们相
互帮助，相处融洽。

年轻时的我（1940年拍摄）

每当收到家乡的来信时，爸爸就会
特别高兴，但他读着信就会哭，有时还
会责怪妈妈，而妈妈一直忍着。妈妈对
我们说："你们的爸爸太思念家乡，太
思念亲人了，我很心疼他！"我们都爱
自己的爸爸，所以我们也十分心疼他。

家乡的来信中提到，爷爷和奶奶已
经去世，没有等到他们的长子归来。他们的女儿伏加萨瓦已经出
嫁了，并且生了一个儿子，取名"扎尔克"。这个名字就是妹妹
为了表达对哥哥的思念之情而给自己的儿子取的。

爸爸一遍又一遍地读着家书，看着照片，嘴里说着："伏加
萨瓦是我的好妹妹，她生了一个儿子，叫扎尔克。"

爸爸给他的妹妹伏加萨瓦回信时，我便永远地记住了那个地
址：温柯芙茨市米尔克芙茨邮局。

那时候，哈尔滨有一个规模不大的"塞尔维亚同乡会"，这
个同乡会有自己的主席和财务主任，爸爸是监察委员。同乡们往
来频繁，常到我们家里来串门，一起谈论家乡的变化，唱着他们
喜爱的家乡歌曲，其中有一首歌曲，叫《歌唱英雄》。还有爸爸
最喜欢的一首歌，歌里这样唱道："伏加萨瓦，我的宝贝，告诉
妈妈你到底喜欢谁……"

在家里我们一般讲俄语，但我从小就能听懂塞尔维亚语，并
且熟悉塞尔维亚所有的风俗习惯和节日，因为爸爸一直都会带着
家人一起过塞尔维亚的节日。

圣诞节的第三天是"圣·斯提芬日"，这一天也是我们家族的节日，同乡们会来我们家庆贺，妈妈会给大家做大馅饼。爸爸是一个有着强烈的爱国主义情怀的人，他热爱自己的祖国，并且常对我们说："如果我没有机会看到我的祖国，那你们一定要帮我完成这个愿望。"

就这样，这个愿望我们铭记于心。在那遥远的地方，我们有自己的祖国，有热爱我们并等着我们回家的亲人。在当时我们觉得，回到祖国是一种奢望，因为我们都是穷人。

为了能让我们读书，爸爸妈妈节衣缩食，省吃俭用。爸爸即便在冬天也不戴手套，只穿一条薄薄的单裤。当我问他冷不冷时，他总是笑着说道："我不冷，因为我身上流淌着塞族的血，能承受一切苦难。"

哥哥后来上了大学，但学费很贵。有一段时间，妈妈在秋林公司做保洁工作，同乡会主席卓利奇在公司当领导，于是他帮妈妈安排了工作。

我的学习成绩一直很好，可我继续读书深造的可能性几乎为零，因为家里的经济负担实在太重了。中学毕业后，我就到护士学校学习了，同时学习英语和打字技术。然而在那个年代，人们想在医院找份工作是很难的事情，像我这样的人当时有很多。

哥哥毕业后拿到了大学毕业证书和工程师资格，但他在1950年之前一直没有稳定的工作。那时候，父亲在希腊人开的兰巴吉斯面包房里当工人，家里的生活非常拮据，妈妈经常为我们的吃饭问题而发愁。

改天换地

侵略者的末日

20世纪40年代初，因为日本人在哈尔滨胡作非为，我们的生活变得越来越艰难，越来越糟糕。

城里没有肉，没有面粉，也没有糖。外籍市民每天凭票才能领到400克的面包，领到的面包又黑又硬，像砖头一样，让人难以下咽。另外，电和煤经常供应不足。

每个月的18号是"防空日"，日本侵略者要求市民关灯、关窗。在一个"防空日"，妈妈忘了关窗，家里突然冲进来一个带着俄语翻译的日本兵。这个日本兵挥舞着军刀大声喊着："下一次我再看见你们不关窗，我就把你们都杀死！"他们走后，妈妈对我们说："这些坏蛋知道自己的末日快到了，所以才会越来越猖狂。"

后来，我们的生活更加困难，甚至会有生命危险。1945年8月初，人们出门上街都感觉非常危险，街上出现了身穿黑衣的日本敢死队，这些人的胳膊上都绑着画着骷髅图案的布带。此时，苏联军队已经在哈尔滨市附近驻扎，日本侵略者已是穷途末路，除了投降，别无选择。

中国工人誓死保卫着日本侵略者想要炸毁的工厂，大学生和市民们一起保卫着这座城市，我哥哥也在其中。

1945年8月18日，妈妈上街去找哥哥，结果哥哥回来了，妈妈却再也没能回到家里。

全家人一直都在找妈妈，最后哥哥在松花江边发现了她的尸体。哥哥发现，妈妈的身上少了一只胳膊……

我们把温柔、善良的妈妈埋葬在新圣母墓地。我悲痛欲绝，常常下意识地走出家门，到街上去找妈妈，因为我始终不愿意相信妈妈真的离开了我们。

没过几天，苏联军队进了城，日本侵略者投降了，城里逐渐建立起了新秩序。

第一份工作

父亲依然在兰巴吉斯面包房干活，但这个面包房只给面包，不给工资。哥哥当时还没找到工作，家里一贫如洗。虽然我们的处境非常艰难，但我们必须想办法活下去。

当时，这里有一位非常了解我们家情况的朋友。她在侨民档案馆工作，经常来我们家。她跟我讲，她所在的单位急需人手，问我是否愿意过去一起工作。原来，哈尔滨市外国侨民的档案资料被日本人严重破坏，有一半以上的资料被烧毁，余下的部分也被弄得脏乱不堪，需要尽快整理或修复。

就这样，我去侨民档案馆工作了。后来我才知道，侨民们的档案资料遭到严重损坏，原有的户籍资料、档案材料等都胡乱地堆积在一起,有的被烧毁,有的被弄湿,有的被弄脏,甚至有的还沾上了屎和尿。

这些档案资料需要尽快整理或修复。当时正值寒冷的冬季,侨民档案馆里只有一个小铁炉,工作人员只能靠它来取暖。我们都没有可以保暖的厚衣服,所以大家都冻得受不了,我的手脚也冻坏了。除了寒冷,我还被饥饿折磨着,但我非常努力地工作着,因为这是我人生中的第一份正式工作。

当时,哈尔滨市既有国民党的军方代表,也有抗日民众代表。国民党已经觉察到,他们在哈尔滨的统治不会长久,于是他们千方百计地排除异己,进行破坏活动。其中最令人发指的事情,就是国民党反动派阴谋杀害了抗日英雄李兆麟将军。国民党反动派杀害了李兆麟将军后,还编造了一些流言蜚语,妄图损害这位抗日英雄的光辉形象。李兆麟将军被害的噩耗传来,广大群众悲痛万分,对国民党反动派的血腥暴行义愤填膺,举行了规模盛大的游行示威活动。

李将军出事之前正值三八妇女节,当时他还出席了妇女节庆祝大会,并向全市妇女表示祝贺。他牺牲之后,人们把那条他被害时所在的街道改名为"兆麟街",附近的小学也以他的名字命名,我的孙辈们都在这个小学读过书。每年的3月9日是李将军的忌日。每逢这一天,学校就会组织纪念活动,去公园扫墓,会在李将军的纪念碑前摆满鲜花。

后来,国民党销声匿迹,苏联军队也撤离了。苏军代表在离开之前对我们说:"我们要走了,八路军会来接替我们,你们要一如既往地努力工作。"

我清楚地记得,那是一个温暖的春日,到处盛开着丁香花。

我走进单位，看见一位身穿草绿色军装的八路军战士，他友好地向我微笑，并敬礼示意。他就是我们馆里新来的领导。

新领导用熟练的俄语对我们说："我们来认识一下吧！我姓杨，你们叫我杨同志就好了。我们今后要一起共事了，一切都要重新改建。"

于是改建工作开始了，新的户籍管理系统取代了旧的户籍管理系统。我们对外侨进行了重新登记，颁发了新的护照。

当时，由于战争对城市的破坏非常严重，城里的煤、电、面粉等供应仍然非常紧张。我们工作的环境依然很艰苦，但心里却很温暖。我们的领导来自人民军队，他对大家都十分关心和体贴。

后来，煤、电和面粉的供应问题逐步得到解决，面包是用白面做的，又香又软；所有的工厂都恢复了生产；各种酒吧、妓院和赌场全都关闭了……新的生活开始了，人们可以在街上自由行走，再也不用担心自己会遇到生命危险了。

我们结婚了

1947年，我和哈尔滨市公安局的中国姑娘们一起住进了局里的集体宿舍。我们每天吃的是苞米大碴子粥和咸萝卜干。每逢星期六，单位会给大家改善伙食，所以我们还能吃到大米饭和红烧肉，大家对这样的生活都感到十分满意。虽然我们都没有漂亮的衣服穿，但我们每天都过得非常开心。有时候，单位的同事们会一起去看电影，去工会跳舞……我们的生活过得有滋有味。每逢周末，我会给爸爸和哥哥洗洗涮涮、缝缝补补，因为家里还买不起新衣服。

那时候，爸爸已经不在面包房干活了，而是去了秋林公司当工人。他总是借酒消愁，因为他再也没有收到来自家乡的信，回家的梦想破灭了。哥哥有时会在私人的小工厂里打工，工作很不稳定。

我所在的侨民档案馆位于市政大楼的一楼，二楼属于企业管理部门的办公区，也是秋林公司的办公区。那个公司里有一位叫邓建桥的革命干部会说俄语，他的俄文名字叫吉玛。他会来我们这里，让我教他俄语，但我总是推脱，说自己很忙。

邓建桥年轻、帅气，学识渊博，见多识广，曾在延安当过记者。他常到一楼来看我，我和他聊天感觉很有意思，我们彼此有了好感。

有一次，他深情地看着我，说道："伊拉，嫁给我吧！"我拒绝了他，说我有很多困难，还不能考虑个人问题。他告诉我："每个人都有这样或那样的困难，我也一样，我也需要帮助，但我们俩若能一起面对困难，那些困难都会解决。"

我一直默不作声，没有答应他。我们就这样过了好长一段时间。

有一天，我的领导问我："伊拉，你都快结婚了，怎么还瞒着我们呢？"我一头雾水，就问他从哪里得到的消息。他一边笑一边说："谁？就是你那位未来的丈夫邓建桥呗！"

我终于明白，这是一个不达目的决不罢休的人，他的身上有一股不服输的劲儿，而这股劲儿正是我所欣赏的。就这样，我嫁给了他。其实在后来的交往中，我才慢慢地了解他，他是一个诚实、能干、受

我与邓建桥的结婚照（1949年拍摄）

过良好教育的人。此外，他还是一个非常体贴人的男人，非常心疼我。

我们的婚礼是在邓建桥的单位里举行的，婚礼也是非常简朴的。我们身着平时工作时穿的工作服，出席婚礼的人只有单位领导和同事。后来，我给儿孙们讲起我们当年结婚的事情，他们简直无法相信这个世界上还会有这么简单的婚礼，但事实就是这样。

我的孙女佳音尤其觉得不可思议，她说："奶奶当时就没有漂亮的连衣裙吗？没有鲜花和婚车吗？这是什么婚礼啊！"

是啊，这一切当时都没有。用时髦的话来说，我们两个人结婚，就是彻彻底底的"裸婚"。在那个年代，人们不追求盛大的婚礼和华丽的服饰，而是努力工作，为的就是改变旧的生活，拥有幸福的未来。

1949年10月1日，中华人民共和国成立，老百姓翻身当了主人。从那时起，我的名字就改为"邓伊玲"，因为我丈夫姓"邓"，按照俄罗斯的风俗，我嫁人后跟随夫姓，因此我就改姓"邓"。因为我的丈夫是中共党员，按照当时的规定，我必须加入中国国籍。爸爸对此表示理解，他也很尊重我的丈夫，认为他是一个为人诚实、作风正派的人。

父亲的遗愿

中华人民共和国成立不久，美国侵略者入侵了朝鲜，轰炸了朝鲜的首都平壤。唇亡齿寒，中国人民决定支援朝鲜人民的抗美斗争，中国人民志愿军英勇跨过鸭绿江，去支援朝鲜人民。

美国侵略者在这场战争中损失惨重，连他们国内的人民都不支持这场远在万里之外的侵略战争，因为在这场战争中他们也失去了自己的亲人。

那时候，有很多工厂和学校都迁到了哈尔滨，其中就包括鲁迅艺术学院，这个学院的院长是我丈夫的老战友。由于学院里缺少俄语教师，我就被聘请到那里授课。就这样，我光荣地成为一名人民教师。在鲁迅艺术学院工作时非常有意思，那里有许多画家、音乐家和演员，学院里常常排练有关鲁迅的剧目。那个时候，我丈夫已经是哈尔滨中苏友好协会的副会长，也是哈尔滨抗美援朝委员会的委员。也是在那个时候，我们的大女儿伊娅（中文名字叫邓军）出生了，拉丁文里"伊娅"是"紫罗兰"的意思，紫罗兰是我妈妈最喜欢的花儿。"伊娅"这个名字也是我的妈妈留下来的。

后来，鲁迅艺术学院要迁回沈阳，因为当时大女儿伊娅刚出生不久，我还不能去沈阳工作。我不得不与自己的学生分别，心里非常难过。

每天中午爸爸都会来我们的"小家"看一看孩子，老人家非常喜欢跟外孙女一起玩。那时候，爸爸和哥哥都住在附近，哥哥已经在当地的国营车辆厂里当技术员了，他的工作是我丈夫帮着安排的。

可以说，一切都很圆满！

然而，我发现爸爸日渐消瘦，走路也很吃力。我问他哪里不舒服，他指着自己的肚子说："这里面可能有什么东西顶着。"

我带爸爸去了医院检查，大夫确诊他患有胃癌，已到晚期。大夫跟我说："你爸爸余下的时间不多了，最多也就一两个月。"

爸爸去世前告诉我，他想回塞尔维亚。我知道，他非常思念自己的祖国，可我又能为他做些什么呢？我只能痛哭流泪。

爸爸去世后，按照他的遗愿，我们把他跟妈妈葬在一起了。葬礼那天是1952年6月7日，来参加葬礼的有他的中国工友，还有同乡会的朋友。

就这样，我的爸爸——一个深爱自己祖国的人，走完了他坎坷的人生路。

我常常带着孩子们去墓地，并告诉他们，这里埋葬着他们的姥姥和姥爷。但令人感到遗憾的是，这个美丽的新圣母墓地后来被夷为平地，上面建起了文化公园。

父母的坟墓被深埋在下面，但我永远记得那个位置。墓地旁边有一棵大树，周边有丁香树丛。春天到了，这里的丁香花盛开着，浓郁的花香会向四处飘散。我一直都保留着去那里祭奠的习惯。我的孙辈们在那里跑来跑去，捕捉着蜻蜓和蝴蝶，而我则静静地坐在那里，回忆着自己的爸爸和妈妈。他们两个人都客死他乡，最终也没能回到自己的祖国。

就在爸爸去世的同一年，我的儿子晓桥出生了，我们给他取了一个俄文名字，叫谢辽沙。那个时候，我已经开始在哈尔滨工业大学工作，教授俄语。那一年，我丈夫被调到哈尔滨市联社工作。两年后，他被任命为当时已经成为国有企业的秋林公司的总经理。

真是造化弄人！我的妈妈曾在秋林公司当过清洁工，后来爸爸也在那当过工人，而我的丈夫却成了那里的总经理，我也就成了总经理夫人。

在1954年之前，秋林公司里有很多外国职工。1954年以后，秋林公司收归国有，这些外国职工逐渐离开了中国，有的去了苏联，有的去了澳大利亚，有的去了美国。

我丈夫在秋林公司工作了三年，之后又被任命为哈尔滨市商业局局长。他对商业工作很在行，又非常敬业。当时，我们的生活条件算是非常好的。我们住的是三居室的房子，房子的后面还有一个小院子。丈夫还特意请了一个保姆来帮我照顾孩子，我和丈夫都非常努力地工作着。我们都非常爱自己的孩子，看着他们一天天长大，心里感到十分幸福。

那时候，哥哥鲍利斯住在我们家附近，常来我们家里。到了1957年，哥哥得到一个回国的机会。我们开始帮哥哥做回国的准备，给他买了路上需要的物品。我当时的心情非常复杂：我已为人妻，有了自己的家，不能和哥哥一起回国；我又替爸爸感到遗憾和惋惜，因为他没能等到这一天。然而，让我感到欣慰的是，爸爸的临终遗愿终于要实现了，他希望自己的孩子能回到家乡。

苦难年华

"大跃进"

1958年，"大跃进"运动开始了。

有一次，伊娅放学回到家，对我说："妈，我们学校要收废铁，老师让我们明天就交上去，废铁越多越好。"

当我问孩子交废铁干什么用时，她跟我讲："你怎么不知道呢？现在全国都在搞一个运动，叫'大跃进'，要建很多的小高炉，要用很多的废铁来炼钢。"

我们住的这个房子里以前住过一个日本军官，他在院子里建了一个防空洞，里面既干燥又凉爽，我把蔬菜都存放在里面了。

不知道是谁得知这个防空洞里有废钢废铁，很多学生过来就把防空洞拆了。他们在里面还真的找到了很多的铁块。当年，这个日本军官因为怕死，所以才给自己修建了这个结实的防空洞，可这并没有保住他的性命。

那时候，学生不是在学校里读书，而是到处去找废钢废铁；企业职工也不上班，忙着建小高炉，日夜不停地炼钢。

1959年，我丈夫在一次会议上直言不讳地说了自己对"大跃进"的反对意见，结果被某些别有用心的人污蔑为"反党分子"。虽然最后他没有被开除党籍，但他商业局局长的职务被撤销了。他被安排到郊外的牧场工作，每天要骑自行车去上班。

丈夫变得少言寡语，总是在思考着什么。孩子们还不知道出了什么事，但他们看到我们脸上严肃的表情，也不再闹腾了。

我一直在想，肯定是什么地方出了差错。我的丈夫是党的干部，怎么会"反党"？为了投身革命，他16岁时就独自去了延安，后来他又参加了抗日战争。他做过战地记者，写过诗歌和文章，回哈尔滨后他更是全身心地投入工作。我非常了解他那种诚实的品质和直率的秉性。他是党的干部，衣着简朴、谨言慎行……他非常关心群众，处处设法帮助他们……可是，就这样一个人却被人说成是"反党分子"，我实在想不通。

这件事发生后，熟人已不再登我们家的门。他们也不跟我们打招呼，还装作不认识我们的样子。如果有人跟我们打招呼，第二天这个人就会被单位找去谈话。我们很快发现，有人一直在跟踪我们，我们家也被人监视了。

我丈夫的一位老朋友想给我们送一些土豆过来，这事很快被人知道了。据老朋友讲，因为这个事，有人很长时间都在要求他"端正思想"。很多年后，这个老朋友来我们家做客，聊到送土豆的事情，大家都会开心地笑一场。可那时候，我们哪里笑得出来。

我们就像得了传染病的病人一样，大家都避之不及。我一下课就回家，任何会议领导都不让我参加了，因为我是"反党分子"的老婆。

祸不单行

1959年，中国进入了三年困难时期，有些地方的老百姓生活非常艰难，有时甚至靠吃糠和野菜度日。我们的生活还算好的，有玉米面和高粱米吃，但大米、白面、肉、白糖等早就看不到了。

因为没有肉，我们有时会从小贩手里买回来几只青蛙。有时候，我丈夫还会带一些猪下水①回来，改善一下家里的伙食。我还跟他开玩笑，说牧场的工作也是不错的，而且牧场还有一种自制的白酒。

1960年，大女儿伊娅已经十岁了，儿子晓桥也有八岁了，这两个孩子的学习成绩都很好。我们看着他们渐渐长大，心里都很高兴。对我们来说，这是唯一值得骄傲的事情。有时候，我会带他们去江边，教他们游泳。有时候，我们也会一起去看电影。但令人遗憾的是，这种宁静的生活很快就被打破了。

20世纪50年代，哈尔滨来了很多苏联专家，他们工作的地方既有我丈夫曾工作过的秋林公司，也有许多其他的企业、工厂和学校。到了20世纪60年代，这些专家都离开了中国。

哈尔滨工业大学的外国教师走了，只有我留了下来。此时，我不再教学生了，俄语课都由中国教师来上，我的工作是给中国教师答疑。

很快，我就感觉到这些变化对我带来的不良影响。走在街

---

① 即猪的内脏。

上，我开始发现人们看我的目光不像原来那么友善了，骂我"老毛子"。小孩子一边朝我扔石子儿，一边喊着："老毛子，滚回你的苏联去！"我内心感到十分伤心和委屈。

1964年，我的小女儿晓玲出生了，我给她起了一个和我妈妈同样的名字——薇拉。我用这种方式来纪念我那可怜的妈妈。

家里从此又充满了欢乐，好像有一缕阳光从乌云当中照射出来。两个大孩子大部分时间都在学校，闲暇时会帮我照顾一下他们的妹妹。虽然我身上多了很多家务，但心情还是很愉快的，我一忙起来就不会去想那些让人不开心的事情。

我的丈夫后来从牧场调到哈尔滨市水产局工作。工作没多久，他又被派到农村去了。之后，他又从农村回到水产局工作。

大字报

自从1966年6月1日北京贴出的第一张大字报播发之后，国内各个城市都出现了大字报。哈尔滨也跟国内其他城市一样，处处贴着写有"造反有理""革命到底"等口号的大字报。大字报频频出现在楼道里、街边上、围墙上以及楼房的外墙上。

街上到处都是年轻人，他们都穿着绿色的衣服，胳膊上戴着红袖章，像军人一样。安装着高音喇叭的宣传车不分昼夜地在街上徘徊，警报器也在不停地发出声响。

学校的学生都不上课了，机关和工厂里也没有人工作了。人们喊着各种口号，一起去参加"批斗会"。我看到被批斗的人脸上露出痛苦的表情，脖子上还挂着列举各种"罪名"的大牌子。一想到我和丈夫有可能也会被他们抓去游街，胸前也挂上牌子，我心里感到非常恐惧。

家里面也在进行着"革命"。两个大孩子都不上学了，整天在街上跑，到处贴大字报。由于立场和观点不同，持批判态度的青年学生叫"造反派"，而另一批持保护态度的青年学生叫"保皇派"。我们家里也出现了两个不同的派别：伊娅持一种观点，而晓桥持另一种观点，两个人很快就成了"敌人"。无论在家里还是在街上，他们一碰上就吵，总是争得面红耳赤。

他们一回到家，就把家里的食物席卷一空。有时候他们自己回来，有时候他们还会带着同学来。小薇拉总是问我："我们吃什么呢？"我就安慰她说："咱们再做点儿好吃的！"

后来，伊娅和她弟弟都是笑着回忆他们年轻时的样子，可那时候我哪里笑得出来。我一直在替孩子们担心，因为这种状况愈演愈烈，并且已经发生过许多伤亡事件。

那时候，晓桥连续几天没回家，我们非常担心他。后来有人告诉我，说晓桥在住院治疗，他的腿被流弹击中了，我丈夫立刻跑到医院去看他。在医生的帮助下，他腿上的弹片被取出来了，还好没有伤到骨头。

晓桥的伤好了后，他爸爸再也不让他到街上乱跑了，并把他送到了北京的亲戚家里。起初晓桥舍不得那些同学，但他爸爸决心已下，不容商量。晓桥刚去北京没多久，家里又来了一帮人找他闹事，我没给他们开门，他们就把窗户玻璃打碎了，并扬长而去。小薇拉吓得直哭。她问我："他们为什么要打碎我们家的玻璃啊？我们该怎么办呢？"

我和以前一样，每天都去学校，所有的人都忙着开会，贴大字报。

在哈尔滨市中心，曾经有一座金碧辉煌的大教堂，教堂旁边的小礼拜堂里来秉烛祈祷的人源源不断。教堂的屋顶是蓝色的，上面镶着银白色的星星图案。整座教堂都是用木头搭建而成的，一颗铁钉也没有。

有一天早晨，我看到很多戴着红袖章的人把教堂围住了，有些人还爬到了屋顶上面。中午时分，我从学校往家赶时，发现这个教堂已无踪影，只剩下一堆土。很明显，教堂被拆了，木头也被拉走了。

很多人围在那里，但不是那些戴着红袖章的人，而是普通市民，他们脸上的表情显得很凝重。我听到有人说："这真是作孽啊！这么美丽的教堂碍到谁了，非要把它拆掉？"我久久地站在那里，心情也很沉重。

几天后，哈尔滨所有教堂上的十字架都被拆掉了，教堂变成了仓库或办公用房。

"批斗会"

1968年初夏，我丈夫从农村回来后，天天都要去单位，但他不是去工作，而是去参加"批斗会"，因为他们单位每天都会有人被"揪出来"。

单位里贴出来的大字报上把我丈夫称为"反党分子"。一个小头目对我丈夫喊道："你们看看吧！这个人就是'反党分子'！这个人的老婆是外国人，打倒邓建桥！打倒他老婆！"

之后，他们就不让我丈夫回家了。按当时的说法，他们这么做，是为了把他与"革命群众"隔离开来。单位派"革命群众"

代表来到我们家，取走了被褥和我丈夫要换洗的衣服。这样一来，家里只剩下我和孩子们，丈夫的工资也停发了。

第二天，我们学校的俄语教研室也召开了对我的"批斗会"。我被安排在一个单独的房间里等候，一直等到会议结束。

后来有老师过来告诉我，在这个"批斗会"上有人喊出"打倒邓建桥，打倒他老婆"的口号。看来，就要轮到我了！

会后第二天，家里来了一大批戴着红袖章的青年学生，他们在我们家翻箱倒柜，进行搜查。他们把家中所有的书籍、影集和文件资料都翻了出来，把衣物都扔在地上。后来，他们开始拆墙……我满心疑惑，他们到底要干什么？原来他们在我家里找无线电发报机。最后，他们一无所获，我哪里会有这个东西呢？

戴着红袖章的小头目命令我坐在旁边，不许说话，也不能走动。可怜的孩子们站在我的旁边，面色苍白，脸上露出惊恐的表情。

搜查结束后，那个小头目命令我："你自己收拾这些东西吧，明天带着行李去学校！"我非常清楚他的话意味着什么。

第二天，我跟孩子们告别，嘱咐两个大孩子要互相关心、团结友爱，要照看好小薇拉，她那时才刚满三岁。我还告诉孩子们，如果没有钱花，就卖掉家里的东西。我拿着行李，含着眼泪朝学校的方向走去。

那时候，我还没有意识到，自己很长时间都不会见到孩子。

我走后，伊娅和晓桥都被清除出"革命队伍"，因为他们的父母就是被批判的对象。

他们再也不用到处跑，再也不用到处贴大字报了，而是在家里做一些简单的事情，照看好小妹妹。我们的工资都停发了，因为没有钱，孩子们不得不靠变卖家里的东西来维持生计，家里的重担一下子就落到了大女儿伊娅的身上。

住"牛棚"

我被他们带到了一个很大的图书馆，图书馆里面有很多书籍，但这些书籍一部分被随意扔在地上，一部分却被烧掉了。看到这样的场景，我心里非常难受。这个图书馆成了关押我们的"牛棚"。

我和难友们都被安置在不同的"房间"，几个人挤在一起。所谓的"房间"，其实都是用图书馆的书架和桌子隔出来的狭小空间，他们这么做是为了不让我们之间有任何交流。

我们都睡在地上，只有一个薄薄的草垫子。到了夜晚，灯都是亮着的，谁要上厕所或有别的事情，都必须向看守人员报告。

一个由三四个人组成的"专案组"专门来审查我们的"案子"。他们不断地审问我们，强迫我们交代"问题"，比如在谁的领导下工作过，这个领导怎么样，和谁认识，等等。

白天，我们被迫到工厂里干活，在那里抬土、搬砖头、砸石头、清理生了锈的机器零件。晚上，我们还要一起去参加"批斗会"，所以大家都感到非常疲惫。

没过多久，我们都瘦了很多，而且脸色苍白，精神萎靡。这里的伙食很糟糕，每天除了高粱米和咸萝卜条，什么都没有。

因为我的肠胃不好，所以我经常呕吐。看守人员看到我这个样子，就以为我是在发泄自己的不满情绪，于是他就大声训斥我。我试图向他解释，他就凶神恶煞般地对我吼道："不许说话！"

我想吃点儿蒜，因为我很长时间没有吃过蒜了。可就是因为这点儿蒜，我给女室友武华惹了一个大麻烦。

有一次在食堂里，我突然发现地上有一个被别人咬过的蒜瓣儿，于是我把它捡起来快速放进嘴里，这个动作被女室友武华看到了。武华与我同住一屋，对我特别好。

过了几天，武华被人押着回家取东西去了。她回来时就把一头蒜塞进我的衣兜里。然而，这一举动被看守人员看见了，于是他立刻命令所有人员列队集合，并把我和武华叫到前面。

他先是打了武华一记耳光，然后问她往我兜里放了什么东西，武华没有回答。接着，他问我兜里面有什么，我就拿出这头蒜给他看。他又问武华，为什么给我大蒜，于是我讲了自己在食堂里捡蒜头的事儿。最后，他只好下令解散。

在一次"批斗会"上，我偶然得知武华是我在侨民档案馆工作时一位领导的女儿。令人遗憾的是，武华后来转到了另一个"牛棚"，我再也没有见到过她，但这件事我一辈子都无法忘记。

我对当时的局势不大明白，尤其搞不清各种名称，因此在审问过程中，"专案组"的人对我回答的问题感到非常意外，甚至被我说的话弄得哭笑不得。

有一次，"专案组"里的一个人对我讲："瞧你那两个孩子！"

我不以为然："我那两个孩子怎么了？他们都挺好的啊！"

他又说："就说你的儿子吧，他是哪一派的？"

"造反派。"

"那女儿呢？"

"保皇派。"

"那你说，你是哪一派的？"

"我可能是两面派吧，因为我既同情儿子，又同情女儿。"

听到这一番话，他忍不住笑了。

关于我丈夫，他审问我的过程我始终记得。

"你丈夫是什么人？"

"好人。"

"好人怎么被隔离了？"

"那能说明什么问题呢，你们当中有些人的父母或亲戚不也被隔离了吗？"

他哑口无言，恼羞成怒，只能用巴掌打我。

事实上，他们在审问我时，我次次都要挨打。他们打我的脸，揪我的头发，还不停地辱骂我。许多人不堪其辱，用自杀的方式结束了自己的生命。我具备自杀的充分理由，但我爱我的孩子。我每天都在期盼，希望这一切尽早过去。

我总会想起从前，想起我的爸爸。小时候，我看到爸爸在严寒中只穿一条单裤干活，就问他冷不冷，他总是笑着对我说："我不冷，因为我的身上流着塞族人的血，能承受一切苦难。"于是，我也对自己说："我也应该忍受这一切，因为我的身上也流着塞族人的血。"

想念孩子

我们除了要挨打挨骂，还要挨饿受冻。到了冬天，图书馆里的供暖效果很差，我们冻得瑟瑟发抖，薄薄的被子起不到任何御寒的作用。时间一长，被关在这里的很多人都生了病。

我们每天都要出去干活，大家身上穿的衣服都不保暖。我知道，孩子们每个月只有少得可怜的生活费，所以我也不忍心让他们花钱给我送东西。"牛棚"里每天都有人冻坏手脚、耳朵和脸颊。医生给我开了防冻膏，有时"牛棚"里的难友便会朝我做手势，想借用这个药膏。有个人耳朵冻坏了，他用手指了指自己的耳朵给我看，意思是他需要抹点儿药，我就把整盒药都给了他。

我非常想念孩子，想到心痛时，常常会偷着哭。我担心他们会挨饿受冻，担心他们会生病。他们的情况我一无所知，关进"牛棚"里的人是不可以与家人见面的。

有一次，在帮室友剪头发的时候，我透过窗户看见了自己的女儿伊娅。她一边走，一边看着我们这个"牛棚"。我光顾看女儿了，忘了自己正在给室友剪头发，直到室友一声尖叫，我才知道手中的剪刀伤到了她的耳朵。室友小声问道："你怎么啦？"我告诉她："我看到女儿了。"这时候，看守人员走过来了，问我们这儿到底发生了什么事，室友站起来说："报告，是我不小心转了一下头，没有邓伊玲的事。"看守人员离开后，她小声告诉我："你别担心，我不疼。我也有个女儿。我也特别想她。"

我们就这样一天天地熬着，我还发现，"牛棚"里有人跟我一样在偷偷地哭泣。

有一次我病了，可我手里什么药都没有。我发着高烧，咳得很厉害，晚上无法入睡。尽管这样，看守人员还是押着我去了哈尔滨工业大学主楼里的会场。会场上，"打倒邓伊玲"的喊声此起彼伏。看着在场的人，我心里想："这么多年我一直努力工作，帮助你们提高俄语水平，你们难道不了解我吗？为什么要这样折磨我呢？我现在病得很厉害啊……"当然，不是所有的人都会这样对待我，有些人流露出同情的眼神，但他们都保持着沉默，谁也不敢站出来保护我。

我并不知道，就在这个难熬的冬天，晓桥跟着大批的学生一起去了离哈尔滨很远的生产建设兵团。那一年，晓桥只有十六岁。那时候，有成千上万的年轻人都被送去开发北大荒，在生产建设兵团接受劳动锻炼。

那是一个山区，晓桥在那里赶了四年的马车，天天拉煤，拉木材。在寒冷的冬天，山里面到处是冰雪，常常有人会连人带马一起翻车。有好几次，他都差点儿丢了性命。

晓桥离开后，伊娅一直放心不下他，就带着小薇拉去农场探望他，想看看他在那里的生活和工作状况。伊娅去了之后才知道，晓桥和战友们都住在大工棚里面，条件极其简陋。

伊娅第二天就带着小薇拉回哈尔滨了。她们乘坐的是火车，火车的车厢里非常冷，小薇拉的脚都冻坏了，而且小家伙因为晕车，一路呕吐。伊娅手里没什么钱了，她用最后一点点钱给小薇拉买了一些吃的，自己却饿着肚子。就这样，她们一路艰辛，终于回到了自己家里。这些情况都是伊娅后来才告诉我的。

春节是中国最大的传统节日，按照风俗习惯，除夕是全家团圆的日子，要做最好吃的菜肴，而且在中国的北方，家里一定要有大家都喜欢吃的饺子。所有的人都要换上新衣服，家家都会燃放欢庆节日的鞭炮。然而，对我们来说，这一年的春节是一个悲凉的节日。我们吃的是冰冷的馒头和豆腐。

在除夕夜，一阵急促的哨声把我们吵醒，看守人员要对我们进行突击搜查，据说是为了寻找一张神秘的字条，结果他们什么也没有找到。

终于回家了

世间的一切事物都有终结。春天来了，这个寒冷而漫长的冬天也终于过去了。

我们还像以前一样，天天在工厂里劳动，并想方设法找到能晒到太阳的地方。我们都在琢磨着同一件事：什么时候才能离开这个鬼地方？可惜谁也不知道答案。不过，我开始注意到，"牛棚"里的人逐渐变少了，有的人被送进了监狱，有的人可能回家了。

我心里也萌生起希望来，也许我很快就会看到自己日夜牵挂的孩子们。

最后，我们住的屋里只剩下我一个人了，可我心里仍然有些不安，担心看守人员不会放我出去。

在一个阳光明媚的日子里，我忽然听到看守人员喊："邓伊玲，赶紧收拾东西，你女儿来接你回家了。"

因为消息来得太突然，也因为自己极度高兴，我的心脏仿佛就要跳出胸膛。我用颤抖的双手收拾被褥，这时候女儿伊娅走进来对我说："妈，我来帮你，给我找根绳子。"我告诉她，这里没有绳子，为防止我们上吊自杀，他们把所有的绳子都收走了。

我们想办法把行李系成了一个大包袱，然后背上它踏上了回家的路。那一刻，我真是百感交集！

我走在街上，四处张望，发现街上有很多像我一样瘦骨嶙峋、衣衫破旧、带着行李的人。女儿告诉我，他们都是刚从"牛棚"里放出来的。

我终于回到家了！

一直在院子里等我的小薇拉一看到我就扑进了我的怀里。她对我说："妈妈，你好长时间没回家了，我每天都在等你！"我把小薇拉紧紧地搂在怀里，伊娅在旁边忍不住哭了起来。

当我走进家门时，我发现家里已面目全非，难以辨认了。原来的三个房间现在只剩下一间了，其他两个房间里住着陌生人。墙上还开了一道门，原来一套住宅由此变成了两套住宅。此外，厨房的中间还修了一道墙，伊娅就住在那个隔出来的小屋里。这是我看到的第一个变化。

我看到的第二个变化，也是最让我感到悲伤的变化，那就是晓桥不在家，他去了遥远的生产建设兵团，没有回过一次家。

还有一个变化，那就是家里很多东西都不见了。为了生计，孩子们就把这些东西卖掉了。

薇拉和伊娅沉浸在幸福之中，小小的屋子里充满了欢声笑语。薇拉说："妈妈终于回家了！"

伊娅给我倒了一杯我最爱喝的热红茶，并切好面包和红肠，她知道我已经饿得不行了。

我们刚坐下来准备喝茶，房门就被打开了，从外面走进来的人正是我的丈夫！

我们几乎是在同一个时间被关进"牛棚"的，几乎也是在同一个时间被放出来的。

"你还活着呢？哈哈……"丈夫问完之后忍不住大笑了起

来，"来吧，咱们一起喝茶吧！我也饿着肚子呢！"

在那个年代，有不少家庭解体了，不是丈夫跟妻子离婚，就是妻子抛弃丈夫。我丈夫在秋林公司工作的时候，就有人建议他跟我离婚，因为那样他便可以得到一个更高的职位，但他断然拒绝了。关于这件事，我是在好多年以后才知道的。

我们两个人不仅是夫妻，还是好朋友，彼此尊重，相互支持。更重要的是，我们都爱着自己的孩子，是温馨和睦的一家人。此时家人又重聚在了一起，我们无比高兴！遗憾的是，家里少了晓桥，但是大家都相信，总会有一天，他也会像我们一样回到家里来。

我们是在1968年的初夏进的"牛棚"，回到家已是1969年的春天了。

去农村接受"改造"

第一次到农村接受"改造"

回家之后的第二天，我就按上级指示，去学校报到了。

薇拉把我送到街口，问我："妈妈，你还能回来吗？"我告诉她："妈妈只是去外地工作三个月，你在家要听姐姐的话啊！"

薇拉又问我说："妈妈，三个月的时间很长吗？"我哄她："三个月的时间不长，我很快就会回来，回来后就再也不走了。"说完，我紧紧地抱着她。

学校要求我和其他老师都穿上工作服，带着行李到校操场集合报到，全系的老师都要去农村劳动三个月，在劳动中接受"改造"。

伊娅再次把我的行李收拾好，把我送到了学校的操场上。我们系里的老师们都带着行李在那里集合。

我们就这样出发了，卡车在路上颠簸了很久。到了目的地我们才发现，这是一个非常贫穷的农村。这里的路况很差，一到下雨天道路就变得泥泞不堪。

下车后，所有人都被带到了村委会，那里已经聚集了很多的村民，准备举行"批斗会"。

很多村民从来没有见过外国人，所以他们都用好奇的眼神打量着我，相互窃窃私语。我低着头，感觉自己像一只被人耍的猴子。

会后，我们被带到指定的地点，我感到筋疲力尽。我步履蹒跚，拖着行李走在后面，感觉自己马上就要倒在地上。

就这样，我跟在后面，来到另一个村庄。我被安排到一个老乡家里，和另外四人同睡一个炕。炕是一种用土坯砌成的大通铺，里头有排烟的通道，人们可以烧干草进行取暖。那时候，东北的农村人都睡这样的炕。

每天天一亮，我们就要起床，去玉米地干活。因为生了病，我感觉浑身无力，连锄头都拿不住。虽然我生了病，但我喜欢那无垠的田野和清新的空气，因为这一切都会让我想起儿时的美好生活。

上午十点是回村吃早饭的时间，我们吃的是玉米面大饼子和大葱。我们吃完早饭后再下地干活，直到天黑才能回去。

过了几天，领导告诉我，除了要干地里的活，我还要干大院里的活，这个大院里住着领导。这里也是我们大家吃饭的地方，我每天早上要挑水，要把厨房里的两个大水缸装满，还要切好喂马的草料，打扫好院子。也就是说，想要把这些活都干完，我必须每天凌晨三点钟起床才行。

水井离得很远，水桶又特别重，想要装满两个大水缸，需要往返挑十多次水。每天晚上，我还要去村委会接受"批斗"。

每次回到住处，我身上没有一点儿力气，总是一下子倒在炕上，很快睡死过去。

就这样过了一个月，我的身体越来越差。我每天都发烧，还经常咳嗽，胃病也发作了，几乎吃不下任何东西。我真担心自己一躺下就会起不来。

善良的村民们很同情我，一会儿悄悄地送给我一碗热粥，一会儿又给我送来一个煮鸡蛋。可我什么也不敢要，因为领导禁止我接受村民的任何东西。

我的病越来越重，身体越来越糟糕……我不得不给伊娅写信，告诉她我病了，要是得不到及时救治，可能就要死在这里了。

在例行会议上，领导宣布了纪律，任何人都不能离开村子。还好，没过多久，伊娅就来到了村里。她一看到我那痛苦的样子，就哭了起来。她恳求领导批准，要把我带回到哈尔滨市里治疗，却遭到了领导的严词拒绝。

我那勇敢的女儿为了能救我，找了好多的村民过来，跟他们讲了我的身体状况。正像我说过的那样，村民们对我很好，非常同情我，他们也要求领导同意我的请求。领导无奈，只好给我五天假。

我和伊娅一路步行来到了码头，然后坐船回哈尔滨。第二天早上，我们到了哈尔滨市里。伊娅立刻带着我去了哈尔滨工业大学的医院接受治疗。在那里，一位和蔼可亲的医生给我做了检查。最后他告诉我："你的身体状况很不好，需要你认真对待，需要住院或在家里治疗，打针、吃药必不可少。"

我跟医生讲，这是不可能的，因为我只有五天的假。五天后，我还要回到那个村子。我跟医生说了我在那里每天要干的那些事情。

医生思考了一会儿，然后对我说："如果你现在回农村，你就会死在那里的。这样吧，我给你开一个诊断证明。"他在诊断书里这样写道：

邓伊玲患有严重的肝炎和肺结核，属于传染性疾病，需要将其隔离治疗，以免传染给其他人。

就这样，这个善良的医生救了我一命。在他的帮助下，我才能够留在哈尔滨治病，直到全系的老师都返回市里。

此时，我们的工资能开一半了，生活上还能过得去。这段时间，我丈夫也被安排到农村劳动，接受"改造"。

我第一次去农村劳动的事就这样不了了之，但第二次去农村的时间已悄悄临近。

又去农村接受"改造"

学校里没有人读书，也没有人教书。我不用参加各种会议，也不用承担任何工作任务。学校宣布，我们系里的部分教师还要去农村"改造"，接受贫下中农的"再教育"，与他们同吃同住，一起劳动，而且无任何期限。

我向学校领导反映，自己因为身体还没有痊愈，暂时去不了农村。领导回复我："如果现在不去，你就会因不服从上级命令而被重新送进'牛棚'，接受隔离审查。"此时，我丈夫的单位也要安排他去离哈尔滨很远的农村，于是我们商量，决定一起去。这样，我们彼此还能有个照应。

那时候，伊娅在家待业，很快就要分配工作了，而且这次就业机会是她费了好大劲儿才得到的。想去学校读书，她已失去了资格。找其他适合她的工作，当时也没有可能，她不得不听从命运的安排。伊娅因为要上班，没时间照顾小薇拉了，所以我们决定把小薇拉带上，一起去农村。

就这样，我们这一家分成了三部分：晓桥在遥远的农场；伊娅一个人留在哈尔滨；我们三个人去了农村落户生活，可能永远也回不了城了。

我的心情无比沉重……我真不想把伊娅留在哈尔滨，可我又有什么办法呢？

难以忘怀的农村生活

我们把所有要带的东西都装上了卡车，卡车带着我们一路颠簸，行驶了很长时间。路况非常差，夹着沙土的风会时不时地吹到我们的脸上。我们望着道路前方，偶尔能看到荒芜的小村庄。村庄里几乎看不到人，也许他们都在地里干活。房子都是土坯房，房顶也是用干草盖的。这一带既没有河流，也没有树林，我们偶尔能看见一小块沼泽地。

汽车终于开到了目的地。我们要在这里住多久，谁也不清楚。

村子里有几栋土坯房，有一个小学校，还有一个小卫生所。卫生所里有一个来自哈尔滨的医生，他也是来这里接受"改造"的。这里没有商店，离村庄很远的地方有一个很小的供销社，还有一个邮局。

我们被安排在一个村民家里。他家有两间厢房，一间厢房里住着他们一家人，包括他的母亲、妻子和孩子。他的两个女儿已经出嫁了。

房东的另一间厢房里有两个土炕和一张小桌子，其他什么东西都没有。

堂屋里有两个炉灶，一个是房东家用的，另一个是留给我们用的。留给我们用的炉灶上有一口大铁锅，上面有一个木制的大锅盖。大锅可以用来烧水、贴饼子、煮汤或炖菜，干草和秸秆是用来点火做饭的燃料，在做饭的同时可以把炕烧热。

第一天，我因为不会用大锅，两只手都烫坏了。女主人告诉我应该如何小心地将锅盖移开，这样才不会烫到手。她说："这儿可不是你们哈尔滨，什么都不一样。"

村子里没有通电，用水要去井里挑。整个村子只有一口井，里面的水很少。

等我们安顿好了后，领导告诉我，因为我去农村之前手部骨折过，伤还没好，不适合到地里劳动，所以我被安排到果园和菜园里干活。我丈夫去了供销社，因为村里的干部了解到他曾担任过商业局局长。他懂商业，能帮到他们，我丈夫后来也确实帮了他们很多。

薇拉很快就认识了这里的小伙伴，和他们在院子里一起玩耍。

这里的村民天一黑就上炕睡觉了，第二天一大早就会去地里干活。早饭后，我丈夫就去供销社上班，天黑了才能回家。我带着薇拉去果园里劳动，给果树松土，或喷洒农药。另外，菜园里的活我也要干。中午时分，我们回家喝小米粥，啃馒头。因为村里给我们分发了面粉，村民也愿意把鸡蛋卖给我们，所以我们的生活还算过得去。有人会把我和丈夫的工资寄过来，这样我们就可以从经济上帮到伊娅和晓桥了。

村民们对我们都很好，常来家里串门，所以我们的小屋总是很热闹。我去村民家里串门时他们也非常高兴，他们会热情地把我迎到炕上，让我坐到炕上最热乎的地方，然后用纸片给我卷一支烟。我们抽着他们自己种的烟叶，感觉很惬意。

由于物质非常匮乏，村民们的生活也很艰难。他们时常到我们家里来借东西，有时候还会向我们借钱，我们都尽自己的一切力量去帮助他们。我常打扫院子，替大人们照看小孩，因为这里没有幼儿园，孩子们无人看管。

这里的一切都还可以，可我非常想念自己的孩子。我常给他们写信，也天天等着他们的回信。

有时候，伊娅会来我们这里小住一天。这时候，我们的小屋里会挤满人，大家都过来看我的女儿，和她聊天、拉家常。伊娅从城里带来一些糖果、饼干、画报以及大人们看的书籍，给大家讲发生在哈尔滨的事情。

没多久，我们的小屋就变成了一个小型俱乐部。年轻人经常过来听广播、看书、看画报。这里的年轻人大多数只有小学文化，小学一毕业就去地里干活了。许多村民不仅没文化，还非常迷信，信奉各种神灵，相信各种征兆。我告诉他们，迷信会给人们带来各种危害，但他们都不相信我说的话。

有一次，我看见女房东在厨房用饭勺敲打着烟囱，嘴里还念着："神啊，快来吧，快快显灵吧！"我问她这是在召唤谁，她告诉我，她的大女儿已经病了好几天了，肚子疼，还呕吐，什么东西都吃不下去，于是她不得不求神灵保佑。

"我们找医生吧！"我建议她。可是女房东却说："找医生要花好多钱。"

第二天，她女儿的病情加重了，我就把那位来这里"改造"的医生请到她家里来。他给病人做了检查，说这是化脓性阑尾炎，必须马上进行手术。

她的女儿被送到医院做了手术后，很快就康复了，所有的医药费我都帮她出了，她对我千恩万谢。我就跟她说："你看，还是医生帮上忙了，不是你请的那个神，别再招神了！"她笑着点了点头，表示同意我说的话。可是，有些村民思想很顽固，坚持自己的看法，还请招摇撞骗的老巫婆来家里，说她能驱走邪气。

村民们不像之前那样围观我，可是在别的地方我依然还是"稀有之物"。有一次，我带着薇拉去供销社买肥皂和盐，没过多久，我就发现供销社里来了很多人，最后这里被围得水泄不通。

"出什么事了？"我问薇拉。她看看我说："什么事都没有，他们是来看你的。"我恍然大悟，拉着薇拉的手快步跑回家。从那以后，我就再也不去供销社了，需要什么东西让丈夫捎回来。

时间就这样慢慢过去了，我和薇拉都晒黑了，因为我们整日都在户外劳动。我学会了种树、种菜，到了秋天我还会爬到树上摘果子。

我们的情况还不错，最重要的是周围的人对我们都很好，他们都是心地善良的村民。

返城之后

我们返城了

就这样，我们在农村生活了两年多。遇到下雨天，我们不能下地干活，我们的小屋里就会挤满人，大家一起聊天、拉家常。我们和这里的村民和睦相处，相互帮助，同甘共苦。

突然有一天，就像上次被派往农村时的情况一样，我们意外地接到了返城的通知。

我们感到无比高兴，心情非常激动，因为我们终于又可以回家了！

得知我们要返城，所有的村民都舍不得我们走。有的妇女希望我们把她们的孩子带上，因为她们要劳动，无法更好地照顾孩子。我告诉她们，我自己有三个孩子，他们将来的命运如何，我自己都不知道。

我们离开了这个贫穷的村庄，告别了善良的村民。他们把我们送到村口，一直不肯离去。

我们回到哈尔滨没多久，就有了另一件大好事——晓桥回来了！

在这四年里，晓桥长大了，身体也壮实多了，他的双手也因劳动而变得粗糙了，但他皮肤黝黑，健康、帅气。晓桥紧紧地拥抱了我，然后用力握住我的手。我泪如泉涌，过了很久才开口说话，对他嘘寒问暖，问东问西。我们开始了没有尽头的交流……

全家福（1972年拍摄）

（从左到右依次为：小女儿晓玲，大女儿邓军，我，儿子晓桥，丈夫邓建桥）

过了几天，晓桥和他爸爸单位的司机一起回到我们住了两年多的村子拉行李，村民们又聚集在我们先前住过的小屋里，所有人都对我儿子说："你一定要转告你的妈妈，我们非常想念她。现在，没有人帮我们照看孩子了，没有人帮我们打扫院子了，也没有人帮我们找医生治病了……她对我们的帮助太大了，我们永远都忘不了她。"

从村里回来后，晓桥又去了他所在的生产建设兵团，但这次他去的时间不长，领导同意他调回哈尔滨。就这样，我们一家人都能够在一起生活了。我们一家人挤在一起，晓桥睡在走廊里，伊娅睡在厨房里，但这不重要，最重要的是，我们一家人能在一起团聚了。

回到哈尔滨后，我丈夫恢复了在水产局的工作，晓桥被安排在水产局下面的车队，先当修理工，后来当了司机。晓桥非常努力，每天学习到深夜。他后来考上了夜大，学习机械设计。

伊娅依然在无轨电车上当售票员，后来她又去了电车公司的工厂当工人。暂时没有读书的机会。后来她通过努力，考上黑龙江大学，学习俄语。

薇拉上了小学，在班里当了生活委员。因为身体不太好，我就没有去学校上班，学校也没有我的工作了。闲暇时间，我和丈夫一起翻译一些文学作品。我们共同翻译了雨果的《加夫罗什》（俄文版），孩子们都很喜欢这部作品。

时间在流逝，家里的日子也越来越好。后来伊娅出嫁了，还生了一个儿子。我有了第一个外孙昌武，心里有了新的牵挂、新的乐趣。

有了外孙我当然非常高兴，但后来我又为大女儿失败的婚姻而伤感。婚后几年，她就离婚了，孩子跟了她。这样，她身上的担子更加沉重了，但她坚强地承受着一切困难和打击。

晓桥后来也结婚了，他的爱人也是他的同事，他们后来生了一个小姑娘，我的孙女名字叫"佳音"。

那个时候，单位又将我们原来住的那两个房间还给了我们。起初，晓桥跟我们一起住，后来他也分到了住房，就搬出去住了，外孙昌武和孙女佳音有时候跟我们住在一起。尽管当时我的丈夫因之前错划成"反党分子"而未得到改正，但我们的生活越来越好了。儿孙绕膝，家里充满了欢声笑语，我们尽享天伦之乐。

当然，我们也有过一些令人伤感的日子。我丈夫因严重的胃溃疡住院治疗，胃被切除了一半，之后我又被送上医院的手术台。因腿部静脉曲张严重，我也做了静脉切除手术。然而这一切很快就过去了，有了孩子们的细心照顾，我们很快就康复了。

不寻常的 1976 年

1976 年是极不寻常的一年，因为在这一年，中国发生了很多不幸的事情。

第一件不幸的事情，是我们敬爱的周总理去世了。这个不幸的消息不仅传遍了全中国，也传遍了全世界。世界各国热爱自由的人民都敬重他，热爱他。

在北京的长安街上，载着总理遗体的灵车慢慢地向前移动，成千上万的人站在道路两旁默默地目送着他，所有的人都悲痛不已，眼里满是泪水。伟大的爱国主义者，一个刚直不阿的人，把毕生的精力都献给了为人民服务这一伟大的事业。至今，人们提到周总理时，总会怀着无比崇高的敬意。

周总理逝世之后，朱德元帅也去世了。朱德元帅是中国共产党、中国人民解放军和中华人民共和国的主要缔造者和领导人之一。他在抗日战争中奋勇抵抗侵略者，在解放战争中与国民党顽强作战。朱德元帅把毕生精力都献给了军队的建设，他为这个国家立下的功勋中国人民永远不会忘记。朱德元帅去世，中国人民怀着无比沉痛的心情悼念着功勋卓著的人民英雄。

1976 年是一个不幸的年份，这一年夏天又发生了一件震惊世界的大灾难——唐山大地震。这是中国最严重的地震之一，有几十万人死在坍塌了的城市之中。

解放军战士、工人和所有幸存下来的人昼夜奋战，从废墟里扒出好多遇难者。许多医疗队伍前往灾区救援，老人和儿童也被转移到了安全的地方。这场地震是一场震惊世界、损失惨重的大灾难。在这场大灾难中，有许多人遇难，有许多人无家可归，有许多孩子成了孤儿。

唐山大地震发生后不久，广播里又响起了哀乐，伟大领袖毛主席逝世了。全国人民陷入了深深的悲痛之中，各地自发举行追悼活动，在天安门广场上集结了由军人、干部、工人、农民和大学生组成的追悼会队列。

参加追悼会

1976年4月，学校领导来到我们家里，他带来一份关于对我误判的改正文件，但这个文件没起到任何作用。我很快就发现，仍然有人在监视我们。

毛主席去世后，各个单位都举行了追悼会。考虑到我还是本校职工，我觉得自己应该到学校参加追悼会。我来到追悼会的现场才明白，自己是不应该过来的。学校领导质问我："你怎么来了？你有什么事吗？"我回答他："我什么事也没有！我是来参加追悼会的。"

领导告诉我，我只能参加居委会组织的追悼会。听了他的话，我感到既惊讶又委屈，因为我还是学校的教师，不是无业人员，也不是退休人员。紧接着领导严肃地问我："你丈夫在哪里？"我就告诉他，我丈夫开会去了。

在回家路上，我一直默默地流着泪。事情并不算完，我刚进家门，这个领导又追到我家里来，问我丈夫在哪里。他再一次提醒我，我只能在居委会参加追悼会。

我就告诉他，我哪里都不去，就在家里看电视直播。

过了几天，我的丈夫从北京回来了。我把这几天发生的事情原原本本地告诉了他，他说："你别担心！他们感兴趣的不是你，而是我。"

不管怎样，我仍然感到苦闷和委屈，这份文件学校发给我了，可学校的追悼会却不让我参加。

风雨之后见彩虹

我们承受了许多磨难，遭受了种种屈辱，直到1978年，幸运之神终于光顾了我们家。

我的大女儿伊娅与我们一起经受了许多痛苦和磨难。1977年冬天恢复高考，第二年她就考上了大学——她终于有了去大学读书深造的机会。她成功考入了黑龙江大学俄语系，四年后她以优异的成绩毕业并留校任教。后来，她又考上北京外国语学院攻读硕士研究生，同样以优异的成绩结束了学业，之后她回到母校继续任教。

晓桥上了夜大，也顺利毕业了。他先担任技术员，之后又当了工程师。薇拉高中毕业后也考上了黑龙江大学夜大的俄语专业。

就这样，他们三个都带着一定的知识储备踏上了独自成长的道路。他们的前途是光明的，我和丈夫真的为他们感到高兴。

说到我的丈夫，1978年他"反党分子"的帽子摘掉了，并担任了哈尔滨市水产局的局长和党委书记。为了这一刻，他等了将近二十年。在这将近二十年的时间里，我始终相信他是一个真正的共产党员。

1978年12月7日，学校领导又来到我家，他们给我带来了第二个对我误判的改正文件。与之前的文件相比较，这份文件的内容更为详细。为了这份文件，我也等了整整十年，他们也用了整整十年时间才搞清楚我是一个什么样的人。

那时候，中学和高校都开始复课，需要新的教科书，所以学校领导又来到我家，请我帮学校编写俄语教材。我同意了，开始与两名中国教师一起编写俄语教科书。

我不用去学校上课了，继续在家编写俄语教材。除了帮助本校，我还帮助其他高校编写俄语教材。我还去了北京、上海、西安等地参加学术会议。要是放到以前，我是没有机会去这些大城市的。

一切都变得越来越好，正像俗语说的那样，"风雨之后见彩虹"。我也想为这个国家多做一点儿事情，多做一点儿贡献。

1978年，南斯拉夫总统铁托来华正式访问。中国人民一直高度评价铁托，并且非常尊敬他。当时，他已有80多岁的高龄，仍然不顾自己的身体状况来中国访问，令中国人民十分感动。

大街上没有人像以前那样骂我，也没有人朝我扔石子了，人们开始热情地跟我打招呼。他们跟我说话，问我原籍是哪里的。当我说是南斯拉夫的时候，他们的第一反应会立刻想到铁托，并且竖起大拇指表示称赞。

我为南斯拉夫感到骄傲，也为铁托总统感到自豪，因为他在南斯拉夫和中国都受到人们的尊敬和爱戴。我也清楚地意识到，我从未忘记过我的祖国——南斯拉夫。

一个未了的心愿

又收到来信了

1978年十一届三中全会后，中国变得越来越好，一切都慢慢步入正轨。外国留学生开始来中国留学，中国的大学生也可以走出国门，到国外学习。

1979年，我按照爸爸曾经写过的地址给南斯拉夫的亲人们写了一封信，这个地址我从未忘记过。

当我收到祖国亲人的回信时，我欣喜若狂，兴奋之情难以言表。我的亲人都以为他们再也收不到我的来信了。

从信中我得知，我的姑姑和她的丈夫已不在人世了，我的哥哥鲍利斯也因病去世了，其他亲人都是平平安安的。我的表弟扎尔克和他的妻子米莲娜以及他们的孩子伏基察、留芭和米莲柯，都过得很好。孩子们都已经工作了，成了家，而且有了自己的孩子，生活很幸福。

从那时起，我就跟侄女伏基察保持着有规律的通信联系。我也通过她了解到亲人们的所有情况。

南斯拉夫的亲人们给我寄来了杂志和词典，有了词典，我便开始恢复使用我的母语——塞尔维亚语。

1978年以后，中国发生了翻天覆地的变化，其中一个非常大的变化就是"开放"，人们可以走出国门，外国人也可以到中国来。

哈尔滨成了对外开放的城市之一，来自南斯拉夫的大学生会到北京留学，他们也来到了哈尔滨。

就这样，我认识了来自南斯拉夫的朋友约沃。他在北京中医药大学留学多年，已成为医药领域的专家了。我还认识了丽良娜、罗伯特和热力柯，这些留学生的普通话都讲得非常好，他们对我在中国的生活非常感兴趣，我也通过他们了解到关于南斯拉夫更具体的情况。南斯拉夫的朋友们送给我一些家乡的纪念品，我一直都珍藏着。

我们家里还来过从事贸易工作的南斯拉夫朋友，哈尔滨有关单位从南斯拉夫购进了很多旅游大巴车。每当我在大街上看到这些大巴车，我会感到无比亲切，因为这些旅游大巴车来自我的祖国。

那时候，我的塞尔维亚语讲得不是很好，许多来自南斯拉夫的朋友会帮助我提高塞尔维亚语水平。能看到来自祖国的同胞，并与他们亲切地交流，这对我来说是一种莫大的幸福。那时候，连我自己都想不到，回国的梦想有一天会变成现实。

我一直都跟南斯拉夫的亲人们保持着密切的通信联系，他们把照片寄给了我，在信里讲述自己的生活、工作和孩子们的情况。我得知他们都过得很好，生活很幸福。在夏天，他们会去风景优美的避暑胜地度假；在冬天，他们会去滑雪场游玩。

还有一件让我感到特别高兴的事情，那就是到了20世纪80年代，电影院里开始上映南斯拉夫的电影。中国观众非常喜欢的南斯拉夫演员是巴塔·日沃依诺维奇，都叫他"瓦尔特"（电影《瓦尔特保卫萨拉热窝》的主演），这个名字成了这位演员在中国的代称。

光荣退休

我们在老房子里住了二十多年，因为房子的前面和后面都盖起了高楼，高楼遮挡了光线，而且小区的花园也没有了，所以我们决定搬到采光更好、供暖也更好的房子里去住。

我们选择了一套位于中央大街的住宅，这套住宅离松花江很近，有四个房间，一厨一卫，还有一个大客厅。最重要的是，这套住宅有三个阳台朝着中央大街，对像我这样很少出门的人来说，这是再好不过的事情了。

那个年代，政府给一些老干部们调整了住房，改善了居住条件，这体现了政府对他们的关心。

1983年，薇拉高中毕业了。为了能让薇拉接班参加工作，我办理了退休。那时候，父母退休或去世，孩子是可以接他们的班继续工作的。我有将近40年的工龄，因此成了单位的"功勋退休人员"。

那个时候，孩子们都有了稳定的工作，外孙昌武和孙女佳音有时候跟我们一起生活，家里面充满了无尽的欢乐。

我继续帮助学校编写教材，丈夫也会写一些东西。他年轻时当过记者，发表过很多优秀的作品。薇拉成了学校里的打字员，晚上会去黑龙江大学夜大学习俄语。

　　伊娅再婚了，嫁给了她的一个同学。那个同学也有一个俄文名字，叫安德烈，他们在同一所学校教俄语。婚后不久，他们得到一套学校分配的住房，这样我的外孙昌武就开始和他们一起生活了。安德烈很喜欢昌武，我们对他也很满意。大女儿终于得到了她应得的幸福，我们真的为她感到高兴。

回乡探亲

与南斯拉夫记者相识

1985年，有一位叫米拉的南斯拉夫女记者来到北京工作。她从南斯拉夫留学生那里了解到我的情况，就给我写了一封信。在信中，她问到有关我父母如何来到中国，以及我在中国的生活情况。我在回信中详细回答了她问到的所有问题，但令人遗憾的是，我们始终未能谋面，因为她没过多久就回南斯拉夫工作了。

在南斯拉夫的贝尔格莱德，米拉找到了我的侄女伏基察，并从她那里了解到我的详细情况。在1985年末，伏基察给我寄来了1985年第12期的《彩虹》杂志，里面有米拉发表的关于我的经历的文章——《心灵的沟通不需要过多的语言》。我就这样被她写进了南斯拉夫的杂志，而且我在南斯拉夫的所有亲人和在中国的所有家人都拜读了这篇文章。我感动至极，反反复复地读着这篇文章。我甚至不敢相信，这些内容是有关我本人的。

1986年，留学生热力柯又来到了哈尔滨，他与一个名叫斯维特兰娜的南斯拉夫女记者一起来到我家做客。

那一天，我们与远道而来的贵宾进行了一番长谈。我向他们讲述了有关我的父母和我自己在中国的情况，也说了我在南斯拉夫的亲人们的情况。

不久，斯维特兰娜回到了南斯拉夫，专门拜访了我的侄女伏基察，她把自己到过哈尔滨与我长久交谈的过程告诉了伏基察。

又过了一段时间，我收到了一份来自南斯拉夫的画报。翻开画报，斯维特兰娜写的文章标题《南斯拉夫，我的祖国》赫然映入我的眼帘，与这篇文章一同刊载在杂志上的还有她在我家拍摄的照片。

如此一来，我第二次被写进了南斯拉夫的杂志。我一遍又一遍地读着斯维特兰娜写的那篇文章，久久不能释怀。我也被这个女记者对我的关心和同情所感动。我的侄女伏基察也拜读了这篇文章，她在给我的信中写道："亲爱的姑姑，期盼您早点儿回来，我们都爱您！"

此后，我便开始考虑回乡探亲的事情。我想趁自己还能动的时候回祖国看一看，看一看家乡所有的亲人。

这种想法在我心里变得越来越强烈，尤其是在大女儿伊娅赴南斯拉夫参加斯拉夫学者国际研讨会之后。当伊娅从南斯拉夫回来时，她跟我讲述了很多关于南斯拉夫的情况。虽然她在国外逗留的时间很短，但她还是想办法挤出时间去了米尔克芙茨村。在那里，她见到了所有的亲人。亲人们千嘱咐万叮咛，让她转告我，他们都期待着我的到来。

伊娅非常详尽地向我讲述了南斯拉夫的城市如何像花园一样美丽，铁托墓如何被鲜花所覆盖，南斯拉夫人是怎样热情好客……我屏气凝神，捕捉着她说的每一句话，心里面那个回家的愿望越来越强烈。我和丈夫开始拟定赴南斯拉夫的计划，开始探讨如何安排具体的行程。

伏基察继续给我们写信，每封信中都写着："姑姑，快回来吧！"

准备上路

这么多年沉重而艰辛的生活对我们的影响是非常大的，我们总是在担心着什么，害怕会出什么事。当我把出国探亲的申请递到学校之后，校方很快就同意了我的申请，经济上也给予了很大的帮助。我真的不敢相信，这一切会如此顺利。

改革开放后，学校出了一个新规定，如果亲人在外省市或国外，那么学校的教职工每四年就可以享受一次探亲假，往返的路费也由学校承担。

收到学校的批文后，我和丈夫就去了有关部门办理了相关手续。伏基察和斯维特兰娜已经知道了我们的出行计划，她们也在准备着迎接工作。

我在家里准备行装时，意外地收到了斯维特兰娜的来信。她在信中告知，我和我丈夫的机票已有着落，机票是由南斯拉夫航空公司给我们免费提供的。这真是一件意想不到的大好事！

那时候，哈尔滨还没有开通飞往贝尔格莱德的国际航班，所以我们只能到北京去坐飞机了。

去北京的火车票买好了，出门的行装也已备好。我们终于出发去了哈尔滨火车站，很多人过来给我们送行。外孙和孙女都不停地对我们说："你们快点儿回来啊！我们会非常想念你们。"

我们是在星期六到达北京的，而飞往贝尔格莱德的航班要在下个周的周一才会飞。第二天，我们去了南斯拉夫驻中国大使馆，那里的工作人员热情地接待了我们，并给我们办理了入境手续，一切都很顺利。我终于平静下来，相信自己这一次是真的要回到亲人的怀抱了，那种担心和不安一下子就消失了。

离京那天，我们乘出租车去了机场。两个小时后，我们登上了道格拉斯10型飞机。

美丽的空姐对我们很有礼貌，她们讲着塞尔维亚语，这让我感到非常亲切。在不知不觉中，我们飞到了加尔各答，下一站就是贝尔格莱德。我很快就会见到亲人们了，见到给了我那么多帮助的斯维特兰娜。我越来越激动，心中有了好多的喜悦与期待！

丈夫静静地坐在我的身旁，闭着眼睛睡着了，而我这一路都没有合眼。我一直不停地看着手表，想知道我们到达贝尔格莱德还剩多少时间。

初到南斯拉夫

道格拉斯10型飞机终于平稳地降落在贝尔格莱德机场上，我们走出机舱，向出入境登记处走去。接着，我们过了海关安全检查口。当所有的手续办完之后，我们看见了迎面走来的斯维特兰娜，她给了我一个热情的拥抱。

斯维特兰娜领着我们朝停机坪方向走去，飞机旁已有两位摄影记者在那里等候，分别是伊穆雷和巴塔。飞机旁边还有三个美丽的空姐。

摄影记者不停地给我们拍照。当我问他们为什么要拍这么多照片时，伊穆雷笑着说道："为了能挑出最好的那一张照片。"

拍完照，我们一起向出站口走去。在那里，我们一下就落入了亲人们的怀抱。他们在那里等了我们三个小时，和他们在一起的还有南斯拉夫《政治报》画报社的记者米拉。

幸福的泪水一下就从我的眼眶里涌了出来，我紧紧地拥抱了那些生平第一次见到的亲人们。

我的表弟扎尔克跟我一样十分激动，我们之间有着特别的情感纽带，他的名字是我的姑姑为了纪念我的爸爸而取的。来接我们的还有其他亲人：我的大侄女伏基察和她丈夫莫察，侄子米莲柯和他的妻子布兰卡，以及二侄女留芭。

因为伏基察在信中给我介绍过他们，所以我对他们的情况都十分了解，此刻我与他们热情地拥抱着，相互致以亲切的问候。我向亲人们介绍了我的丈夫，他与我一样，心情非常激动。

我们坐上了扎尔克的汽车，其他人分别坐在莫察和留芭的汽车里，大家驱车前往贝尔格莱德新区伏基察的家。

我一边欣赏着南斯拉夫首都贝尔格莱德的街道和楼房，一边与亲人聊着天。不一会儿，车就开到了一个高层大楼旁，这里住着莫察的爸爸德拉古金、妈妈奈娜以及妹妹维斯娜。莫察、伏基察和他们的小女儿米丽察也跟他们住在一起。米丽察已经六岁了，我在哈尔滨的家里保存着她出生后的所有照片。

我们开始与善良好客的主人交流，参观他们时尚而舒适的住宅。我们是第一次与他们相识，但内心倍感亲切。女主人邀请我们入座，大家举杯欢迎我们这两个远道而来的客人。饭后，我们继续乘车前往爸爸的家乡米尔克芙茨村。

路上，扎尔克一直在给我介绍这里的情况，我看到道路两旁有很多带有花园的楼房，地里种着小麦和玉米。我们途经温柯芙茨，这是一座古老的城市，留芭就在这里的银行工作。接着，我们来到了扬柯芙茨，留芭跟她的丈夫和孩子就住在一个两层楼高的房子里。这个住宅宽敞明亮，地上铺着地毯，家具时尚而考究。留芭请我们参观了他们家的花园和菜园，家里的一切都安排得井井有条。

我们终于到了米尔克芙茨村，这是我爸爸的家乡，他每次提到老家的时候，总是热泪盈眶。

我们到了拉吉切维奇街45号，这里就是扎尔克的家，是一个在旧宅的位置上重新建造的新房子。从大门口出来迎接我们的是扎尔克的妻子米莲娜，还有他们的孙子和孙女。

一阵热情的拥抱和亲吻之后，我们被请到房子里面，这个住宅宽敞明亮，地上铺着地毯，桌子上摆着水果和鲜花。

米莲娜为我们准备了丰盛的菜肴。所有人都入座了，大家一边吃一边聊，交谈甚欢。

我们把带来的礼品送给了在座的亲人们，看到他们非常喜欢中国的东西，我们心里感到十分高兴。

饭后，记者斯维特兰娜要回贝尔格莱德。在她回去之前，我们在露台上聊了很多。

后来，我和米莲娜、留芭一起去了墓地。墓地离家不远，姑姑伏加萨瓦的坟墓就坐落在那里。我来到姑姑安葬的地方，亲吻了墓碑，说道："亲爱的姑姑，我来了！我们一家人团聚了，遗憾的是，你、我爸爸和我哥哥三个人都不在人世了。"

每天都有新发现

一连几天，我们都在参观扎尔克的家业。我们越来越强烈地感受到，这里的乡民生活富足而美好。这里有一望无际的沃土，有鲜美的蔬菜和水果，农场里有各种牲畜。几乎每个家庭都有自己的农用机械。虽然他们每天都在操劳，但他们的生活真的非常好。

我丈夫对这里的一切都有着浓厚的兴趣。他总是在做笔记，为的是回国后能讲给朋友们听。

亲人们还带着我们去了附近的乡村参观。参观结束后，他得出这样一个结论：在这里，城乡之间几乎没有什么差别。

我们还去了莫察的姑姑家，他们一家为了招待好我们，特意烤了一只猪崽。烤猪崽的味道无比鲜美，令人难以忘怀。

我们游览了附近的几个城市，包括温柯芙茨、伏克瓦尔、奥西斯克等。我们还欣赏了萨瓦河和德里纳河的自然风光。在科瓦契湖，我们看到湖边生长着茂密的树木，树上有各种不知名的鸟儿。我们还去了附近的动物园，这里环境优美、动物的种类繁多……所有留在我们脑海中的印象除了美好，还是美好！

还有一次，扎尔克带着我们去了他的玉米地，玉米地里有一个小教堂，小教堂是以医生圣·潘捷列伊蒙的名字命名的。小教堂里面还有一口井，喝上一口甘甜的井水，让人心旷神怡。

我每天晚上都会看这里的电影。我在电影《伟大的交通》里面看到了主演者巴塔，这部电影还未在中国上映。我想，有巴塔出演的电影肯定会受到中国观众的青睐。

在米尔克芙茨村待了几天后，我们又去了贝尔格莱德的伏基察的家里，她的丈夫莫察带我们去了铁托大街参观。这条街道很长，建筑物很别致，莫察指着那些战后修复过的建筑物，对我们说道："战争能够毁掉一切，和平能够建设一切。"

有一天晚上，莫察带着我们去了多瑙河边。我们在堤岸上散着步，欣赏着这里的美景。当我们在露天咖啡馆里喝着咖啡时，我惊讶地发现，在盛夏时节，这里竟然没有苍蝇和蚊子。

我们还去了米莎的奶奶家里做客，在那里，我们受到了热情的款待。他们带我们去了农业联合中心参观，这里的一切都非常规范，各种现代化的机械在不停地工作着。

我们还去了苏尔琴养猪场，那里的情况和农业联合中心一样，人很少，所有的工作都靠机器来完成。我们与热情好客的主人交谈甚欢，他回答了我们问到的所有问题。

贝尔格莱德印象

南斯拉夫《政治报》画报社的领导对我们的到来十分关注。为了能让我们更好地了解这里，他们给我们提供了各种参观的条件和机会。他们还给我们安排了住宿，我们住的宾馆很舒适，名字叫"辉煌"。

斯维特兰娜一直陪着我们，她在这段时间又写了一篇关于我们的文章——《一生之路》。画报的封面是我们走下飞机时的照片，巴塔和伊穆雷这两位摄影记者没有白费工夫，照片拍得很生动。

我和丈夫邓建桥抵达贝尔格莱德时的情景
（由南斯拉夫《政治报》画报刊登）

我们和斯维特兰娜一起去了中国驻南斯拉夫大使馆，使馆工作人员对我们的来访都感到非常意外，他们热情地接待了我们。

之后，斯维特兰娜带着我们去了一个古堡式的公园，叫卡莱美格丹公园，这是一个旅游胜地，南斯拉夫人民的奋斗历程在这个公园里都有详细记录。我们走进了公园里的教堂，教堂里庄严肃穆，有些人正在秉烛祈祷。

晚饭后，斯维特兰娜回家了，我和丈夫打算在贝尔格莱德的街上溜达一会儿。我们走进了一家商店，商店里的商品真是琳琅满目，我尤其喜欢那些有民族特色的纪念品。

第二天，斯维特兰娜带我们去了《政治报》画报社的编辑部，总编米尔科、秘书米拉和南斯拉夫航空公司的代表布兰克都在这里，他们热情地接待了我们。我和丈夫向他们表达了深深的谢意，正因为有了他们的支持和帮助，我们才能更快地来到这里。

拜访过《政治报》画报社的编辑部，我们又去参观了铁托墓。铁托总统是我们敬仰的伟人，我和丈夫在铁托墓前低头默哀，以表达我们对他的敬意。

之后，我们离开了墓地，去了一家露天咖啡馆。在那里，南斯拉夫电视台的主持人要对我们进行采访，这让我们感到非常意外。

主持人向我提了几个问题，诸如我是在哪里出生的，父亲怎么去的中国，哈尔滨是一个什么样的城市，我的亲人们都居住在哪里，我对南斯拉夫的印象如何，等等。

我认真回答了主持人提出的每一个问题。我丈夫也告诉主持人，我们对南斯拉夫的印象特别好，这里的自然景观也非常好，气候宜人。更重要的是，南斯拉夫人热情好客，让我们有宾至如归的感觉。

当天晚上，我们在电视上看到了主持人采访我们的电视节目。我们接到了伏基察的电话，她告诉我们，所有的亲人都收看了这个节目。

电视采访节目播出后，这里有很多人都认得我们了。他们跟我们攀谈，问我们在这里的感受，还跟我们合影。一切都是那么的美好！

之后，我和丈夫去了南斯拉夫革命博物馆，参观了整整一个上午，那里有很多文物和照片。我们还应邀去了中国大使馆，受到邀请的还有《政治报》画报社的米尔科总编和他的夫人，以及女记者斯维特兰娜。晚宴的气氛非常好，席间的谈话非常亲切，也很有意思。

参加异国婚礼

我们在伏基察家住了几天，他们的小女儿米丽察总是围着我们转，伏基察则为我们烹制了各种美味的菜肴。她是一个烹饪高手，会做各种点心，我们在她家里感觉就像在自己家里一样。

之后，我们从贝尔格莱德坐火车回米尔克芙茨村。到了温柯芙茨车站，扎尔克来接我们回家了。晚饭后，我们坐在院子里聊天，跟大家讲述在贝尔格莱德的所见所闻，讲我们的体会和感受。

米尔克芙茨村正在准备一场婚礼，米莲柯、米莎和莫察都是新郎最要好的朋友，也是新郎的媒人。于是，我们十分幸运地目睹了这场婚礼的整个过程，并且作为贵客参加了这场异国婚礼。

扎尔克宰了一只小猪崽，然后送到面包房的大烤炉里烤制，米莲娜则准备着奶油蛋糕和各种点心。

按照当地风俗，在婚礼的前一天，新郎要来接媒人，所以院子里摆着长桌，奏起了音乐。接到媒人后，大家又载歌载舞，去了新郎的家里。

几乎整个村子的人都参加了这场盛大的婚礼。新郎和新娘穿着盛装出现在大家的面前。婚礼上有专门的乐队，乐队在不停地演奏音乐。人们跳着科洛舞，开心得不得了。餐桌上摆满了各种菜肴，有烤猪崽、面条、蛋糕、点心、水果等。

人们唱着歌，跳着舞，通宵达旦，尽情玩乐。因为新郎和新娘请了专业的摄影师，所以整个婚礼全程都有录像。我们后来仔细地看了录像，感觉一切既新鲜又有趣。在米尔克芙村，我们品尝到了这里所有的美食。米莎亲手做了一道传统大菜，叫"百宝囊"，这道菜集中了好多食材，味道相当不错，我们从未吃过这么好吃的美食。

杜布罗夫尼克之行

几天后，我们又去了贝尔格莱德。在《政治报》画报社领导的热情安排下，我们有机会去游览南斯拉夫的旅游胜地 —— 杜布罗夫尼克，这是《政治报》画报社送给我们的又一个礼物，我们感激不尽。

我们刚走进机场候机室，就看到一位熟人，他是尤金。他曾去过哈尔滨工业大学和我们家。我们能在这里又一次见面，真的特别高兴！尤金说，他非常喜欢中国，尤其喜欢中国的"雪乡"哈尔滨。他还委托我，让我把他的问候带给他在哈尔滨工业大学的朋友们。

我们顺利抵达杜布罗夫尼克，住进了列罗宾馆。每天吃完早餐后，我们都会走出宾馆，去游览这个美丽而古老的城市。

起初，我们不知道往哪个方向走，想问问别人，但很多人都摇着头，或者两手一摊表示不知道。原来，来这里旅游的人几乎都是外国游客。后来，我们从宾馆里拿了一张导游图，这样我们自己就可以找到任何一个我们想去的地方。

这里的公交车司机都认识我们了，因为我们每天都要坐公交车出行，去古城堡，或去海边。我们还去了老城区游览，那里有博物馆、教堂和商店。这里到处都是外国游客，在哪里都能听到不同的语言。

六天的时间很快就过去了，我们最后一次游览了老城区，仔仔细细地观赏了那些弥足珍贵的古迹，希望能永远记住这一切。

之后，我们坐飞机返回了贝尔格莱德，莫察和伏基察又来接我们了。第二天一大早，斯维特兰娜和伊穆雷领着我们去贝尔格莱德的大街上拍照，因为斯维特兰娜还想再写一篇文章，谈一谈我们在南斯拉夫的感受。

我们去了这里的"北京饭店"，饭店的经理给我们介绍了由南斯拉夫厨师烹制的中国菜，这些南斯拉夫厨师是由中国厨师培训出来的。我们参观了后厨，还品尝了厨师们做的中国菜，味道还很不错。

我们在好客的伏基察的家里又住了几天，然后回到了米尔克芙茨村。我们该收拾行装，准备回国了。

深情告别

亲人和朋友送给我们很多礼品，以纪念我们此次南斯拉夫之行，我们花了很多的时间才把所有的东西打好包。

晚上，扎尔克宰了一只羊，大家在院子里点起了篝火，并在篝火上烤羊。扎尔克亲自下厨给我们做了他十分拿手的肉汤——"乔尔巴肉汤"。

斯维特兰娜也过来了，还带来了新的一期画报，画报里刊登了她对我们的专访。斯维特兰娜最后在专访中写道："我们的客人就要离开南斯拉夫了，他们对此行感到非常满意。"专访后面还附有伊穆雷给我们拍的照片。

我们何止只是满意，我们感动至极，我们的感谢发自肺腑。从小的方面说，这是两国的亲人之间的深切交往；从大的方面讲，这是两国之间友好关系的见证。

1987年7月19日，是我们告别亲人回国的日子。

我在米尔克芙茨的街上又走了一趟，去了教堂，还去了墓地，向葬在那里的亲人们一一告别。我丈夫拍下了我在墓地的照片，每次都是"三连拍"，因为他担心照片拍得不清晰而让我留有遗憾。

我站在扎尔克家的院子里，默默地祈祷着。临别时，我紧紧地拥抱了扎尔克和米莲娜，拥抱了小孙子米兰，还有其他亲属。

我和丈夫再一次向他们表示感谢。无论我们去哪里，我们感到最亲切、最温暖的地方都是米尔克芙茨村，因为这里是我的故乡。

我们坐汽车去了机场，开车送我们的是米莲柯，和我们一起去机场的还有他的妻子布兰卡和小米丽察。另一辆车里坐着伏基察、留芭以及她的孩子娜塔莎和谢尔占。

我的内心无比沉重，舍不得离开他们。但在遥远的中国，在我的第二故乡，孩子们还在等着我呢！

斯维特兰娜也来机场给我们送行了，我紧紧地拥抱了她。

我们又一次见到了那个热情的空姐，她帮助我们托运了行李。我拥抱了她并与她告别，她像所有的南斯拉夫女人一样，美丽、健康、干练。

我和丈夫跟亲人们一一告别，亲人们留在了机场的航站楼里，而我们走进了登机口，来到了候机室，我的眼泪夺眶而出……

旁边坐着一对年轻的中国夫妇,那个年轻的姑娘走过来问我:"刚才是您的亲人来送您的吗?您要去中国很久吗?"

我对她说,我是生平第一次回到自己的祖国,我在中国生活,在哈尔滨有自己的孩子。

她感到有些意外,说道:"南斯拉夫是一个非常好的国家,这里的人对我们非常友好……我们在这里游览了好几天,已经喜欢上这里了。"

飞机起飞了,我们离开了贝尔格莱德,离开了南斯拉夫。

飞机继续往前飞,14个小时后就到北京了。没过多久,飞机就安全降落了,机舱里响起了乘客们的掌声,大家以此方式来表示自己顺利到达目的地。

我和丈夫走出机舱,去取行李。我正发愁如何搬弄这一大堆的行李时,丈夫对我说:"你看!薇拉和老朋友丽达来接我们了!"

薇拉一边高兴地向我们跑过来,一边喊着:"爸,妈,你们好啊!我太想念你们了!"之后,她和丽达帮我们叫了出租车。

我们坐到了出租车里,薇拉笑着给我们讲家里的情况:晓桥去日本出差了;伊娅一切都好,很快就要生第二个孩子了;外孙昌武和孙女佳音都在家里等我们回来,而伊娅的丈夫安德烈会在哈尔滨的火车站迎接我们。薇拉说,她太想早点儿见到我们,所以她就跑到北京来接我们了!

往事如梦如烟,生活还将继续……

我的爸爸邓建桥

邓 军

爸爸是个"老革命"

父母之间的共同语言

秋林公司印象

没有山盟海誓的爱情

刻骨铭心的坚强

革命传统教育

改革与创新

特殊的家庭文化

爸爸是个"老革命"

爸爸是一个"老革命"。1938年，他奔赴延安，进入抗日军政大学学习，成了一名革命干部，当地老百姓一般把他这样的干部称为"三八干部"。

我们听爸爸讲过他在晋察冀边区参加抗日战争的事情。当年的老战友一直与爸爸保持着密切的联系，有的战友常来我们家做客，革命诗人田间叔叔和作家方冰叔叔都来过我们家里。

在炮火纷飞、硝烟弥漫的战争年代，爸爸是一名出色的战地记者，笔名叫邓康。他发表过不少诗作，写过很多通讯报道，还写过不少散文。抗日战争时期，他写的通讯《59个殉难者》曾在晋察冀边区引起了强烈的反响。在晋察冀边区的各类获奖作品中，都能找到爸爸写的诗作和散文。

1943年，根据上级指示，爸爸来到晋察冀边区贸易管理局从事经济方面的工作。1946年，爸爸离开晋察冀边区，回到哈尔滨，继续从事经济方面的工作。哈尔滨的老百姓称他这样的干部为"北上干部"。

爸爸的童年是在哈尔滨度过的，家里的两个哥哥都有一定的俄语基础，这也为他后来在学习、工作、生活等方面与俄语结缘做了铺垫。

虽然爸爸一直从事经济方面的工作，但他的内心有着与诗人一样的浪漫，有着与作家一样的观察力和想象力。他一直保持着"延安式"的工作作风，对自己设定的目标有执着的追求。无论什么困难，他都不怕，都会想办法解决。他的一生经历了很多风风雨雨，而我看见的爸爸，永远都是一副和蔼可亲的样子。他说话幽默、风趣，遇事沉着、冷静，性格坚毅、刚强，但不失浪漫情怀。

爸爸非常喜欢一些经典的革命歌曲，只要在家里休息，他就会时不时地哼唱。最让我难忘的是他哼唱《延安颂》时的情景，他常常跟着广播里或电视里播放的旋律来哼唱。如果家里有人，他会走进书房里，一边看着书桌上摆放的老照片，一边轻声唱着《延安颂》。如果电视里集中播放革命歌曲，他会默默地坐在沙发上，一边放下手中的报纸，一边跟着哼唱。从爸爸的声音中，我能感受到他内心流露出来的情感变化。有时候，我会发现爸爸的眼眶中含着泪花。

爸爸喜欢的歌曲还有《在太行山上》《我们走在大路上》《洪湖水浪打浪》等，其中，《我们走在大路上》的作曲家李劫夫还是爸爸的老战友。有些歌曲即便没有任何音乐伴奏，他也会在家中轻唱。我经常看到爸爸背着手走来走去，嘴里唱着"我们新疆好地方啊……"，他很喜欢这样的歌词和旋律。我也见过他哼唱《歌唱二小放牛郎》，这是一首抗日战争时期的革命歌曲。那个年代的歌曲都是他非常熟悉的，我们小时候经常在家里跟着他唱。

爸爸是记者、诗人出身，他这个"北上干部"虽然一直从事经济方面的工作，但他善于思考，笔耕不辍，坚持不懈，给我们留下了深刻的印象。其中，印象最深刻的有这样两件事：一是他对《抗联老人李陞》的创作；二是他为纪念周恩来总理诞辰90周年而写的诗歌。

爸爸始终关注人们对东北抗日联军的报道和研究。他不断地去了解、考证一些历史事件和历史人物，从来没有停止过。

1959年是爸爸一生中遭遇重大转折的一年。这一年，他因对"大跃进"提出了反对意见而被某些别有用心的人污蔑为"反党分子"。他从哈尔滨市商业局局长的位置下来了，到一个牧场工作。然而，就是在这样一个人生的低谷阶段，爸爸花费了不少时间对东北抗联的老战士们进行了多次采访，完成了《抗联老人李陞》的创作。

2015年央视一套播放了大型电视系列剧《东北抗日联军》，我十分认真地追剧，一集也没有落下，因为爸爸之前写的剧本《省委书记》和《省委大破坏》在《东北抗日联军》中都有涉及。我对东北抗日联军浴血奋战的经历有了更加深入的了解。十分可惜的是，爸爸因病去世，没能对自己的剧本进行润色和定稿。

爸爸生前最敬重的人是周恩来总理。每次听到"洪湖水，浪打浪……"，他都会说："这是总理最喜欢的歌。"周总理去世的那一天，爸爸眼眶湿润，一整天都在哀乐声中度过，并且一言不发。有时候，他会坐在写字台前深情地看着总理的照片。

另一件令人难忘的事情发生在1988年3月5日。为了纪念周恩来总理诞辰90周年，周恩来纪念馆要在总理的家乡淮安奠基，爸爸为此专门写了一首诗，这首诗发表在1988年3月6日的《光明日报》上，诗的部分内容摘录如下：

> 淮安传来了消息，
> 周恩来纪念馆要在那里奠基。
> 这个平平常常的消息，
> 却深深地牵动着老战士的心。
> 伟大的儿子要回归故里，
> 即便您的骨灰已撒遍祖国大地！
>
> 您一生从未想过自己，
> 故乡的亲人们却时时刻刻想念着您！
> 醉心只为自己树碑立传的人，
> 不会活在人民的心里。
> 而您，永远在我们心里，
> 我们敬爱的周总理！

在那个特殊的年代里，爸爸有很多手稿被抄家的人抄走了，所以我们对已经保存下来的手稿十分珍惜。手里捧着发黄的手稿，想着爸爸的非凡人生经历，想着他那从未被磨灭过的革命理想，我们对爸爸的敬意油然而生……

父母之间的共同语言

　　夫妻之间要有共同语言，这是人们对理想婚姻的一种界定，意思是夫妻二人要有共同的志向和兴趣，可谓"志趣相投"。

　　用现在的话来说，我父母的婚姻就是一段"跨国婚姻"，所以一说到"共同语言"，这里还多了一层意思，那就是：两个人用哪一种语言来沟通和交流。

　　妈妈的母语是塞尔维亚语，但她平时用的语言是俄语。妈妈的汉语水平一开始很有限，当然，在与爸爸共同生活近五十年的过程中，妈妈的汉语水平得到了很大的提高，与人们谈论的话题涉及古今中外。

　　妈妈说汉语时发音不太标准，好在妈妈的声音很甜美，谈吐很优雅，所以沟通起来并没有什么障碍。但是，家里的孩子们常常会拿妈妈开玩笑。比如，妈妈特别喜欢看体育节目，对篮球、排球、足球等赛事都十分关注，女排大赛时她常问家里人，哪天有中国女排比赛，孩子们就会故意模仿妈妈的样子，告诉妈妈："姥姥，今天有'牛排'！""奶奶，'牛排'又胜利了！"对孩子们善意的恶作剧妈妈习以为常，总是笑着对他们说"谢谢"。

对爸爸来说，学习俄语一开始是因为工作需要。爸爸有一定的俄语基础，他的大哥当过俄语翻译，二哥也会讲俄语。爸爸排行老三，在学校也学过俄语。1946年，他作为"北上干部"回到哈尔滨，继续从事经济方面的工作，工作中需要用到俄语。后来，他担任了哈尔滨市中苏友好协会的副会长，俄语对他来说就更加重要了。

爸爸一直都很认真地学习俄语，回到哈尔滨不久，他就认识了同在一个大楼里工作的妈妈。爸爸常去找在一楼工作的妈妈，请她教自己俄语，以便提高交流能力。他们在这样的学习过程中相互有了好感，培养了感情，两年后他们就结婚了。

我们经常看到爸爸和妈妈用俄语谈论各种各样的问题，此时我们尽量不去打断他们，只在旁边观看，听他们对话。

客观地说，爸爸的俄语还是很好的。他能与外国朋友大胆沟通和交流，并且他的词汇量相当大，他的发音也比较标准。不足之处在于，爸爸对俄语的语法掌握得不算太好，他用俄文写的东西会有一些语法错误。我清楚地记得爸爸出差在外时用俄文写给妈妈的信，通篇没有大写字母，也没有标点符号，但他写的信内容很清楚，事情也说得很明白，该有的浪漫在信中都有体现。妈妈每次读着他写的信都会忍不住摇头，却会笑着看完爸爸写的每一个字。

值得肯定的是，爸爸学习俄语的态度非常好。他不怕说错，也不怕别人笑话。他知道哪里说错了就一定会改正，而且之后不会再出现类似的错误。我们家里后来有三个俄语老师，每每说到爸爸学俄语的态度，我们三个俄语老师对爸爸的表现都会给予充分的肯定。

爸爸和妈妈有很多共同的爱好，比如他们都喜欢音乐和文学，都关心国内外大事。最重要的是，他们都热爱生活，都爱自己的子女。看着他们有时用俄语，有时用汉语，有时用混合的语言，那场景让人感到十分的亲切和温馨。

我们家里人有喝下午茶的习惯，白天家里即使没什么人来，爸爸妈妈也会在下午两三点钟坐下来喝杯茶。我喜欢看他们一边喝着茶，一边轻声聊天的样子。这就是夫妻之间的恩爱，就是一个家庭和谐的象征。

爸爸和妈妈永远都有说不完的话，他们总是在共同探讨问题，什么事情都商量着来。他们曾经共同翻译了俄文版的法国作家雨果所著的《加夫罗什》，并由中国儿童出版社出版。虽然年纪大了，但爸爸还是鼓励妈妈撰写自己的回忆录。其实，回忆录的整体设计都是他帮妈妈构思出来的。

俄语和汉语是他们共同使用的语言，也是连接他们深厚感情的一条红线。

秋林公司印象

秋林公司是哈尔滨的一张名片。

2009年6月7日刊发的《新晚报新周刊》里有这样一段关于秋林公司的介绍：

> 1945年，日本人走了，苏联军队接管了秋林公司。不久，苏联军队便把秋林公司交给了苏联政府的外贸部，成为在中国领土上的苏联企业，并且一直经营到1953年。1953年10月，苏联政府要把秋林公司卖给中国政府。很快，收购秋林公司的报告经党中央批准，由各个部委组成的领导班子开展接管工作。1953年10月14日，中、苏两国代表在收购协议上签了字。
>
> 接管工作完成后，秋林公司的第一任总经理邓建桥，是一位曾在延安工作过的并且精通俄语的高级干部。他带着70多名中国干部进驻了秋林公司，走进了属于中国人民的企业里，领导并指挥着秋林公司的原班人马实施改制工

作。秋林公司的企业名称改为"中国国营秋林公司"，隶属哈尔滨市商业局。当地人习惯地将其称为"秋林公司"。

从1954年开始，爸爸就在秋林公司里工作了两年多时间。

那段时间，我们就住在秋林公司后面的一幢楼里。我至今都能清楚地记得那时候我们家的生活场景，记得很多发生在那个阶段的事情。

秋林公司旧照（1956年拍摄）

我是一个很爱玩的人，喜欢在家附近溜达，因为自己的家离秋林公司的商店很近，只有几百米远，所以这个商店自然成了我经常光顾的地方。

商店里总是干干净净的，宽敞明亮的橱窗里摆放着各种各样的商品。在我的印象中，橱窗里的商品会经常更换，而且商品摆放的位置非常显眼，抓人眼球。

店里的售货员无论是中国人还是外国人，都统一着装。商店售货员穿着蓝色的工作装，衣服的领子是白的；食品部的售货员穿着白色的工作装，女售货员身上围着漂亮的围裙，头上戴着有花边的头饰；男售货员头上戴着带檐的帽子。

那时候，秋林公司有两层楼，楼梯的扶手很亮，地砖上的图案色彩分明，店里的方向指示牌都是用汉、俄两种文字写成的。

售货员对顾客非常热情，很有礼貌，柜台中商品的标签也是用俄、汉两种文字写成的。我特别愿意看中国售货员用简单的俄语为外国人服务的样子，让人感觉到"这里就是你的家，你会得到最好的服务"。

我最爱去的地方是商店的食品部，一是因为这里有各式各样的糖果和点心，有刚出炉的面包，还有香喷喷的肉肠；二是因为我那时候就可以帮妈妈完成一些简单的采买任务。为了能去商店，我都会向妈妈主动请缨。为此，食品部有很多人都认识我。

爸爸工作非常忙，也很辛苦，他每天从早忙到晚，甚至有时候不回家。但只要他回到家，家里就非常热闹。妈妈会为爸爸准备好他喜欢吃的饭菜，我和弟弟会抢着去楼下迎接他。

当时，秋林公司的职工有1000多人，既有中国人，也有外国人。爸爸与所有的职工都保持着很好的关系。我见过他与外国人如何交往，也见过他与中国职工亲切交谈的情景。我曾在一个材料里读到过这样一段描写爸爸的话："每个秋林人都忘不了他！在担任秋林公司总经理期间，他带领大家积极探索秋林公司的发展道路；他以店为家，经常无条件加班，整天整夜不回家，其实他的家就在旁边几百米远的地方。他的经营之道为同行所称赞，他为公司的发展奠定了扎实的基础……"

在一篇题为《远东第一店》的报告文学中，作者在这篇文章中详细介绍了爸爸带着70余名中国干部来到秋林公司后的详细情况。当时，秋林公司的员工工资是同行业平均工资的三倍。中国干部来到秋林公司后依旧领的是原来的工资。爸爸担心这样发展下去会影响到他们的情绪，于是他就向上级申请，为他们晋升一级工资，但他和四个经理除外。在当时，为基层干部全面晋升一级工资的事情前所未有。那些当年跟随爸爸的部下回忆起他的举措，都会对他竖起大拇指。

哈尔滨的大街上至今还能见到秋林公司俱乐部的楼房。那时候，每到周末秋林公司俱乐部里就会非常热闹，大家会在里面开展各种各样的活动，职工的业余生活非常丰富。俱乐部还会定期播放最新的苏联电影，我和妈妈从来都不会错过，爸爸说我们是电影迷。

秋林公司的幼儿园也是我非常熟悉的地方，我们家和幼儿园是在一条街上，所以每天早上我都是自己去幼儿园的。当时我的积极性相当高，因为幼儿园的环境非常好，园里有很多为小朋友们准备好的各种各样的玩具。最重要的是，幼儿园的老师们给小朋友安排了各类活动。幼儿园里有中国老师，也有外国老师，用现在的话说，就是达到了"国际双语"的标准。老师每天都会给我们讲非常有意思的故事。为了听老师讲故事，我天天去幼儿园，是一个"出全勤"的小朋友。

秋林公司的发展是爸爸最上心的事情。在20世纪80年代，爸爸就积极呼吁秋林公司的领导，要把秋林公司的历史写下来。他在笔记本里这样写道："秋林公司是一个历史悠久的企业……它经历了沧桑巨变，却始终保持着自己的特色……它的产生、发展、壮大、转型、改制等都是值得我们学习和总结的。"

受爸爸的影响，我们家里人也一直关注着秋林公司的发展。我们家后来搬到道里区居

秋林公司道里分店（2015年拍摄）

住，妈妈常去中央大街的秋林公司道里分店。我常听妈妈对爸爸说"这东西是在秋林买的"。

　　20世纪80年代末，我曾多次在黑龙江省供销社、哈尔滨市商委等多家单位担任翻译，开展贸易洽谈工作。无独有偶，这几个单位都是爸爸曾经工作过的地方。我帮助这几家单位签下了几个重要的单子，其中就包括秋林公司。苏联的贸易代表团来秋林公司参观时，我还给他们当过翻译。

　　平时再忙，每过一段时间我也会抽时间去秋林公司看一下，因为这里有我难以忘怀的童年记忆，这里是爸爸曾经工作过的地方。

如今的秋林公司总部大楼（2015年拍摄）

没有山盟海誓的爱情

　　虽然爸爸是个"工作狂"，但在某种程度上可以说，爸爸"不爱江山爱美人"。

　　当年爸爸这个"北上干部"要娶妈妈这个外国人为妻，会有很多的限制条件。他们结婚需要得到有关部门批准，而且妈妈还要加入中国国籍。

　　爸爸的领导在签字之前对他说："这样做，你就当不成外交官了，你要考虑清楚了！"因为在当时，中国的外交人员是不能娶外国人为妻的。当年爸爸还年轻，各方面都很优秀，还熟练掌握一门外语，完全具备成为外交官的条件，但他还是选择了爱情，选择跟妈妈结婚了。

　　爸爸和妈妈的爱情和婚姻从一开始就受到了严峻的考验。

　　爸爸很少跟我们讲他和妈妈的事情，他们之间的很多事情我都是从妈妈那里了解到的。然而这几十年来，我们这些当子女的却亲眼见证了他们那种很少用语言表露的无比深厚的爱，见证了他们那种手挽着手经历风风雨雨的场面。他们为了自己的另一半，为了这个家，愿意奉献出一切。

爸爸和妈妈时刻都在为对方着想。

我的姥爷身体不好，爸爸就帮着寻医问药；我的舅舅没有工作，爸爸就帮他找到了一份稳定的工作。爸爸和妈妈的积蓄不多，却在舅舅回国时慷慨解囊，给他买了昂贵的船票，为他打点好行装。回国探亲时，为了给亲人准备好礼物，爸爸卖掉了他心爱的比利时名牌猎枪……

妈妈也像对待自己的父母一样对待爷爷和奶奶。她努力让爷爷和奶奶感觉不到外国儿媳有什么不同。我的爷爷和奶奶曾在我们家小住过，爷爷很喜欢吃西餐，妈妈就非常用心地为老人准备好他喜欢吃的美食。

1957年，南斯拉夫当局来函，邀请妈妈回国定居，妈妈完全可以带着子女回国，而且当时南斯拉夫当局提供的条件也非常优厚，但妈妈拒绝了。

为了这个家，爸爸也跟妈妈一样，放弃了更好的前程和机遇。1958年，爸爸有机会成为一名外交官，但条件是"必须与自己的外国妻子离婚"。这个条件是爸爸万万不能接受的，他深爱着自己的妻子，爱着这个家。为了不让这件事情对妈妈造成影响，他只字未提。直到好多年之后，妈妈才知道爸爸曾经面临过这样一个抉择。

共同经历的风风雨雨是检验夫妻感情的试金石。

1959年，爸爸的工作发生了很大的变化。他从商业局长的位置上退了下来，去了一个牧场工作。他没有了专车，每天都要骑自行车去上班，而且路途很远。他的待遇也发生了变化，家里的生活变得更加拮据。关于这种落差，爸爸勇敢地面对着。虽然他的内心非常痛苦，但他尽量不让我们担心。我们从未看见过爸爸在家里诉说自己的不幸遭遇。爸爸下了班，我们就在门口迎接他。我们看到的永远是一张笑脸。

妈妈心中也有很多痛苦和委屈。她常被别人骂成"老毛子"，还有小孩对着她扔石子。她的很多外侨朋友都回国了，她与祖国的亲人也失去了联系……这一切爸爸都是知道的，所以爸爸努力让妈妈不去想这些不愉快的事情，努力在家里营造一种温馨而快乐的氛围。

在"跨国婚姻"中，夫妻双方不仅心中要有对方，还要尊重对方的文化习俗，这些文化习俗包括风俗习惯、生活习惯、饮食文化等。爸爸妈妈在这些方面都做得很好。爸爸永远记得对妈妈有纪念意义的日子，比如妈妈的生日、三八妇女节、结婚纪念日等。妈妈喜欢吃点心和甜食，爸爸会想办法买来让她品尝。爸爸离休后，每天早晨都会去江边晨练，走之前，他会让妈妈"下指示"，需要买些什么东西回来。妈妈会对爸爸良好的表现给予充分的肯定，并且连声说"谢谢"。

爸爸晚年得了肺癌，呼吸十分困难，妈妈坐在床边对他轻声地说着什么，爸爸就认认真真地听着。有的时候，他们两个人什么都不说，妈妈只是抚摸着爸爸的头，或者握着爸爸的手。

爸爸去世后，妈妈总是一个人对着爸爸的相片发呆。有一次，妈妈不小心摔坏了腿，行动不便，我们就劝过她换一个一楼的房子住，那时候，很多房子是没有电梯的。妈妈一直摇着头，说道："不行，这里是你爸爸最熟悉的地方，是他的家。换个地方，你爸爸的灵魂就找不到家了……"

刻骨铭心的坚强

爸爸是一个性格非常坚强的人。

1959年，爸爸被污蔑为"反党分子"后，在这个阴影里生活了将近二十年。然而，这二十年的磨难并没有打倒他，反而使他变得更加坚强。

我清楚地记得，在1968年的春天，爸爸先被隔离审查，当时还没有被送进"牛棚"。有一天，我去爸爸的单位找他，发现楼道里到处都贴着大字报，有的大字报上写着"打倒邓建桥"，有些标语上有爸爸的名字，名字上还有鲜红的"×"号。我当时想，写大字报和标语的人可能对爸爸怀有极大的仇恨。

大字报和大标语我见过很多，但我第一次看到这些都是针对爸爸的，心里一阵阵发紧，感觉很难受。爸爸是"北上干部"，为这个国家做过那么多的贡献，还作为人民代表到北京开过会，他怎么会是"反党分子"呢？我实在想不通。

大字报和大标语上也有妈妈的名字，"打到邓伊玲""打倒外国老婆"等字眼非常醒目，直击我的眼球。

在楼道里，我遇到了几个以前常来我家做客的叔叔。他们见到我时都装作没看见我的样子，我也装出不认识他们的样子。我没有驻足，直接去了办公室。

办公室的主任直截了当地"教育"我，要我跟父母划清界限，还要我积极主动地交代他们的"问题"，揭发他们的"罪行"。

我往回走的时候，突然听到从会场里传出来的口号声。我躲在门后头，从门缝里看到了正在接受批斗的爸爸。我看见爸爸低着头，弯着腰，一声也不吭……

我的眼泪一下就涌了出来。我强忍着泪水，离开了那个办公大楼。到了街上，我泣不成声，泪如泉涌。那是我唯一一次看见爸爸遭受到这样的"待遇"。当时的场面让我感到无比震惊和痛心，但给我留下最深刻的印象不是震耳欲聋的喊声，而是爸爸冷静的样子。我心里明白，爸爸不会惧怕这一切，知道他一定会坚持下去。

没过多久，我在办公室里见到过的那个主任带着人来了我家，取走了爸爸的被褥和几件换洗的衣服。就这样，爸爸被他们关进了"牛棚"。"牛棚"和监狱一样，要求十分严格，家属只能在指定的时间，按着要求去送东西，人是不可能见到的。

有一个家属在袜子里面塞了一张纸条，看守人员发现后就对这个家属大声训斥。其实，这个可怜的家属只是一个十二岁的孩子。他遭到训斥，哭得十分伤心。后来我发现，过来送东西的人，不是老人就是孩子。

那时候，弟弟已经去了生产建设兵团，而妹妹只有三岁，所以往"牛棚"里送东西的任务自然就落在了我的肩上。送的次数多了，我也有了一些经验。爸爸爱吸烟，但看守人员只允许家属送最便宜的香烟，当时最便宜的香烟要属"葡萄牌"香烟。在过春节前，我买了几盒好烟，把好烟装进"葡萄牌"香烟盒里，并把封口粘好，顺利地送进了"牛棚"。

这段时间家里发生了很多事：爸爸进"牛棚"没多久，妈妈也进了"牛棚"；弟弟去了生产建设兵团，连续几年回不了家；奶奶在北京的姑姑家里生了病，而且病情越来越重，没多久就去世了。爸爸是一个大孝子，可奶奶去世的事情我无法开口告诉他。

爸爸从"牛棚"里出来那一天，也是妈妈回家的日子。可就在第二天，他们又要去农村，接受劳动"改造"。

三个月后，爸爸回来了。他安排好家里所有的事情，我感觉这个家又有了主心骨。我们知道，家还在，爸爸还在，希望还在。

爸爸在整理衣物时，我走到他跟前轻声告诉他，奶奶已经去世了。他放下手里的东西，停顿了片刻，然后轻声地回应了一句："哦……知道了……"之后，他把自己关进了屋里，好长时间都没有出来。虽然爸爸表现出平静的样子，但我能感觉到他内心的痛苦。奶奶活着的时候，他为了革命事业，没能为她尽孝。即便在奶奶去世的时候，他也没能与奶奶见上最后一面，送她最后一程。

至于"送烟事件"，我曾问过他是否发现里面的好烟。我原以为爸爸会表扬我，说我会办事，没想到爸爸只是轻描淡写地说了一句"当然发现了"，之后他什么话也没说。我们几个孩子从小就受到过严格的教育，爸爸妈妈一直要求我们要做诚实的孩子，在任何时候都不能对任何人说谎。我后来才明白，我这种带有投机性质的做法，爸爸这个商业老干部肯定是不认同的。

1972年夏天，妹妹薇拉跟着爸爸妈妈一起去了遥远的农村插队落户，那里的生活条件极其艰苦。他们这一走就是两年多。

在这段时间里，爸爸为了能给妈妈和妹妹争取到好点儿的居住条件，与当地村干部进行了多次沟通。同时，他又帮供销社做了很多工作，供销社在他的帮助下有了很大的发展。爸爸用自己的努力和真心赢得了大家的信任，大家都亲切地喊他"老邓"。在那段艰苦的岁月里，爸爸用坚强鼓舞了家人，用行动支撑着整个家。

他们所在的农村生活条件非常差，那里没有通电，没有自来水，做饭和取暖用的燃料主要是秸秆。然而，爸爸妈妈依然非常坚强和乐观。作为一家之主的爸爸，尽一切力量为妈妈和妹妹创造良好的条件，营造温馨的环境。在寒冷的夜晚，爸爸会跟她们讲白天发生的事情。有爸爸在，妈妈和妹妹都感觉有了靠山，心里非常踏实。

我去过爸爸和妈妈插队落户的那个农村，也亲眼看见他们如何努力创造条件，营造美好的家庭氛围。我还目睹了乡亲们围在他们周围，与他们亲切交流的场面。

无论什么时候，爸爸都是我们这个家的顶梁柱，是我们这个家的魂。

爸爸离休后，就帮我们照看着孩子，但他年纪大了，身体越来越不好了。有一次体检后，爸爸去医院取了体检结果，看到单子上赫然写着"癌症"两个字。人们看到这两个字，双腿都会发软，内心也会受到极大的冲击。然而，爸爸临危不乱，头脑十分冷静，独自与医生商量了治疗方案。他还特别强调，不要惊动家人。过了很长时间，我们才知道此事，并且感到十分震惊。爸爸的冷静、果断和泰然处之的态度让我们不得不尊重他的决定，同意他提出来的治疗方案。

整个治疗过程持续了两年多的时间，我们内心的痛苦可想而知，但我们尽量不去表露。爸爸最终还是因病不幸去世，但他永远是我们学习的榜样。

革命传统教育

爸爸是一个革命干部，所以我们三个从小接受的必然是严格的革命传统教育。

七岁那年，我到了上小学的年龄，当时我面临的问题是"择校"。与现在"择校"的概念有所不同，当时在哈尔滨，我"择校"是指：是选择上外侨办的"苏联小学"，还是上我们中国人自己办的学校。

在这个问题上，妈妈让爸爸做决定，并没有坚持让我上"苏联小学"。爸爸让我上了中国人自己办的学校，这个选择决定了我之后的成长道路，为我今后的发展奠定了基础。

我上小学后，爸爸对我的衣着有了严格的规定，比如，不能穿皮鞋和胶鞋，衣服要"大众化"，颜色不能太艳……起初，我的学习成绩很一般，上了四年级，我突然感觉自己的脑袋开了窍，学习突飞猛进，成绩名列前茅。爸爸经常告诫我，不能"翘尾巴"，要谦虚谨慎。我有时会感到很委屈，因为我觉得自己并没有"翘尾巴"。

弟弟喜欢养鸽子，每天要花很多时间去喂养，他的学习成绩因此受到了影响。爸爸跟弟弟谈了一次话，要求他把鸽子送给朋友。弟弟非常舍不得，心里感到难过，但他还是收了心，开始用心学习了。

在我们三个孩子当中，只有妹妹很少受到爸爸的批评，主要原因是妹妹年纪最小，从小就吃了不少苦。爸爸和妈妈蹲"牛棚"时，她跟着我，缺少了父母的呵护。爸爸和妈妈到农村插队时，她又跟着他们去了农村，那里各方面的条件可想而知。艰难的时世给了她一个缺少童趣的童年。但另一方面，这样的经历也使她拥有了出众的生存能力和处事本领。

还有一个原因，就是妹妹很乖巧，很听话。妹妹是爸爸和妈妈最贴心的小棉袄，基本没有什么事情让他们操心过。

大伯去世后，爸爸对大伯家的四个孩子更加关心。除了在经济上提供帮助外，爸爸对他们的教育抓得很紧。有一次，堂哥对国内发生的一些事情理解有很大的偏差，爸爸知道后就和他进行了一次长谈，讲明自己对这类事情的正确看法。

勤俭和节约一直是家里的传统，这种传统沿袭并保持至今。

我们从小就知道，吃饭时碗中不许剩米粒儿。20世纪60年代初的三年困难时期，爸爸要求我们，每天有什么吃什么，粮食不够吃，就算挨饿也要坚持，不许哭闹。那时候，我已经学会用各种票证买东西了。我到粮店买粮时特别小心，不让一粒米掉在地上。因为油票很少，妈妈用油极其节省，当时家里用的油勺非常小。我看到妈妈为难的样子，就在买肉时专门挑选一些肥肉。妈妈会把肥肉炼成大油，这样家里人炒菜就有油了。

我们年轻时都爱美，却没有几件像样的衣服，更不用说赶时髦了。由于当时的布票非常紧张，我们的衣服都是穿破了就补，补好了再穿。好在妈妈手巧，会把旧衣服都修补得很整齐。

到了我们的子女这一代，爸爸对他们仍然坚持革命传统教育。爸爸的教育方式一直都是细致入微的，比如，孩子们吃完饭后碗里必须很干净；孩子们每天必须按时起床，按时睡觉；每天到了晚上，客厅里必须是人走灯灭……爸爸很少具体表扬哪个孩子，但定下的规矩和原则人人都要遵守。

我们一直称爸爸妈妈的家为"大家"，而我们各自的家则为"小家"。孩子们无论是在"大家"，还是回到各自的"小家"，良好的生活习惯都一直保持着，传承着。

每天晚上，全家人必看的电视节目是中央电视台的《新闻联播》。孩子们小的时候，如果有国歌响起，都会在电视机前立正，直到国歌结束。这样的情景一直深深地印在我们的脑海中。这是爸爸一直坚持的爱国主义教育的自然体现。

爸爸的革命传统教育是我们家里贯穿了几十年的红线，这根红线颜色鲜艳，非常结实。它是我们家的家风，是我们的根本。

改革与创新

  还在秋林公司任总经理的时候，爸爸就在秋林公司的改制和创新方面花费了大量的心血。秋林公司也在他的管理下有了大发展，并为今后更大的发展奠定了扎实的基础。之后，他调到哈尔滨市商业局，为哈尔滨市的商业发展继续贡献着自己的力量和智慧。熟悉爸爸的人都亲切地称他为"老邓"，都说他"为官一任，造福一方"。

  20世纪70年代初期，爸爸妈妈从农村插队回到了哈尔滨。回来后，爸爸在哈尔滨的水产局继续工作。

  党的十一届三中全会召开后，爸爸担任了水产局的局长和党委书记。从那时起，爸爸就把全部的精力都投入到了水产事业中。

  那时候，爸爸好像浑身都有使不完的劲儿。他每天很早就会出门，忙到很晚才回家。家门口总是挂着一件军用大衣或一件雨衣，地上摆着胶鞋或雨靴。他很少跟我们讲工作上的事情，我们只是偶尔会听到妈妈说，爸爸工作很辛苦。

那个时候，哈尔滨有好几个渔场，如长岭湖渔场、岭北渔场、西郊渔场、团结镇渔场等，这些渔场都分布在市郊。爸爸不仅跑遍了哈尔滨所有的渔场，而且经常去外省市的渔场调研。他的司机常常开着吉普车拉着他去各个渔场，深入一线考察。渔场的人常来家里谈工作，连妈妈都能叫得上他们的名字，知道他们是哪个渔场的人。

十一届三中全会后，水产局的很多工作都要重新开始，需要打破原有的藩篱，用实际行动来推进改革，鼓励创新。爸爸也深深地感到，自己肩上的担子很重。

爸爸首先带领团队在销售方面实行"产销面对面"，推行"议购议销制度"，为各个渔场的销售工作开拓了新局面。水产局还出台政策，积极鼓励个体养鱼专业户，实行"集体个体一起上"的政策，让大家真正得到实惠。

为了水产事业的发展，爸爸大胆起用科技人员，重视他们的想法和意见。水产局从1979年就开始实施技术职称评定工作，在局里上上下下形成了一种"重视知识，尊重人才"的良好氛围。

仅靠当时的设备和技术，在寒冷的东北地区是无法繁殖鱼种的，哈尔滨的老百姓在冬天很难吃上活鱼。爸爸带领水产技术人员与哈尔滨热电厂开发合作项目，希望通过利用热电厂废弃的温流水来养殖罗非鱼和鲤鱼。经过一段时间的努力，这个项目终于取得了成功。人民日报曾为此做了一篇题为《哈尔滨的老百姓冬天能吃上活鱼了》的专题报道。当时我回到家，妈妈高兴地把报纸递给我看，全家人都为爸爸感到高兴。那是我们全家人的一件大喜事，因为爸爸和他的同事们成功了！

在那个百废待兴的年代，爸爸在工作中做了很多新的尝试。然而，新生事物的出现在当时也会被人质疑。

20世纪80年代初，在爸爸的提议下，水产局成立了项目办公室，目的是为各类项目开发提供坚实的平台和资金保障。为了促进长岭湖渔场、岭北渔场等几个大渔场的发展，水产局在上级主管部门的支持下引进了外资，由世界银行提供无息贷款，购进了很多大型设备，包括推土机、挖掘机、卡车以及冬季养鱼用的增氧机。因为在当时，引进外资是一个新事物，所以水产局里出现了两种完全不同的声音，有些人同意借用外资，但也有一些人持否定态度。水产局克服了种种困难，用实际效益证明了这一决策的正确性。水产局引进外资后，哈尔滨的水产事业获得了更大的发展。

爸爸在水产局局长这个位置上工作了六年，这六年是他大胆革新、努力拼搏的六年。可以说，他一直在用"老骥伏枥，壮心不已"的精神激励自己。1984年末，爸爸从工作岗位上退了下来。就像当年他离开秋林公司后还一直关注哈尔滨的商业发展一样，他始终关注着哈尔滨水产事业的发展。

特殊的家庭文化

    我们这个家庭的文化比较特殊。我的姥爷是塞尔维亚人，姥姥是俄罗斯人，他们都有自己的文化信仰和生活习惯，但是为了爱情，他们走到了一起。妈妈继承了姥爷和姥姥的所有传统，之后她与爸爸这个革命干部走到了一起，而我们以及我们的孩子接受的又是革命传统教育，所以我们以及我们的孩子既是"中西结合"的人，又成了"又红又专"人。

    然而，我们小的时候的确因为文化上的差异而发生过很多尴尬的事情。

    记得上小学时，我们每天都要带中午饭。班上所有同学的饭盒会统一送到学校的水房里加热，这样大家在中午就能吃到热乎乎的饭菜了。每个班里负责送饭盒的人都是固定的，我们班由生活委员来负责。

    有一天，生活委员感冒了，没来学校上课，老师就把送饭盒的任务交给了我。那时我刚上二年级，对学校的情况不太了解，好在我知道水房在哪里。于是，我就拎着一网袋饭盒走向水房。水房里烧水的阿姨有五十多岁，头发花白，满脸麻子，那天是我第一次见到她。家里面一直要求我们要懂礼貌，见了长辈要问好，可是当时我感到有些紧张，一时不知怎么跟这个阿姨打招呼。我听到身旁有个打水的老师喊了她一声"郭姐"，我也就跟着他喊了一声"郭姐"。这个阿姨勃然大怒，冲我喊道："郭姐也是你叫的？"我赶紧说了一声"对不起"，放下一网袋饭盒就跑出来了。

爸爸知道这件事后，耐心地给我讲了中国的辈分关系和长幼顺序，之后我就特别注意，不敢再犯类似的错误。

还有一次，妈妈让当时只有六岁的弟弟去附近的小店里打一瓶酱油回来。他从来没有出去买过东西，感到很为难，就问妈妈："我买酱油要不要跟人家说'你好'？买完了要不要说'再见'？"妈妈说"当然"，并耐心地给他讲，这是一个很简单的任务，用不着那么紧张。

在"跨国婚姻"的家庭里，夫妻之间除了要了解对方国家的历史、传统、礼仪等，还要特别注意把它们传承给子女，让子女了解并掌握两种不同的文化，让他们知道如何融会贯通。

妈妈常常给我们讲各种故事，讲她小时候的事情，讲她家乡的事情，讲各种节日的来历……妈妈还会带我们去姥姥和姥爷的墓地，给我们讲他们的故事。后来这块墓地被夷为平地，建成了文化公园。好在妈妈记住了坟墓所在的位置，每逢姥姥或姥爷的祭日，妈妈都会带我们过去，在那里点起蜡烛，用心祈祷。

爸爸因为工作忙，很少陪我们。有一天，爸爸要给我们讲大老虎的故事，我们高兴地坐在他身边专心地听着："有一只大老虎住在山里面，有一天，它出来找东西吃，它走啊走啊，走啊走啊……"结果，爸爸刚讲几句就没有声音了，原来他困得不行，很快就睡着了。我们急得直催他："后来呢？爸爸你醒醒……"

爸爸离休后，有了很多空闲时间，就在孙辈们身上花工夫。他常去书店买书，买回来就督促大的孩子看，并且让大的孩子读给小的孩子听。有时候他亲自上阵，给孩子们讲各种有趣的故事。他特别关心孩子们的成长，只要孩子们在他身边，他就会带着他们到江边跑步，去公园玩耍，或者带他们去看电影。有关社会、历史等方面的知识爸爸会常常讲给孩子们听。

我们这个大家庭里要过的节日比别人家多一些，因为除了中国的节日，妈妈还要和家人一起过国外的节日。有关这些节日和风俗习惯，我们从小就懂得了。

喝下午茶的习惯我们一直保持着。父母在世时，这个大家庭的每个成员都有自己专用的茶杯。我非常怀念妈妈亲手为我们冲泡的红茶，怀念妈妈亲手烘烤的点心。

家庭文化对我们的影响是潜移默化的，我们在这种特殊的家庭文化中熏陶着，成长着，传承着……

南斯拉夫探亲记

邓建桥

去与不去

1987年5月，我们终于决定去南斯拉夫探亲了。

这只是我们家里的决定，天知道我们在申请的过程中会出什么问题。

我们家里人做出这个决定，花费了好长的时间。"去——不去——去"，我们反反复复地讨论了很久。不管怎样，我们最终还是做出了"去"的决定。

是南斯拉夫的亲友们不欢迎我们吗？不是的。

伊玲的侄女伏基察代表他们全家，已经接连好几年向我们发来邀请，希望她的姑姑回去看一看自己从未见过的故乡。在今年的邀请信中，伏基察的言辞更加恳切："希望姑姑早下决心，我们都迫切地希望能够早日见到您！"伏基察也知道，他的姑姑已是64岁的老人了。

作为丈夫，我早已想过，无论如何我都要让伊玲回去看一看自己的故乡。这样做，我才心安。

伊玲是中国籍南斯拉夫人，1945年正式参加工作。她早年在哈尔滨侨民档案馆工作，之后在哈尔滨工业大学当俄语教师，直到1983年才退休。虽然伊玲是南斯拉夫人，但她生长在黑龙江，从未回故乡看过。

在讨论探亲的问题时，我说得急了，伊玲就会大声对我说："就你愿意去。"

我只是笑了一下。

我想去，难道她不想去吗？

她当然想去！她想什么，我全都知道。

也许我的觉悟高一点儿，我就跟她讲："不是已经实行了改革开放的政策吗？"

是的，这是对的。然而，多少年的经历也告诉我们，理论脱离实际的情况我们也遇到过。

虽然嘴上这样讲，但我心里感觉并不踏实。

不管怎样，我们家里人做出了决定——去南斯拉夫探亲。

申请提交了。

一天，两天，三天……我们都在等待着结果。

一个星期过去了，伊玲有些失望。她对我说道："可能他们会找个理由不让我们出去。"

"看看吧！"我心里也有点儿忐忑。

一天晚上，在哈尔滨工业大学工作的小女儿薇拉回来了。她喜形于色，告诉妈妈："外语部的付主任回话了，说学校同意了。人们都说，伊玲老师光在咱们学校就工作了30多年，咱们应该支持她回国探亲。"

乌云散了，阳光照了进来。或者说，阳光早已照进来了，而我们的头脑里还盘绕着"乌云"。

"是吗？"伊玲不敢相信。

为了这事，她还专门去了学校咨询。

"是的，我们都同意。"付主任给了他一个肯定的答案。

商委的同志也给我打来了电话："上级领导同意你出国探亲。你可以到有关部门办理手续。"接着，他对我表示祝贺。

我们对回乡探亲的路线也做了设想，途经莫斯科，再到贝尔格莱德，沿途还可看一看贝加尔湖，在莫斯科中转时还可以在那里游览一下。这是一条经济上最节约的路线。

伊玲把我们的设想写信告诉了伏基察，以便让他们随时知道我们的情况。

大部分手续都办完了，给我们办理出境手续的工作人员告诉我们："就等护照了，我们抓紧办。"他的话不多，但热情溢于言表。

热情的手也从南斯拉夫伸过来了！

伏基察来信告诉我们，斯维特兰娜知道我们要去的消息，也在积极活动。

这里要说一下斯维特兰娜。

斯维特兰娜是南斯拉夫《政治报》画报社的记者，曾任驻京记者，之后因工作需要回到了南斯拉夫。1985年冬，她到我家采访过伊玲。回国后，她在《政治报》画报上发表文章，介绍了伊玲的情况，所以她对我们的情况是很了解的。

过了几天，南斯拉夫《政治报》画报社的驻京记者格沃打来了电话，问我们什么时候到北京。他告诉我们，南斯拉夫航空公司决定赠送给我们出国探亲的往返机票。

这真是个好消息！

大家都向我们伸出了热情的手！

当我们离开哈尔滨时，有不少人来到车站送我们。大家如此热情，我们非常感动，因为这不仅是对我们的欢送，也是对改革开放的赞颂啊！

第一次坐飞机

我们一大早就来到了首都机场，因为这是我们第一次出国，我的心情是既兴奋又紧张。为什么兴奋？原因就不用多说了。紧张是因为出国登记手续不知道怎么办，我感觉有点儿晕。

我跟一位搞外贸工作的年轻人交流了一下，他说我们去贝尔格莱德的航班起飞时间是在上午九点半。他帮我们拿来了出境物品填报单，又告诉了我们一些必备的常识。就这样，我们把行李托运完了。

没多久，《政治报》画报社的驻京记者格沃也来到机场送我们。他带着我们办理了登机牌，然后领着我们向登机口的方向走去。我们跟他告别，感谢他来机场给我们送行，他祝我们一路平安。

我们终于登上了飞机。飞机的型号是道格拉斯10型，很宽敞。

不一会儿，飞机在跑道上起飞了。

飞机飞得很平稳。

我们在北京买了牛肉干，据说嚼牛肉干可以避免耳膜鼓胀。

然而，这样做好像没有必要。不一会儿，空姐就送来了喝的和吃的。

南斯拉夫航空公司的空姐穿着白色带蓝条的衬衣，衬衣的样式和颜色搭配得很好。

伊玲坐在座位上，东看看，西望望，我发现，她好像变年轻了。

飞机在天上飞了六个多小时后在一个地方降落了。广播告知，这里是加尔各答。

我本来有点儿疲倦，但听到广播，我的精神又振奋起来。没想到，我们来到了印度，来到了万里之外的邻邦。

乘客们可以下去走一走，停留40分钟的时间。

机舱的门打开了，一阵热风扑面而来。我们陆续走了下去，看到机场上湿漉漉的，这里好像刚下过雨。我看见正在站岗的印度士兵，黑黑的，瘦瘦的，腰上缠着子弹，手里握着步枪。

服务人员给我们每人发了一张通行证。

我们乘车来到了候机室，候机室里有个小卖部，小卖部的柜台上摆了一些工艺品、手表之类的商品。候机室有很多靠背椅，大家坐在那里休息，或去卫生间方便一下。

半个小时后铃响了，大家陆续走出候机室，乘上大客车，来到之前那架飞机上。

就这样，印度之行结束了。

服务员又送来喝的，我给伊玲拍了一张照，这也算是飞行中的纪念吧！

我们旁边坐着两个中国人，他们是宁夏人，要去埃及当施工队的司机，需要在贝尔格莱德转机。他们知道我们的情况后，对我们说："你们真是太幸福了！"

是啊，我们是幸福的！

抵达目的地

迷迷糊糊之中，我听到有人说："到贝尔格莱德了！"

飞机慢慢降落下来。广播告知，飞机已经到达贝尔格莱德。

我握着伊玲的手说："祝贺你，这次你是真的回到了故乡。"伊玲激动地望着窗外，梦境里的南斯拉夫现在就在眼前。

我们下了飞机，取到了托运过来的行李。

我们首先见到的是斯维特兰娜和《政治报》画报社的两名摄影记者。

斯维特兰娜告诉我们，亲友们已经在这里等了三个多小时了！

斯维特兰娜说要给我们拍照，两位摄影记者就在旁边忙了起来。

贝尔格莱德的天气暖暖的，和北京的天气差不多，我们心里也是暖暖的。

亲友们都过来了，伊玲的表弟扎尔克领着一大帮亲人都来机场迎接我们了，他们对伊玲抱了又抱，亲了又亲。

对我这个中国人，大家热情地跟我握着手。

接着，我们乘车来到伏基察的家里。在这里，我们见到了伏基察的公公。伏基察的公公是老游击队员，在战争中负过伤。他一见到我，就热情地拥抱了我。我们都是革命同志，无须多言。

我们在这里吃完饭就去了米尔克芙茨，那里是伊玲的表弟扎尔克的家，也是伊玲爸爸的出生地。

斯维特兰娜和摄影记者巴塔也过来了。

路上我们经过扬柯芙茨，到扎尔克的女儿留芭家里坐了一会儿。

留芭是扎尔克的二女儿，在银行工作，她的丈夫米莎是一个家具厂的厂长。他们的家就是一栋精美的小别墅，室内全都铺着地毯，家具的风格很别致，澡堂、厕所设计得都很好。

这里其实是农村，但哪里有农村的样子啊？

不一会儿，我们来到了扎尔克的家里。扎尔克的妻子米莲娜带着孩子们在门口迎接我们。伊玲和米莲娜拥抱、亲吻，相互问候……摄影记者拍下了这个感人的场面。

扎尔克家的院子很大，他们住的是平房，室内全都铺上了地毯，装修也非常好，家具全都是用上等的木料制作的。这里做饭、洗澡全都用电，城乡之间已无任何差别。

接着，扎尔克带我们去了他家的后院农场，这里有牛、猪、羊、鸡等各种动物。后院里还停着拖拉机、收割机、推土机等农用机械。

接着，扎尔克在院子里给我们举行了欢迎宴会。斯维特兰娜说，《政治报》画报社希望我们在贝尔格莱德游览几天，还准备安排我们到海滨休养胜地杜布洛夫尼克观光旅游。伏基察笑眯眯地望着伊玲说："希望你们在南斯拉夫多走走，多看看，多玩玩。"

美丽的米尔克芙茨

米尔克芙茨给我的第一印象，就是交通极其便利。

村里有一条公路，沿着公路坐汽车前行，两个小时后就能到达首都贝尔格莱德。沿着公路的另一个方向坐汽车前行，可以到达匈牙利的首都布达佩斯，路程也是两个小时。米尔克芙茨属于温柯芙茨市，温柯芙茨是这里的交通枢纽，从这里出发可到达周边的各个国家。

米尔克芙茨是一个美丽而又古老的村庄，伊玲的父亲就是在这里出生的。

到米尔克芙茨村第二天，我们就在大家的簇拥下来到了米尔克芙茨村的墓地，墓地就在村庄旁边。

我们在墓地上首先见到的是一块烈士墓碑，墓碑上刻着烈士的名字，这些烈士都是在反法西斯战争中不幸牺牲的。墓地很整洁，花圈的周围放着几束鲜花。据说，这里的每个村子里都有纪念本村烈士的墓碑。

在大家的带领下，伊玲找到了祖母的墓地和姑姑的墓地。这也是伊玲的"根"吧！

伊玲抚摸着墓碑，长久地依偎在那里。

午后，伏基察和他的妹妹留芭跟我们一起去了温柯芙茨，我们去那里办理居住登记手续。

我们到了一个负责办理登记手续的单位，验了护照，办了一个登记卡。据说，只要有这个登记卡，南斯拉夫的任何地方人们都可以去。

办完了登记手续，我们就到街上走了走。这个城市非常干净，建筑物很有年代感，这使我想起了哈尔滨的中央大街，我们的中央大街也是一条有着各种建筑风格的美丽的大街。

米尔克芙茨是我们居住时间比较长的地方，我们外出活动一般都是从这里出发。

在这里，我们有必要介绍一下伊玲的表弟扎尔克家里的情况。

扎尔克五十多岁，整天忙里忙外，他的妻子米莲娜也是如此。除了忙家里的活，每周三和周六的大清早，他们还要去集市出售自制的奶酪。

扎尔克家目前的经济状况是这样的：有一些积蓄，足够满足一家人几十年的基本生活需要；有一辆奔驰轿车，有一辆奔驰大卡车，还有拖拉机、收割机、推土机等农用机械；有一个不大不小的农庄，里面养着二十多头牛、几十只羊，几十头猪，还有鸡、鸭等；他们还种了不少地，地里有小麦、玉米、蔬菜等，房子的后面还有一个大果园。

他们的儿子米莲柯跟他们住在一起，他主要负责运输工作，那辆奔驰大卡车就由他来驾驶。米莲柯已在离他们不远的地方建造了一个新的住宅，我们去看过，里面的设备很齐全，装修都非常好。

在闲谈中，扎尔克说起了过去的一些情况。20世纪50年代初，南斯拉夫就对集体农庄进行了改制，实行了改革开放政策，从而激发了人们的劳动热情。回头看看我们自己，我真是感慨万千！

在贝尔格莱德

按照之前的计划，我们从米尔克芙茨来到了贝尔格莱德。《政治报》画报社安排我们在贝尔格莱德游览观光几天。

我们是从温柯芙茨乘火车来到贝尔格莱德的。南斯拉夫的火车都属于电力火车，非常环保。火车车厢比较小，却很舒适。

火车是从萨拉热窝开来的，我们的正对面坐着一位妇女，她还带着三个孩子，其中一个女孩的身上挂着一个制作非常精美的小绒猴，这引起了伊玲的注意。伊玲后来费了好大的工夫才买到一个款式一样的小绒猴。她心里想着自己的孙女佳音，想把这个特别的礼物送给她。

那个妇女在博物馆工作，一天只要工作四个小时，而且还有双休日。她非常关切地问起中国的一些情况，并让孩子们回去查找地图，看看中国在什么地方。

我们旁边坐着一位男士，他看起来很随和，对我们也十分友好。后来我们在攀谈中才知道，他从报纸上读过介绍伊玲的文章，对中国也有一些了解。

伏基察的丈夫莫察开车来接我们了。在伏基察家里，大家举行了一个小型宴会。伊玲讲，这是伏基察早已安排好了的。

第二天，我们乘车去了莫察的父亲家，途中经过一座名叫科斯麦的山，并下来参观。山上耸立着英雄纪念碑，纪念碑以五只巨大的飞鸟形象矗立在山顶，碑上刻着在这里牺牲的5800多名游击队员的名字。

随后我们来到了一个名叫芦卡奇的村庄，莫察的父亲就住在这里。我们到了一栋别墅门口，看到别墅小巧而精致，莫察的父亲和姑姑站在门口迎接我们。

他们盛情款待了我们。猪是烤乳猪，酒是一种用黑李子酿造的名叫"拉克"的酒。莫察的姑姑非常热情，一再劝我们要多吃。

在这里，我有必要说一下当地人的饮酒习惯。可以说，这里的酒风很正。因为这里的生活水平比较高，人们顿顿都有酒喝，一般是饭前一小杯开胃酒，饭后一小瓶啤酒。最重要的是，人们很有节制，不会贪杯。

午饭后，莫察的朋友奈莎要请我们去他家的别墅里坐一坐。奈莎的父母都在巴黎工作，很少回来。别墅分为上下两层，楼上为卧室，各种设备都很齐全，楼下客厅里摆着彩电、冰箱等家电。引起我们注意的是，客厅里陈列着几件精致的瓷器，全是我们国家生产的。

奈莎告诉我们，他还在贝尔格莱德读书，这里不常回来，父母也很少回来。他们外出时，大门一锁，背包就走，乡村的治安非常好。

之后，我们一起回到了贝尔格莱德，斯维特兰娜来接我们了。她带我们去了位于市中心的宾馆，这是《政治报》画报社特意为我们安排好的。宾馆不大，但里面干净整洁，各种设备都很齐全。宾馆的对面就是贝尔格莱德的市政大楼。

我们安顿好之后，斯维特兰娜陪我们到铁托大街溜达。铁托大街是一条位于贝尔格莱德市中心的大街，街道宽阔，两边是各式各样的商店，非常繁华。

接着，我们来到了卡莱美格丹，这是贝尔格莱德的一处古堡式公园。公园位于多瑙河与萨瓦河的汇合处，景色极美。这座古堡也是南斯拉夫人民抵御外敌入侵的历史见证者。公园里有一座纪念碑，那高高的纪念碑上立着一个持刀的战士。这也是贝尔格莱德的守护神吧！

公园里到处都是树木、花坛，空气清新，环境非常幽静。公园里有人在下棋，有人在看孩子们玩耍，有人在喂鸽子，呈现出一片宁静、祥和的景象。

公园里的雕塑分布在树丛与花坛之间。这里也有几处古老的教堂，我们进去看了看，不少人在神像前点燃了蜡烛，进行祈祷。

我们是在勿尼尔饭店吃的晚饭。饭店老板听说来了中国客人，特意给我们加了两个菜，面对老板的这番盛情，我们表达了诚挚的谢意。

第二天早晨，我们和斯维特兰娜一起去了中国驻南斯拉夫大使馆，大使馆离我们住的酒店很近。

到了大使馆，我们跟那里的工作人员讲明来意，不一会儿，大使馆领事部的龚领事出来迎接我们了。我做了自我介绍，也介绍了一下斯维特兰娜。龚领事请我们到楼上的客厅里坐下，大家一起聊了起来。我们说了一下出国前后的经过，得到了国内有关方面的大力支持，也得到了南斯拉夫《政治报》画报社及南斯拉夫航空公司的帮助。龚领事讲，他曾读过斯维特兰娜写的关于伊玲的报道，写得非常感人。

拜访完大使馆，斯维特兰娜还特意带我们去了博物馆参观。博物馆的工作人员给我们介绍了南斯拉夫抗击德、意法西斯的斗争过程，介绍了铁托的历史功绩。

我们在斯维特兰娜的带领下拜访了《政治报》画报社的领导，该报社的办公地点在《政治报》大厦里边。《政治报》是南斯拉夫政府的机关报，《政治报》大厦坐落在贝尔格莱德市中心，这里也是南斯拉夫的新闻中心。

每个新闻工作者都有自己的特点，《政治报》画报社总编米尔科也不例外。他的办公室里摆满了各种各样的书籍和杂志。在这里，我们见到了南斯拉夫航空公司的代表布兰克，也见到了画报社的秘书米拉。

伊玲把我们带来的礼物送给了他们，对他们表示了诚挚的谢意。

布兰克很健谈，并且非常关心中国的发展。米尔科本人曾任过《政治报》驻北京的记者，他调侃自己曾被当成了"特务"，说到这里大家都笑了。

出乎意料

伊玲跟我说了一下这次探亲的观感，感到一切都出乎意料。在国内，大家支持和帮助我们出国探亲的热情出乎我们的意料。出国后，我们又得到了南斯拉夫朋友们的关心和帮助，这也出乎我们的意料。

还有一件件出乎意料的事情发生在贝尔格莱德。

离开了《政治报》画报社，我们坐车来到了一个大饭店附近的露天咖啡馆，这家咖啡馆刚好在一条繁华大街的街头，咖啡馆里摆了一些圆桌，桌上铺着橘红色的桌布。

我们来到一张桌子边坐了下来。斯维特兰娜曾对我们说过，南斯拉夫电视台要为伊玲录制一档节目，没想到录制现场会是在这里。这出乎我们的意料。

电视台的主持人来了，摄像师也来了，他们坐在我们的对面，并找好了采访的角度。这位主持人名叫维拉，在南斯拉夫非常有名，据说，她还是南斯拉夫联邦议会的代表。她对伊玲做了一番指导，然后就开始了电视访谈。她首先问起伊玲的家世，伊玲讲了父亲是怎么去的中国，亲人们都居住在哪里，哈尔滨是一个什么样的城市，自己是怎么学习塞尔维亚语的，谈话非常自然、随意。伊玲还谈到这几天对南斯拉夫的感受，谈了谈自己在黑龙江的一些情况，同时把我介绍了一下。斯维特兰娜坐在旁边，脸上带着微笑。

在录制节目的过程中，周围的桌子上都坐满了客人，街上都是来来往往的行人。我在这里也应该算是地地道道的外国人吧，但我却没有发现大家用十分好奇的眼神看着我，或者驻足围观。大家的表现是非常文明的、很有礼貌的，这也出乎我的意料。

在采访之前，斯维特兰娜陪着我们一起去了铁托墓地，这是我们到南斯拉夫必须要去参观的地方。

铁托墓地是他生前工作、居住过的地方，位于贝尔格莱德的一个小山上。这里实际上是一个大花园，有孔雀漫步其间。这里花草树木很多，宁静而自然。

这里有一间白色的花房，铁托墓就在花房中间。来这里参观的人络绎不绝，我们和斯维特兰娜一起走进花房，值班人员向我们敬礼致意。

铁托安葬在花房里，我们感到有些意外。

我们围着花房绕了一圈，一边走，一边回忆着铁托的一生。南斯拉夫人民能有现在的美好生活，与铁托的奋斗和努力是分不开的。

我们走出墓地，来到旁边的展厅，这里摆放着一些铁托生前用过的物品。随后，我们走到展厅外面，在椅子上坐了下来，感觉这里很安静。在休息之余，我给伊玲和斯维特兰娜拍了照，以作留念。

我们回到宾馆，收到了大使馆送来的请柬及龚领事写的便条。龚领事邀请我们在第二天晚上出席大使馆为我们安排的晚宴。

我们只是普通人，大使馆能有如此举动，我们十分感动。我们真的感到十分意外。

斯维特兰娜跟我们说，她也接到了邀请。《政治报》画报社的总编米尔科夫妇也接到了邀请。这样，我们就相约一起去了大使馆参加晚宴。

出席大使馆晚宴的人有我们夫妇、龚领事夫妇和米尔科夫妇，还有斯维特兰娜。

龚领事出身于"俄文世家"，在南斯拉夫工作了很多年。他的塞尔维亚语讲得很流利，英语也非常好。米尔科夫人外形酷似东方女性，头发黑黑的，仪表和神态也与中国人有几分相似。

晚宴属于"中西合璧"型的，中国菜和西餐都有。米尔科很满意，他和斯维特兰娜都在北京住过，对中国菜非常熟悉。

大家兴致勃勃，一起喝了我们带去的茅台酒。席间，龚领事讲了这样一个故事：

> 有一个女孩，她的母亲是南斯拉夫人，父亲是中国人，他们一家人后来从中国来到南斯拉夫生活，父亲给女儿取了一个中国名字，叫"勿忘我"，以表达他对祖国的思念之情。
>
> 女孩的父亲去世后，母亲没有再嫁。不仅如此，她还抚养着她的中国丈夫跟前妻生的孩子。她丈夫的前妻是一个捷克人，死后也留下了一个孩子。这样，她既抚养着自

己生的这个女孩，又抚养着丈夫的前妻生下来的男孩，而且她再也没有嫁人。对欧洲人来说，这种情况也是非常少见的。

龚领事告诉我们，"勿忘我"是真实存在的，并且就在南斯拉夫生活。我们跟他说，有机会去见一下那个女孩。但遗憾的是，因为种种原因，我们在离开南斯拉夫前也没有见到那个女孩，但"勿忘我"这个名字却给我留下了深刻的印象。

晚宴结束后，我们看了当晚的电视节目。在电视节目里，伊玲神态自若，讲话很清楚，我为她感到高兴，她之前从未上过电视。

第二天，我们打算在贝尔格莱德市内走一走，看一看。

走到大街上，迎面过来一位老太太，她握着伊玲的手开始问候，原来她在昨天的电视节目里看到了伊玲。她们开始攀谈起来，老太太对伊玲回乡探亲表示欢迎。

我们从一个商店走出来，遇见了一位五十来岁的男士，他也向我们问好。他作了自我介绍，说自己是从事外贸工作的，他问起黑龙江的一些情况，并邀请我们一起喝咖啡，我们表示感谢。

我们碰见了好多人，他们都走过来与我们握手致意。我没想到，这里的人会对我们如此热情。之后，我们跟斯维特兰娜聊起了当天的经历，她告诉我们，南斯拉夫人对中国人的态度是非常友好的。

在多瑙河畔

《政治报》画报社为我们在贝尔格莱德安排的走访时间很快过去了，我们从宾馆回到了伏基察家。

晚上，莫察的父亲邀我们一起到多瑙河边走走。于是莫察开着车，带着我们一起去了。

多瑙河就像我们的松花江一样，江边的游客络绎不绝，我们到达那里已是晚上八点多钟，河边的露天咖啡馆仍然座无虚席。

我们在河边转了一会儿，然后在一家露天咖啡馆的桌边坐了下来，要了啤酒和冷饮。咖啡馆很热闹，人们谈笑风生，气氛很融洽。

让我感到奇怪的是，河边的树木很多，花草也很多，却没有一只蚊子。

我们回去后，伏基察告诉我们，我们认识的畜牧专家戈卢布想邀请我们第二天去参观一下他的农场。

早晨，戈卢布开车来接我们去参观他的农场。

我们先到了奶牛场。这个奶牛场规模很大，生产设备都是现代化的。我们首先参观了牛舍，牛舍非常干净，牛舍的清理工作全是用推土机一样的清扫机来处理。

我们到了集中控制台，看到奶牛排着队进入挤奶车间，每头牛的产奶量及各种数据在电子计算机的屏幕上都有显示，这是非常先进的设备了。

在日常生活中，我们注意到这里人们的营养问题，人们的营养主要来自各种肉类、奶制品、蔬菜、水果等。这里的奶制品非常普遍，包括牛奶、奶油、奶酪、酸奶等。

主人又带我们参观了一下他的肉鸡饲养车间，这里也是自动化的设备。

我们看到一台新进口的青饲料收割机，是个庞然大物，但这台收割机收割青饲料的效果却很好。

离开了奶牛场，我们乘车来到了养猪场。

这是一个"一站式"的养猪场，从饲养小猪开始到肉猪出场，全都在这个"工厂"里完成。工作人员对每只小猪都做了记录，小猪的耳朵上都有记号，便于他们观察和研究。猪舍的通风设备良好，没有难闻的味道。

戈卢布是一个非常勤劳的人，他告诉我们，他一天工作不只八个小时，八小时之外他也想着如何更好地推进农场的工作。

之后，戈卢布请我们到他新建的别墅去看看。我们发现，他不只在这里建造了别墅，还在这里建了一个大农场，看来他也准备在这里发展生产了。他的孩子是学农业的，农场是他给孩子准备的。戈卢布跟我们讲，万一孩子没有找到合适的工作，这里就是他的生产基地了。

当天下午，我们回到了米尔克芙茨，亲友们希望我们参加这里即将举办的一场婚礼。

去集市

早晨，米莲娜出去买面包时，带回来了最新的《政治报》画报。

画报封面上的照片是我们到达南斯拉夫机场时拍的，标题是《一生之路》。画报里面有斯维特兰娜写的专题报道和摄影记者巴塔和伊穆雷给我们拍的照片。

这个消息就像一股清泉，流进了我们的心田。我们非常高兴，扎尔克一家人也都十分高兴。报道中，斯维特兰娜把我们抵达南斯拉夫前后的情形进行了介绍，到达扎尔克家时的照片也都上了画报，这也给扎尔克全家带来了欢乐。

第二天是米莲娜去集市卖货的日子，我们也准备和她一起去集市看一看。

集市就在温柯芙茨，那里农产品、副食品、工业品等应有尽有。米莲娜有一处固定的摊位，她在那里出售自己制作的奶酪，旁边紧挨着的摊位是同村人的，他们彼此都很熟悉。市场上人来人往，非常热闹，买东西的人大多数是在这里工作的职工，他们在这里买菜，买奶制品，买生活用品。这里的蔬菜品种很多，西红柿、土豆、黄瓜、葱、西葫芦、芹菜、胡萝卜等应有尽有，这里的水果也不少，有苹果、桃子、李子、西瓜、香蕉等。

未经检疫的生鲜肉是不允许在市场上摆摊出售的，肉制品只能在专门的商店里出售，而且样式很多。

工艺品市场上出售着各种手工艺品，有民族特色的瓷器、布料等，也有从波兰来的商贩在这里贩卖布料。

市场上有几个税收人员，他们身穿灰色制服，这里是根据销售额来纳税的。

从上午9点钟开始到11点钟，米莲娜的奶酪全都卖完了。在回来的路上，我们在报刊亭上又买了几份画报，准备寄到哈尔滨。

晚上，我们去了卓尔科家里做客。卓尔科是伊玲同族的哥哥，卓尔科的女儿、女婿都住在萨格勒布市，女婿是海军工程技术人员。两个外孙女跟卓尔科住在一起。

席间，卓尔科问起了中国的一些情况，他知道中国有着古老的文明，但对中国的具体情况还不了解。伊玲把中国改革开放的新政策进行了介绍，他感到中国也在与世界接轨。

我们在米尔克芙茨的日子里，常到亲友家做客，这些亲友都很关心中国，都想知道中国的情况。

参加婚宴

为了参加婚礼，伏基察一家从贝尔格莱德赶来了。留芭给伊玲带来了一本韩素音写的小说《太阳刚刚升起》，是由英文译成塞尔维亚语的，书中讲述了一个美国妇女和一位中国医务工作者之间的爱情故事。我们发现，这里介绍中国的书非常少。

扎尔克早早地起床了，宰了两头小猪崽，每头有20公斤左右。扎尔克把它们收拾干净后，送进了烤炉。

午后，院子里摆好了桌子，铺好了台布，桌上摆了"拉克"酒、啤酒、果汁等。

这是一个什么样的婚礼呢？按照这里的风俗习惯，新郎先要去请媒人。他们的媒人是米莲柯、米莎和莫察三个人。在这里，请媒人是一件大事，而媒人也不是随便什么人都可以担任的，必须是信得过的人才行。米莲柯、米莎和莫察都是新郎最要好的朋友。

不一会儿，我们听到远处传来了琴声和歌声，孩子们跑到大门口去看热闹，我们也跟着他们来到门外，请媒人的队伍慢慢地走进了院子。

大家喝酒、唱歌，手风琴在不停地伴奏。

接着，新郎把白绸带披在米莲柯、米莎和莫察的肩上，其情形就像藏族人献哈达一样。

这样，大家在手风琴的伴奏下，唱着歌离开了。年轻人都到新郎家里去了。

第二天午后，接媒人的队伍又来了，这次比上次更正式，场面更大，但不巧的是，接媒人的队伍正赶上一队出殡的人走过来，他们不得不在远处停下来。

平静的村庄今天最不平静了，到处都是过来看热闹的人。接媒人的队伍一路上唱着歌，新郎身披白绸带，队伍中有摄像师，场面真是大！

晚上，扎尔克穿上了一件漂亮的新衣服。作为媒人家族的首脑，他要去出席宴会了。

我们也跟着去了。作为客人，我们赠送给新郎和新娘一些礼物，因为我们也是媒人家族的人。

这个新婚晚宴就像东北搭席棚一样，是在新郎家的院子里进行的。他们用帆布做成棚顶，用木板搭成几条长长的桌子。院子里灯火通明，客人有两三百人。客人们当中不仅有本村的人，而且有远道而来的亲友。卓尔科的女儿和女婿也从萨格勒布来了。所有的人都穿着盛装，场面十分热闹。

在宴会开始前，新郎和新娘坐在主宾席上，人们的热情也随着歌声升腾起来。新娘身穿白色婚服，头戴花环，十分漂亮。大家举杯欢呼，新郎和新娘互相拥吻，并跟媒人亲吻脸颊。此时，大家兴致勃勃，边吃边聊，摄像师对整个过程录了像。我们后来看了录像，放映时间长达三个多小时。

大家一边吃，一边唱，接着又跳起了科洛舞。科洛舞是塞尔维亚民族的集体舞。宴会一直持续到深夜，大家一起唱歌，一起跳舞，玩得十分尽兴。

我们过来参加宴会，主人特别高兴。新郎和新娘也给我们两个人披上了白色的绸带，我们也成了上宾。

杜布罗夫尼克之行

　　我们准备去杜布罗夫尼克了。《政治报》画报社安排我们去那里度假，也是希望我们能玩得开心，不虚此行。

　　杜布罗夫尼克是南斯拉夫最著名的海滨休养胜地，也是外国游客经常去的地方。在南斯拉夫人看来，人们去杜布罗夫尼克度假，就是最大的享受了。

　　我们在米尔克芙茨住的时候，亲友们曾多次组织大家出游、参观，但杜布罗夫尼克却给我们留下了最为深刻的印象。

　　从贝尔格莱德到杜布罗夫尼克，需要半个多小时的飞行时间。

　　我们一大早就到了贝尔格莱德机场，机票是头一天晚上由斯维特兰娜给我们预定的。这两张机票也是南斯拉夫航空公司赠送给我们的。斯维特兰娜告诉我们，回国的飞机客满，要我们等下一个航班，这样我们的探亲计划就大大超过了原定的时间了。伏基察则一再跟我们说，要我们多玩玩，多看看，不要急着回去。

　　在贝尔格莱德机场，我们恰巧碰见了之前陪同我们的那位女乘务员，她现在改做"地勤"工作了。她帮我们办完了登机手续，托运了我们随身携带的行李。

飞机上乘客很多，他们都是去海滨度假的游客。我看到一位妇女背着一个布兜，布兜里面装着一只小狗。小狗很安静，见了这么多生人都不叫喊，可能它是经过训练的。还有一帮年轻人随身带着大提琴、小提琴、手风琴等，我猜他们应该是一个乐队。

这里洋溢着轻松、和谐的气氛，如果不是在飞机上，那么他们早已唱起来或跳起来了。

我们很快就到了杜布罗夫尼克。

我们的机票还附带着一张从机场到宾馆的客车车票，以及宾馆的入住单，宾馆的名字叫"列罗"。

客车已经在那里等候，我们按照南斯拉夫旅游公司人员的指示，坐上了去列罗宾馆的客车。

客车沿着依山傍水的山路行驶，山上全是石头，道路是在山石中开凿出来的，无边无际的大海就在山岩下面。

客车开始在山路上盘行，不一会儿，我们就看见了路边的列罗宾馆。

列罗宾馆面朝大海，我们的房间也是面朝大海。这里非常凉爽，是避暑的好地方。

我们从宾馆服务台取来一张导游图，导游图非常详细。在这里，我们要独自行事了吧！

来之前，亲人们给我们拿来一些避暑用的物品，这些物品现在都用得上了。

这里的海滨浴场很多个，都有公交车经过。公交车也很特别，车很宽敞，开车、售票都由一个人来完成，前边上后边下，既节约了人力，又提高了效率。

我们住的宾馆里面全是外国游客，他们当中有讲英语的，有讲德语的，有讲意大利语的……当然，我们也是外国游客了。

这里的小汽车有很多，有不少汽车是从国外开过来的。有好几次，开车的游客碰见我们就停下来问路，他们把伊玲当成本地人了。

我们到过好几处浴场，感觉都挺好。最后，我们选定了一个比较大、沙滩比较好的浴场。

在浴场游泳时，我们看见了几个赤着上身的年轻姑娘，她们的行为引起了我们的注意，因为我们从来没有见过这样的情形，不过像她们这样光着上身的女青年还是很少的。

杜布罗夫尼克之所以能够吸引各国的游客，成为欧洲著名的修养胜地，除了它拥有美丽的海滨浴场，像花园一样美丽的景色，还拥有一座保存得十分完好的古城堡。正是这座古城堡给我们留下了深刻的印象。

古城堡全都由岩石修建而成，工程量浩大。"杜布罗夫尼克"也是这座古城堡的名字。城堡古色古香，街道全都由大理石铺成，街道两边都是店铺，店铺的房子也是由石头修建的，里面十分整洁。

这座城堡已有好几百年的历史了，是南斯拉夫人民为反对外敌入侵而修建的。这座城堡最早的管理者是一位王侯，他的宫殿至今还保留着，现在成了当地的博物馆。这里有好几处大教堂，样子都很古朴、典雅。点缀在各处的雕塑虽然经历了风雨的侵蚀，但它们依然栩栩如生。

这里还有堡垒和吊桥，城堡外边还专门修建了避风港和灯塔。

这里的风景的确引人入胜，杜布罗夫尼克之所以能吸引众多的游客，这座古城堡功不可没。

这座古城堡怎么会保存得如此完好？即使在"二战"时期，它也没有遭到破坏。我们问过当地人后才知道，在反法西斯战争中，占领这里的是意大利人，意大利离这里很近，所以意大利人就以为这里是他们的领土。

就在这座古城堡的最高处，我们看到了一个手持大刀的战士雕像。我想，它就是这里的保护神吧！

我们依依不舍地离开了杜布罗夫尼克，那一天正是卢沟桥事变50周年纪念日，我想，祖国的人民也一定在纪念这一天吧！

又是出乎意料

我们从杜布罗夫尼克回来后，伏基察夫妇要请我们和斯维特兰娜一起吃晚饭。我们回国的日子也快到了。

我们一边吃一边谈，感觉非常惬意。斯维特兰娜想知道我们在南斯拉夫最喜欢什么，最不喜欢什么，想了解我们最真实的感受。她希望对我们在南斯拉夫的探亲活动做第二次报道。

我们做了对贝尔格莱德的临别访问。斯维特兰娜和《政治报》画报的摄影记者一起陪我们到贝尔格莱德拍了大量的照片。

当我们来到卡莱美格丹公园时，斯维特兰娜不知从什么地方弄来了一小包玉米，我们就在那里喂鸽子，鸽子欢快地飞来飞去，摄影记者抢拍到了这个场景。

在这里，我还要说一下我们在"北京饭店"的见闻。

这个饭店坐落在离铁托大街不远的中心区，大牌匾上用工整的汉字写着"北京饭店"四个大字。这个饭馆我们之前就看见了，但没有光顾过。

我们进去里面后才发现，室内的一切都是"中国式"的：窗户上涂着朱红色的油漆，餐桌是八仙桌，椅子是太师椅，室内还挂着红灯笼，墙上是中国的山水画，广播里播放出来的乐曲也是我们好久没有听到过的《四季歌》。

饭店的经理把我们领到了后厨，厨师哥拉当娜正拿着大勺炒菜，她炒的是宫保鸡丁。菜炒好了，她请大家尝一尝，我尝了一下，果然是四川风味，味道很不错，我连声称赞。原来，厨师们的厨艺都是跟一位四川师傅学的。

就这样，我们结束了对贝尔格莱德的临别访问。

深情告别

我们回到了米尔克芙茨，要从这里出发乘飞机回国。

晚上，扎尔克一边看着电视，一边对我们说："说不定机票又不好买，你们可以再住几天……"伊玲回答："大概不会的。"

伊玲说得对，这次不会了。斯维特兰娜打来电话，说机票已经订好了。

第二天一大早，扎尔克就去宰羊了。扎尔克准备用烤全羊来款待我们，斯维特兰娜也会来参加。

烤羊的任务是由扎尔克的大儿子和两位姑爷来完成的。烤羊有专门的铁架子，他们先把铁架子支在地上，然后把宰好的羊穿到一根铁杆上。接着，他们先把木头烧着了，等到没有明火的时候，把木炭堆放在铁架子下，然后翻动着羊一边烤，一边刷上调料。我用相机拍下了这一场面。

斯维特兰娜和报社的同事开车过来了。

他们带来了几份将在后天发行的新一期画报样刊，上面登载着她对我们的另一篇专访。我们在贝尔格莱德活动的照片也选登在上面。

伊玲考虑比较周到，留了一大瓶茅台酒，准备在告别宴会上用它来款待大家。

我们给每一位亲友都倒了一小杯，大家津津有味地喝了起来，并且赞不绝口。

烤全羊的味道非常好，这种吃法别有风味，既是宴会又是野餐，自然风味十足。扎尔克为了让大家吃得尽兴，又给大家煮了一锅味道非常好的肉汤。

告别宴结束后，斯维特兰娜和报社的同事跟大家告别，回贝尔格莱德去了。斯维特兰娜告知我们，她会去机场给我们送行。

这里要讲一下斯维特兰娜写的那篇临别专访，题目是《什么都好，就是裸体不好》。

应该说，我们很喜欢南斯拉夫，觉得这里各方面都挺好的，有很多方面可以借鉴。

然而，我们对裸体这一现象感觉不好。有些杂志的封面上印着裸体女人像。在电视中播放的美国电影里也有一些不雅的镜头。我们感觉不太好，特别是对孩子们不太好。斯维特兰娜写的那篇临别专访的题目由此而来。

前面我们也讲到了，在杜布罗夫尼克，只有极少数年轻的姑娘光着上身，这说明大多数人还是不赞成的。我们也深深地感到，无论是中国人还是南斯拉夫人，大家心里想的都是一样的，美和丑的衡量尺度大致相同。

第二天下午，我们从米尔克芙茨出发，大家的眼睛都湿润了。我们紧紧地拥抱着，伊玲的眼泪夺眶而出。

我们到达机场时，已是晚上七点多钟。斯维特兰娜来了，她带着我们办完了登机手续。因为还有一个多小时的时间，我们就在机场的咖啡厅里坐了一会儿。当飞往北京的指示信号灯亮起来的时候，我们一一告别了热情好客的亲友们，他们都哭了起来。当我们验完了证件，进入候机室时，他们还停留在那里，久久不肯离去……

飞机带着巨大的轰鸣声腾空而起，我们离开了贝尔格莱德，离开了南斯拉夫。

我们是带着无限的眷恋告别南斯拉夫的，又是带着无限的期望回到祖国的！

我默默地想着，是亲情和友谊把我们紧紧地联系在了一起。我们生活在这么一个美好的时代，所以才有机会见到远在万里之外的亲人和朋友。

我们真的要感谢改革开放的政策，同时祝福两国的亲人和朋友越过越好！

我的妈妈邓伊玲

邓 军

宿　命

　　我的姥姥和我的妈妈都是跟随丈夫在异国他乡生活了一辈子的女人。她们美丽、善良、勤劳、勇敢，对爱情坚贞不渝。

　　年轻时的姥姥，是一个无忧无虑、内心充满快乐的女孩。她的父母在当地有一定的社会地位，并且家境殷实，所以她从小就过着衣食无忧的生活。她热爱生活、喜欢音乐，还会好几门外语，对美好的未来充满期待。她还喜欢读书，尤其喜欢读爱情小说，所以她还是一个内心非常浪漫的姑娘。

　　我见过一张姥姥的照片，那是姥姥年轻时拍的。年轻时的姥姥有一头浓密的金黄色头发，有一双大大的褐色的眼睛，这让我不由自主地想起世界名画中的那些西方古典美女。照片是黑白的，姥姥头发的颜色和眼睛的颜色是妈妈讲给我听

姥姥年轻时的照片（1919年拍摄）

的。最让我难忘的是她那一双眼睛，明眸善睐，目光清澈，但我从她的目光里感觉到了一种淡淡的忧伤。

在没有认识姥爷之前，姥姥有很多好朋友，人缘非常好。每天放学后，她经常和几个好朋友一起回家，她们有时开着玩笑，有时说着悄悄话。

有一天放学后，在回家的路上，姥姥和朋友们发现一个印度老人在路边给人算卦。老人的算卦方式很特别：面前放着一个装着清水的铜盆，旁边还蹲着一只可爱的小猴子。朋友们都劝姥姥算上一卦，姥姥没有犹豫，直接走到了老人跟前。

老人仔细地看了一下姥姥的手，然后低着头，看着铜盆里的水，过了良久才开口说话，此时姥姥和她的朋友们也都保持沉默，一起倾听老人述说他的预言。

老人用蹩脚的俄语说道："我看见了一片蓝天，阳光明媚，有个骑着高头大马的人在雪地里穿行……我看见一副很大的棺木，棺木后面跟着一个小男孩和一个小女孩……"大家听完老人的话，先是一愣，紧接着又劝姥姥，不要相信那个老人的话。年轻的姥姥根本没在意，付完钱就跟她们一起回家了。

这个故事是姥姥讲给妈妈听的，也是妈妈讲给我听的。然而，姥姥绝对想不到，印度老人的预言竟会如此准确。

姥姥确实是在一个阳光明媚的日子里遇到了一个骑着高头大马的人，那个人就是我的姥爷。后来，姥姥因为去找舅舅而惨遭意外，最后给她送葬的也是她的两个孩子。

1945年8月18日，舅舅很晚都没回家，姥姥很担心舅舅，就出去找他。没想到，姥姥遭遇了穷凶极恶、正在疯狂杀戮的日本鬼子，从此她再也没能回到家里。

一家人彻夜未眠，第二天一早就出门分头寻找姥姥。

舅舅心里很痛苦，因为姥姥是出去找他才失踪的。一连几天，他在街上到处打听，到处找，最后他走到了松花江边，沿着江岸寻找。后来据舅舅讲，他当时在江岸边走的时候，仿佛有一只手在拉着他向前走，好像有一个声音在对他说："就在前面，不要停……"

舅舅终于找到了姥姥的尸体，却发现姥姥的身上少了一只胳膊……

由于在水里浸泡多日，姥姥的尸体被水泡得变了形，膨胀肿大，所以家人特意给姥姥定制了一副大棺材。出殡那一天，无比痛苦的姥爷和他们的两个孩子一起送姥姥上路。由于天气炎热，尸体开始腐烂，送殡的人停在了教堂门口，只有他们的两个孩子一直跟在棺材的后面。

每次妈妈讲到这里，都会提到那个算卦的印度老人。

其实，妈妈自己也曾在一个吉卜赛女人那里算过命。那是一个打扮得花枝招展的吉卜赛女人，找她算命的人有很多，据说她算得很准。妈妈到她那里时，看见她前面的桌子上摆着一副特别大的扑克牌。这个吉卜赛女人让妈妈抽了一张牌，给她算了一下。她看着摆在桌上的牌，过了很久才告诉妈妈："你一生都要生活在黄种人中间。"那时候妈妈很年轻，还没有结婚，她听了这番话后并不相信这个吉卜赛女人的话。后来，妈妈给我讲这个事情的时候才发出感叹："没想到这个吉卜赛女人的话真的应验了。"

姥姥年轻时与姥爷私奔后，就再也没有见到过自己的父母，再也没有回到自己的祖国。改革开放后，我们想方设法联系姥姥在俄罗斯的亲人，可惜一直都没有回音。姥姥一生都在贫穷中度过，她的衣服很少，一条连衣裙她要穿好多年，一直穿到褪色、磨破为止。因为贫穷，她的牙齿坏了也没钱修补。

然而，姥姥非常坚强，对爱情忠贞不渝。当姥爷因思乡而借酒消愁，喝得不省人事时，姥姥总是微笑着安抚他，用温柔的话语劝导他。同时，她特别会维护丈夫的尊严。她告诉孩子们，这一切都是因为他们的爸爸过度思念亲人，让孩子们理解父亲。姥姥为姥爷着想，却把自己思念亲人、思念家乡的痛苦深深地埋藏在心底。

在我还未出生时，姥姥就给我留下了"伊娅"这个名字。在拉丁语里，"伊娅"是"紫罗兰"的意思。她告诉妈妈，将来要是生了女儿，一定要取这个名字。

姥姥的名字叫薇拉，在俄语里的意思是"信念，忠诚"，后来妹妹出生后，妈妈就让妹妹沿用了姥姥的名字，以此来纪念姥姥。

妈妈非常像姥姥，同样富有牺牲精神，一切为他人着想。不管遇到什么困难，她都不会畏惧，从不气馁，绝不退缩，始终保持着积极向上的精神。

我和弟弟、妹妹后来一起去过中东铁路的东正教教堂旧址，妈妈出生后就是在那里接受洗礼的。

兄妹三人在中东铁路东正教教堂旧址合影
（2008年拍摄）

（从左到右依次为：妹妹晓玲，我，弟弟晓桥）

144

饥饿的滋味

妈妈有写日记的习惯，我在整理她的日记时发现，里面凡是涉及有关家里吃饭、聚餐或到哪里聚会的环节，她都爱用一个词，这个词在俄语里的意思是"吃得饱"。

1972年返城后，爸爸的工作得到落实，妈妈也在帮学校编写教材，所以家里的收入还是不错的。我们在饮食方面也是"中西合璧"，可以说餐餐都很不错。那么，妈妈为什么会对"吃得饱"有如此深刻的体会呢？我仔细想，终于有了答案。原来，妈妈在艰难困苦的岁月里，长期过着半饥半饱的日子。对她来说，饥饿是再熟悉不过的感受了。

中华人民共和国成立之前，哈尔滨的大部分外侨与中国的老百姓一样，都经历着各种困难，生活在水深火热之中。关于这个阶段外侨的艰难生活，史料里所见不多。在那个年代，哈尔滨的外侨都有过哪些遭遇，史料中也没有详尽的记载。

那个时候，中国的老百姓经常挨饿，吃了上顿没下顿，家里经常揭不开锅。1932年，妈妈和舅舅跟着姥爷和姥姥搬到了哈尔滨，住在地地窨子①里，姥爷当了搬运工，收入微薄。姥姥经常不知道拿什么做给家人吃。

四十年代初，妈妈已是一个漂亮的大姑娘了，可是因为贫穷，她只有一两件能穿得出去的衣服，并且她经常要忍饥挨饿。那时候，外侨每天领到的一点点面包硬得像砖头，无法下咽，姥姥想方设法用它跟胡萝卜、土豆等蔬菜做一些蔬菜粥，但一家人还是经常吃不饱。

日本鬼子投降后，妈妈在朋友的介绍下去了侨民档案馆工作，但因为当时物价飞涨，燃料短缺，姥爷所在的那家面包房不给工资，只给面包，舅舅又没有工作，妈妈挣到的一点儿工资要养活一家人，所以生活真的十分艰难。

侨民档案馆的办公室里只有一个小铁炉子，妈妈只能用它来煮一点儿高粱粥，上面撒上一点儿菜屑和盐，以此充饥。由于寒冷，妈妈的手脚都被冻坏了。为了保住自己的饭碗，她总是努力地工作着。

因为贫穷，姥爷和舅舅不得不变卖家里的东西，但家里人的生活越来越艰难……妈妈感到很疲惫，总是饿着肚子回到家……

后来，局势有了好转，日子渐渐好起来了。妈妈嫁给了爸爸，爸爸帮妈妈解决了很多生活上的问题，还帮舅舅找了一份工作。

日子就这样一天天好了起来，但好景不长，从1968年初夏开始，妈妈经历了将近一年的"牛棚"生活。在这段时间里，她

---

① 指半地下的可以住人的居室。

倍受折磨，不仅精神上受到摧残，受尽了屈辱，而且经常忍饥挨饿，身体受到重创，旧病多次复发。

在"牛棚"里，妈妈除了要接受批判和审问，还经常挨打、挨骂，干重体力活。她吃的东西只有高粱和咸菜。对一直以面包为主食的妈妈来说，这是一种极大的折磨，没过多久，她就得了严重的胃病。

有一位难友的家人不知通过什么途径给她送进来一段粉肠，却被看守人员发现了，所有的难友都被叫到了食堂。食堂里有一锅高粱稀饭，看守人员一直不让大家吃午饭。他们让那位收到粉肠的难友弯着腰，接受批判。她浑身发抖，几乎要瘫倒在地上。

那块粉肠最后被切得粉碎并扔进了饭锅，搅拌到高粱稀饭里。妈妈后来给我讲这件事情的时候，眼里充满泪水："所有的难友那天在吃饭时都非常小心、非常仔细，大家都想吃到小碎末，哪怕闻到一点点的粉肠味也好。"

妈妈从"牛棚"里出来后，只在家里待了一天就被安排到农村劳动。

这次到农村劳动，妈妈除了要继续接受批判，还要在地里干活，体力劳动十分繁重，差点儿把她压垮。妈妈因为吃不好，休息也不好，还得了肝病。加之胃病多次发作，她经常呕吐，身体状况非常糟糕。在不得已的情况下，妈妈写信给我，把她生病的事情告诉了我。

妈妈劳动的地方是在巴彦县农村，我乘船到了巴彦港，从那里步行来到了妈妈所在的村子。进村后，我按着老乡的指点，找到了正在地里干活的妈妈。由于妈妈身体极度虚弱，她的身体在不停地抖动。

我含着眼泪，喊了一声"妈妈"，只见她停了下来，用俄语轻声地告诉我："孩子，你来了我就有救了。你要是不来，我可能就要死在这里了……"

在村民的帮助下，我费了九牛二虎之力，最后终于得到了领导的批准，给了五天假，这样我就带着妈妈回哈尔滨了。

我们沿着小路慢慢地走向巴彦港。我跟妈妈说，我的包里还有一块小面包，妈妈停下脚步，拿着面包闻了又闻。我心疼不已，眼泪忍不住掉了下来，因为妈妈很长时间都没有吃过面包了。

我把妈妈接回家，看到妈妈瘦骨嶙峋的样子，心里很难受。夜里妈妈睡觉翻个身，我都能听见她的骨头在咯吱作响。

医生给妈妈开了诊断证明，不让她回农村劳动。可是没过几个月，爸爸和妈妈一起带着妹妹又要去农村。他们是去农村插队落户，没有限期。

他们插队落户的农村是一个极其贫困的农村，所以他们只能吃粗粮，后来爸爸偶尔能弄到一些面粉，大家才能吃上馒头。无论如何，生活还算过得去，至少不用忍饥挨饿了。

第一个"邓老师"

　　妈妈是我们家里的第一个"邓老师"。最初，她在鲁迅艺术学院教俄语，后来鲁迅艺术学院要迁回沈阳，她就去哈尔滨工业大学工作了。

　　妈妈经常跟我讲她在哈尔滨工业大学外语部教俄语的事情。她热爱自己的工作，非常喜欢自己的学生。当时，哈尔滨工业大学有一大批的学生要派往苏联留学，妈妈的教学任务是非常繁重的。妈妈给学生们上课时，总能根据学生们的具体情况采取适合他们的教学方法，与他们在课堂上进行各种各样的互动和游戏。那个时候，哈尔滨工业大学的老师和学生都对她赞不绝口。

　　20世纪50年代初，哈尔滨工业大学聘请了一些苏联专家。无论是苏联专家还是中国教师，她都以诚相待，与他们相处得很融洽。

　　20世纪50年代末，苏联专家撤离中国，其他外国教师们也都回到了自己的国家。外语部的外国教师只剩下妈妈一个人了。对妈妈来说，最痛苦的事情就是她不能再教学生了。根据学校领导安排，她只能为中国教师做一些答疑，但她全力以赴，对每个教师进行"一对一"的辅导。后来，有很多老师不得不改教英语，对俄语慢慢生疏了。那些俄语基础非常好的老师在跟妈妈交流时也频频出错，妈妈感到十分惋惜。

妈妈发现，周围有很多不友好的目光，有人骂她"老毛子"，有孩子向她扔石子儿……让妈妈更想不到的是，可怕的事情还在后面，作为一名教师，她还会遭到一些学生的辱骂和殴打。

1968年初夏，妈妈被人送进了"牛棚"。

在"牛棚"里，她和所有的难友一样，天天挨批、挨斗、挨打、挨骂。有一天，一个看守人员在审问妈妈时逼着她交代所谓的问题，妈妈就是紧闭嘴巴，一言不发。这个看守人员就抓起地上的一条凳腿儿向妈妈的手腕打去，结果妈妈的手被他打骨折了。妈妈疼痛难忍，差点儿晕死过去……当时在场的其他看守人员都愣了一下，他们怎么也不会想到，这个人下手怎么会这么狠。

在写自己的经历时，妈妈没有讲到这件事，她同样也没讲到另一个与此有关的事情。

有一天，哈尔滨工业大学的几位干部来到我们家，他们手里拿着几本厚厚的相册。这几位干部说明来意，在一番寒暄之后，他们打开相册，请妈妈指认一下照片上的人。

原来，照片上的人都是当年那些在"牛棚"里打骂过妈妈和那些难友的看守人员。干部们请妈妈一定要认真翻看，仔细辨认，指出那些罪恶之人。

妈妈深知这样的结果意味着什么，而且照片上的确有十几个曾经打骂过她的看守人员，但她只指认了那个曾经把她的手打折了的坏蛋。

作为高校教师，她相信绝大部分人都会对自己当年的所作所为进行反思。这件事情过去后，妈妈再也没有提起那十几个看守人员，其实，她心里早就宽恕了他们。

后来，妈妈一直在家里编写教材，每天伏案工作。学校的老师和学生都复课了，急需各类教材，妈妈就和教研室的几位中国老师一起编教材。他们一起编写过中学的俄语教科书，还编写过哈尔滨工业大学和其他工科院校用的俄语教材。她的右手曾经受过伤，写字的时候很不方便，但她坚持工作，每册教材的编写工作她都没有耽误过。

这期间，妈妈还常去北京、上海、西安等地参加学术会议。每次开会回来，妈妈都会给我们讲她在外面的所见所闻。在此之前，她从未去过这些城市。

即使这样，妈妈还是有块心病，那就是对她之前的误判还没有得到真正的改正。直到1978年末，她才收到了最终的改正文件，压在她心上整整十年的大石头终于被挪走了。

1983年，妈妈办了退休手续。妈妈在哈尔滨工业大学工作的那些年，没有晋升过任何职称，她到退休时仍然只是一个俄语讲师。即使这样，妈妈从来没有抱怨过，也没有找过相关领导诉说自己的委屈。妈妈在退休后，继续帮助学校编写教材，与同事们保持着非常好的关系。不仅如此，她经常帮助国内几所著名高校的学者和教授，长年为他们答疑和审稿，并且没有收过任何费用。有时候，妈妈带病帮人审稿；有时候，她为了编好教材，可以一天不吃饭；有时候，她放下所有的家务，一门心思给人答疑……我们对此都表示理解。家里来了客人要请妈妈帮忙时，孩子们都尽量小声说话，踮着脚尖轻轻地走动。

20世纪80年代末，妈妈都快70岁了，还一直帮助同事和朋友审阅各类稿件，而且这一切都是免费的。

"我有两个祖国"

1999年3月，以美国为首的北约悍然轰炸了南斯拉夫。那段时间，妈妈把全部的心思都放在了祖国人民身上。她按照南斯拉夫的民族传统，在家里点燃了白色的蜡烛，以此方式来悼念死去的同胞。全家人每天都会收听广播，了解最新的国际动态。

妈妈每天都在期盼着来自家乡的消息，我们天天劝慰她，开导她。直到后来妈妈收到了家乡亲人的来信，她的紧张情绪才得到缓和。亲人们在信中告知，家乡人民团结一致，同仇敌忾，决不投降。他们告诉妈妈，他们在防空洞里过生日、办婚礼、跳科洛舞……他们还告诉我们，南斯拉夫人民对中国人民怀有深切的感情，感谢中国政府的大力支持……

那段时间，家里经常会来一些要采访妈妈的记者，妈妈对每个记者都非常热情，会认真回答他们提出的所有问题。同时，她也向记者们表示了自己的感激之情，感谢他们及时、客观的报道，让她在第一时间了解到祖国的情况。

1999年5月，在获悉北约袭击了中国驻南斯拉夫大使馆后，妈妈又一次受到了重大的打击。中国驻南斯拉夫大使馆是她和爸爸曾经去过的地方。她对前来采访的记者们说："知道大使馆被炸，我当时都傻了……我曾经去那里做过客，和中国大使馆的工作人员共进过晚餐……那真是一个美丽的夜晚，大使馆的工作人员真是热情……"妈妈讲着讲着，嗓子哽咽了，眼泪止不住地流了下来，心情也变得十分激动。妈妈恨透了战争，战争让她的爸爸有国难回，他带着终生的遗憾客死他乡。战争也让她的亲人们痛失家园。她带着无限的牵挂，思念着远在万里之外的亲人们。

妈妈紧紧地握住记者们的手，深情地说道："我有两个祖国，一个是南斯拉夫，一个是中国。可是如今，侵略者不但轰炸了南斯拉夫，还轰炸了中国大使馆，我几乎找不到更恰当的语言来表达我心中的愤怒和悲痛……"

妈妈虽是外侨，但她在中国出生、长大、工作、成家、生儿育女，一直到退休。她见证了中国的沧桑巨变，对中国这片土地有着深厚的感情，对中国人民有着割舍不断的依念。

妈妈的很多朋友去了澳大利亚、加拿大等国，她与这些朋友一直保持着密切的联系，书信往来频繁。在每一封信中，她都会介绍中国的一些情况，介绍哈尔滨的变化。她的一个闺蜜去了澳大利亚，一走就是好几十年，闺蜜一直思念着她的家乡哈尔滨，可是后来她得了眼疾，导致双目失明。于是，妈妈就用寄送录音磁带的方式来替代写信。她每次都会录上很多内容，给这位闺蜜介绍自己在中国的生活情况，介绍哈尔滨的建设和发展，让这位一直思念着哈尔滨的老朋友随时了解哈尔滨的各种变化。

妈妈经历过的事情太多了，最严重的事情莫过于蹲"牛棚"，到农村接受劳动"改造"，但她对中国和中国人民的感情却没有丝毫改变。在农村插队落户的两年多的时间里，妈妈为乡亲们做了许多实实在在的事情，直到回城之后的很长一段时间，乡亲们还惦记着她和爸爸，给我们家送来黏豆包和土特产。爸爸和妈妈也继续帮助乡亲们，为他们联系看病的医生，帮他们解决生活中的困难，还帮他们联系城里的工作。

1976年4月，妈妈接到了单位给她的改正文件，以为自己跟其他老师一样可以参加会议了。有一次，她去学校参加了全校教职工会议，让她没想到的是，在会议将要开始的时候，主席台上有一位领导大声宣布："今天的会议是一次重要的内部会议，请外语部的邓伊玲离开会场。"于是，在众目睽睽之下，妈妈怀着十分委屈的心情走出了会场。回到家，妈妈并没有向家人哭诉自己受到的屈辱，只是默默地干着家务，但我非常清楚，妈妈的眼泪是往肚里流的。

按照学校的安排，妈妈开始编写俄语教材。对她来讲，能够从事自己喜欢的工作是最大的幸福。她一如既往地用心工作着，依然爱着这个养育了她的中国，什么也割舍不断她对中国人民的深情厚谊。

可以毫不夸张地说，妈妈把身心都献给了她所钟爱的中国和可爱的中国人民，多年的情感凝结成了她心中解不开的"中国情结"。1987年，妈妈和爸爸赴南斯拉夫探亲，刚刚过了半个多月，妈妈就偷偷地对爸爸说："我想吃大葱蘸酱了！"爸爸笑着对妈妈说道："我知道你想家，想孩子们了！"

妈妈的汉语说得不太好，但她一直都在努力提高自己的汉语水平，有不懂的地方她就会问家里人。妈妈很喜欢看"东方时空"这个节目，尤其喜欢主持人水均益。有一次，妈妈问我的大儿子昌武："这个漂亮的小伙子叫什么名字？"昌武回答："他叫水均益。"她听到这个名字后用手比画出鱼在水中摆动尾巴的样子，说道："噢，原来是小鱼儿。"之后，妈妈见到屏幕上的水均益便喊他"水金鱼"。

"暴风雨"过后

　　妈妈有很好的阅读习惯，可是"抄家"之后，家里没有任何外文图书和杂志了，无书可读成了妈妈难以诉说的痛苦。

　　我很难想象，一个外国人与国外的亲人、朋友没有任何书信往来，看不到外文图书和杂志，看不到外国电影，无法用自己的母语与外界沟通，她的精神生活是一种什么样的状态？但是妈妈从来没有抱怨过。

　　她在家中与我们一起享受着"暴风雨"过后的平静生活。那时候，外面的世界好像每天都有变化。经历了那么多的苦难，妈妈对周围发生的变化感到无比欣慰。

　　生活总会给我们带来一些惊喜和欢乐。1977年冬天恢复高考后，我考入了黑龙江大学，能重新读书学习了，全家人都为我感到高兴。对我和妈妈来说，还有一件值得高兴的事，那就是：我可以到学校的图书馆看书、学习，还可以把图书馆里的书借出来回家看。

　　当我第一次从图书馆借出两本俄语原版小说的时候，我的心情激动不已。我用手抚摸着书，心里想道："我和妈妈有书看了。"

我在第一时间就把书带回来给了妈妈，妈妈用手抚摸着书，闻了一下书的味道，微笑着说道："的确是图书馆的味道！"这个味道她太熟悉了，她以前蹲过的"牛棚"就是一个图书馆。

妈妈和我开始轮流阅读从图书馆借来的俄语原版书。在妈妈的指导下，我也跟着一本本地读起来，藏书非常丰富的黑龙江大学图书馆，是我和妈妈徜徉的文学海洋，我的借书证上写着密密麻麻的俄语书名，记载了我们共同的阅读历程。

1982年初，我毕业留校任教了。作为一名大学教师，我还可以在系里的资料室借阅一些书籍、刊物，我和妈妈的阅读渠道拓宽了许多。最可喜的是，妈妈已经与家乡的亲人和国外的朋友有了通信联系。来自南斯拉夫的留学生和记者通过各种渠道，与妈妈相识、交往。

改革开放后，我们学校与外界的交流日益频繁，我们手里有了最新的俄语报纸和刊物，我们甚至可以看到最新的俄语电影。妈妈不再寂寞了！

我们从事的工作都与俄语有关，我和妹妹在大学里教俄语，弟弟后来从事边境贸易工作。我们都有自己的外国朋友。我们三个无论谁出国，都会给妈妈带回一些书报来。妈妈每次拿到书报，都会认真看完。她也会和爸爸一起翻阅，一起聊着有趣的内容和最新的消息。

因为工作繁忙、教学任务重，我不能天天和妈妈见面，而妈妈也要在家编写俄文教材，又要忙家务，我们只能找个合适的时间通电话，每次通话的时间都比较长。后来，生活条件有了很大的改善，我们就给妈妈安装了卫星接收器。这样，妈妈就可以收看俄罗斯的电视节目了。

妈妈的记忆力非常好，她能记住文学作品中很多人物的名字和人物之间的关系，有些文学作品她读过好多遍，几乎达到了倒背如流的程度。她喜欢看爱情小说，托尔斯泰的《安娜·卡列尼娜》，她读过整整十遍。她还特别喜欢看俄文版的侦探小说，玛利尼娜的侦探小说她全部读过。我们在俄罗斯的朋友都知道妈妈喜欢玛利尼娜，所以只要有她的新作品问世，妈妈的桌上就会出现她写的新书。

改革开放之后，老百姓的文化生活越来越丰富，国内的影视节目也更加多样化，有了各种题材的国产影片和电视剧。妈妈特别喜欢看言情剧和有关侦破系列的电视剧。特别有意思的是，一些中国历史剧妈妈也和大家一起看，只不过我们偶尔要对妈妈进行一些讲解，比如哪些人物最重要，他们叫什么名字，宰相、太监都是怎么回事，等等。就这样，妈妈对历史剧也有了浓厚的兴趣，比如《雍正王朝》，她都看过两三遍。妈妈还有自己喜欢的一些明星，诸如宋春丽、陈道明等等，一提起他们的名字，她就能说出他们的主要作品。

温暖的家

家里面总是很干净，很温馨，这都是妈妈的功劳。

妈妈的手很巧，"女红"相当了得，家里面柜子和桌子上面都铺着她亲手绣的桌布，墙上也挂着她精心设计并缝制的壁布。这些壁布是手工制作的：妈妈先用铅笔画出图案，然后再把各种颜色的布块剪出图形并固定在壁布上，每个图形的边妈妈会用彩线绣好……这样制作的壁布就成了精美的艺术品。有了这些壁布，我们睡到床上时手脚就不会碰到冰冷的墙了。弟弟是属龙的，妈妈就给他绣上了龙的图案；我喜欢童话故事，妈妈费尽心思，绣出了一个戴着小红帽的小姑娘，旁边还有一只大灰狼。

我从小就喜欢看妈妈摆弄那些丝线和布块，喜欢看妈妈用缝纫机工作的样子。妈妈给家里营造出了一种既贴心又浪漫的氛围。

妈妈有一个用了很多年的熨斗。这个熨斗利用率极高，每次洗完的衣服晾干后，她都会站在熨衣板前把它们熨平、熨好，再把它们挂起来或叠好放起来。

有一个心灵手巧的妈妈真是一种莫大的幸福。我们小时候穿的衣服都是妈妈亲手缝制的，每一件衣服都是她精心设计的，有的式样是她自己想出来的，有的式样是她参考画报上的图片学着做的。后来，我们有了孩子，妈妈又为他们准备婴儿帽和小衣服。婴儿帽我们一直保存着，小帽子很特别，上面绣着花，里面还有纱布，摸起来很舒服。

要了解一个家庭的女主人，最好的办法就是进厨房看一看。

我们家的厨房里总有着一股温暖的气息，这种气息来自那些大大小小的锅碗瓢盆，来自那张用了好多年的大桌子和那些经常更换的漂亮桌布。

妈妈从农村劳动"改造"回来后，因为在家里编写教材，所以厨房成了她的"主战场"。妈妈在这里不只是做饭，家里没什么人时，她会给自己倒杯热乎乎的红茶，读一本喜欢的小说。有时候，厨房的锅里蒸煮着东西，她一边看着锅，一边读着书。家里人都在时，厨房就成了我们准备餐食和聊天的场所。

有人这样问我们："你们家里人主要吃西餐，还是吃中餐？"其实，我们家还是以中餐为主，因为妈妈一直都很喜欢中餐。妈妈做的包子和饺子我们都爱吃。妈妈烙饼时也有她的绝招，她烙的饼很软，充满葱香味。妈妈的炒菜功夫也很不错，一盘简单的炒豆腐，每次都让我们吃得一点儿都不剩。妈妈做的油煎包，那叫一个香啊！

我们都爱吃土豆，妈妈就想着法子给我们做，其中有道家常菜我们所有人都爱吃，那就是肉末土豆条。她先把土豆条煎到颜色极佳的状态，然后把剁好的肉末放进去，加上葱丝和姜丝，再把亮亮的汤汁浇到上面……这样，一道美味的菜肴就做好了。

说到西餐，妈妈的手艺相当好。家人聚餐时，她会为大家露上一手，而且无论做什么好吃的，肯定会被大家一扫而光。我们最喜欢她做的沙拉、肉饼、红菜汤等，我们在西餐厅里吃到的菜肴，味道总是感觉差点儿意思。

每逢大节，妈妈都会给我们做"西式烤鸭"。这种烤鸭与传统的烤鸭制作方法不同，烤制之前要先用盐给鸭子"按摩"，使之入味，然后把切成块状的苹果、梨塞到鸭子的肚子里，并用粗线缝上，这样烤出来的鸭子有一股香香的水果味，肚子里的苹果和梨又有一股肉香味。

妈妈经常教我们做菜，我们几个也学会了做一些西餐菜品和妈妈的几个拿手好菜。但我们没有她那么熟练，有几个难度比较大的菜我们总是做不好。比如，妈妈常做桂皮鲤鱼，这道菜不需要用太多的葱、姜、蒜，主要调料是桂皮。烧鱼时基本不放水，只用酱油、盐和糖，最关键的是两点：一是桂皮的量要适中；二是要有足够的耐心，要用慢火，急不得。

妈妈是真正意义上的贤妻良母，持家有方，而且教子有方。在家境困难时，妈妈会想办法让一家人吃饱。她经常是"粗粮细做"，用玉米面和少量的白面烤制出非常香甜的面包。改革开放后，我们的生活慢慢好起来了。过圣诞节、复活节时，会有朋友来家里品尝妈妈的手艺，一起庆祝节日，家里面歌声不停，笑声不断。

妈妈不仅教会我们做饭，也会给我们的孩子提供一些参与的机会。在复活节前，妈妈会用可以食用的染料给煮熟的鸡蛋涂上各种颜色，孩子们都会兴致勃勃地参与进来。妈妈为他们准备小围裙，帮他们挽起袖子。小家伙们都会听从指挥，认真干活。每当为孩子们特意烤制的圆柱形甜面包"古利奇"一出炉，制作好的彩蛋摆在盘子里，孩子们都会兴奋不已。这一个个画面都深深地印在了我们每个人的脑海中！

妈妈的笔记本

妈妈留下来的笔记本有很多，大小不一，有厚有薄。在这些笔记本里，有妈妈多年来一直写的日记，有妈妈自己写的小故事、随笔和诗歌，还有妈妈记下来的名言、警句、诗句、歌词等。

在这些笔记本中，最大的那本是妈妈的通信记录。翻开这个褪色的大本子，上面都是妈妈记录下来的通信联络用的信息，包括人名、国家、详细地址、电话号码等。妈妈是一个特别细心的人，每位亲属或朋友寄来信件、贺卡、包裹或邮件的日期她都要记下来，而且她回复的情况也有明确的记录。为了不拖延回信的时间，国际信件的信封妈妈都会事先准备好，写好地址。

妈妈与家乡的亲人保持着密切的联系，家乡亲人寄来的每一封信，她都要讲给大家听，每一张照片她都要给大家看，让大家一起分享那份快乐与喜悦。

爸爸去世之后，我们一直与北京的姑姑和加拿大的四叔保持着通信联系。因为是中文，给姑姑和四叔的信都由妈妈口述，我们来代写。在信中，妈妈每次都要把家里的情况介绍一下。同样，姑姑和四叔的回信，我们也要读给妈妈听。

与妈妈保持通信联系的朋友分别在俄罗斯、加拿大、澳大利亚等国家，有的在国内其他城市。我曾经读过这些老朋友的来信，因为他们都在哈尔滨市生活过，对他们来讲，哈尔滨的生活是他们一生都难以忘怀的。妈妈有一位居住在圣彼得堡的好友，每次在信中都会提到老乡们以前在哈尔滨聚会的情况。他们都是俄罗斯人，但是每逢中国的春节，他们都要聚在一起吟诗、唱歌，然后找一家中餐馆聚餐。这些人当中还有几位诗人，他们在自己的诗歌里记录了自己在中国度过的岁月，抒发自己的情怀。有好几次，妈妈把信中特别感人的诗句抄在自己的笔记本里，并且她能把它们流利地背出来。

妈妈非常喜欢诗歌，喜欢歌词，所以她在笔记本里抄写了很多她非常喜欢的诗句和歌词。妈妈非常喜欢杜甫的诗，在爸爸的帮助下，她还试着翻译了几首。在她的一本红皮笔记本里，她用俄文记录着她自己翻译过的唐诗。妈妈翻译的唐诗虽然都变成了"欧化"的句子，但爸爸每次都能找到原诗，我看见笔记本里还有爸爸的字迹。《茅屋为秋风所破歌》里的诗句"安得广厦千万间，大庇天下寒士俱欢颜"，妈妈读后非常感动，她曾对我们说："让天下的人都有房子住，那该多好啊！"

妈妈晚年时行动不便，不能下楼活动了，所以她就坐在阳台上或窗前看街上的热闹景象。冬天的时候，妈妈天天盼着下雪，只要天上开始飘落雪花，她就会看着窗外，欣赏窗外的雪景。妈妈还用俄语写了一首赞美雪花的诗，诗的大意是这样的：

雪花飘，

雪花飘飘，

人们都说，瑞雪兆丰年。

大家幸福又欢畅，

白面馍满堂。

我坐在屋里，

目不离窗。

外面一片白茫茫，

我的心里好欢畅。

2006年初，妈妈写了一篇随笔《我的家乡亚布力》，这是妈妈生前最后写的一篇随笔。文章的开头这样写道："许多人问我在中国生活多久了，我告诉他们，我一生都在这里生活。当年我父亲在中东铁路上工作，在亚布力车站当工人，我就出生在亚布力镇。那时中东铁路上有俄罗斯人，有中国人，也有像我父亲这样的塞尔维亚人。他们之间友好相处，关系很亲密。我从小就和中国的孩子们一起玩耍，童年是我一生中最幸福的时光。"

妈妈曾委托家人，有机会一定要去亚布力火车站看一看，找一下她小时候居住过的房子。可惜家人回来时说，亚布力站已看不到那个老房子了，呈现出一种全新的面貌。

妈妈在日记里这样写道："我也想到了这些变化，如今的亚布力，已变成全世界滑雪爱好者聚集的地方。中国也是今非昔比，经济发展和社会进步如日中天。中国在国际上的声望越来越高……"

中东铁路亚布力站新貌（2018年拍摄）

　　妈妈留下的笔记本中有几本薄薄的笔记本，里面写的是关于小狗的故事。

　　改革开放后，家里的生活条件越来越好了，家里还养了小狗。有一阵子，妈妈曾尝试过"狗猫同养"，那是一只黑猫和白狗。可没过多久，妈妈就发现，自己的麻烦很多，猫狗之间矛盾不断，经常厮打。如此一来，妈妈决定只养狗，不养猫了。

　　我们家里的狗都不太大，小狗都有自己的俄文名字。好朋友都跟我们开玩笑，说它们懂两种语言。

　　妈妈笔下关于狗的故事很有趣，都是用第一人称写的，以下内容是我从妈妈的日记里摘录下来的。

　　　　"我叫沙立克，是一只白白的京巴犬。我已经10岁了，可是如果按照人类的算法，我现在就是一个古稀老人了。和我一起生活的是老奶奶和她的孩子们，他们是我的主人。

164

孩子们喊我时，名字时真是五花八门，但我从来不计较。我热情地摇着尾巴，作出回应，因为他们都喜欢我。"

写上面这段文字时，妈妈已经82岁了，但她思维依然很敏捷，富有想象力和幽默感。下面两段文字是描写吉娃娃玛霞的：

"电话铃声响了，当老奶奶慢慢走到电话跟前时，我第一个跑过来了，本想抓起电话筒，可惜它比我都大，我拿不动啊！老奶奶夸我，说我好聪明，听到铃声就跑来了。"

"午饭时，我和沙立克都能分到一块骨头。我马上把自己的那一块藏起来，然后趁沙立克不注意就去啃他的骨头。我吃得很多，可是我们这种狗不能太胖，在老奶奶的帮助下，我又努力让自己瘦下来了，我的腰围从12厘米变成了11厘米。"

妈妈与小狗沙立克和玛霞在一起（2004年拍摄）

关于这些养狗的故事，妈妈是用俄语写的，所以家人聚会时我们会翻译并讲给孩子们听，大家都笑得前仰后合。

妈妈留下来的笔记本是她留给我们的巨大的精神财富。妈妈写的日记篇幅虽然不大，但它能让我们清晰地想起那些珍贵的画面。

妈妈把她在各个时期、各个阶段的思绪和感悟都记录下来了，我们仿佛能听到她的心声：

1984年5月30日，我收到了来自澳大利亚的两封来信。今天是幸福的一天，因为我一下收到了两封来信。

1985年9月3日，今天是我的生日，我都63岁了！我再坚持活几年，孙辈们就长大成人了。

1987年5月24日，今天我们终于要去南斯拉夫了，回到祖国的怀抱。再见了，我的另一个祖国！

1987年7月26日，我们回家了！中国的亲人们都在等着我们！

1994年6月23日，家乡又来信了！收信的感觉真是好！

1995年5月14日，我看了一场精彩的乒乓球赛，中国队赢了！

1997年7月1日，香港回到祖国的怀抱了，就像失散多年的孩子终于回到了妈妈的怀抱。

1999年3月25日，美国轰炸了南斯拉夫，他们真是太可恶了！

1999年5月8日，美国轰炸了中国驻南斯拉夫大使馆，可恶至极！

1999年12月20日，澳门回到祖国怀抱了，中国找回了另一个失散多年的孩子。

2002年11月7日，今天是丈夫的生日，外面下大雪了，真美！我特别想出去走走，可他已不在人世了。

2003年5月9日，今天是俄罗斯人民的纪念日，我对俄罗斯的爱来自我那可怜的妈妈。

2003年8月18日，今天是妈妈的祭日。有很好的记忆力并不是件好事，过去的事我从未忘记，其实我最好还是能忘记这一切。

2004年3月3日，我的目标是活到北京奥运开幕那天，我一定要活到那一天，看一看咱们北京举办的奥运会！

2005年岁末，新年快要来到了，希望2006年好于2005年，让水更清澈，让食物更健康，让疾病越来越少。

2006年4月21日，我的重孙子维加出生了，7斤2两！他会更像谁呢？

……

妈妈留下的笔记本都完好地存放在家里，我们翻阅这些笔记本时就像在和妈妈聊天，听妈妈说过去的故事。她的音容笑貌仿佛就在我们眼前，我们时刻都能感受到她的气息。

妈妈永远都在我们身边！

我的弟弟晓桥

邓 军

小小运动员

徒步上北京

兵团磨炼

马　儿

返　城

顺应潮流

拿得起，放得下

小小运动员

　　弟弟的俄文名字叫谢辽沙，他的中文名字叫晓桥，取了爸爸名字中的一个"桥"字。

　　晓桥是1952年出生的，比我小两岁。我们以前都在一个小学校读书，算是校友了，但我这个姐姐有很多地方不如他。他加入少年先锋队的时间比我还早，而且他在学校里是一个小有名气的运动员。

　　我们学校的体育老师姓翟，是一个十分敬业的老师。他对学生的情况了如指掌，能选拔出一批又一批的体育苗子。在一次全校运动会上，翟老师凭借他那双慧眼敏锐地发现了晓桥。翟老师看好他身上那股不服输的劲儿，看好他在短跑比赛中那股爆发力。于是，晓桥很快就与高他一个年级的学生一起参加了区里的比赛，结果，他还真的拿到了名次。

　　翟老师还推荐晓桥进了校足球队。当时校足球队里的学生都比他大，个子也比他高，但他非常努力，对体育的爱好和良好的身体素质给了他足够的勇气和信心，他很快就适应了足球场上的

171

运动。不久，在与外校足球队的一次重要比赛中，晓桥踢进了最关键的一个球，最后他们球队赢得了这场比赛。

弟弟的身体素质从小就很好，爬墙、上树、踢球、玩游击战游戏等都是他的拿手好戏。因为他总爱爬墙、上树，所以他身上穿的衣服和裤子经常被刮破，妈妈几乎天天要检查他的衣服，然后把弄脏的衣服洗好，把弄破的衣服补好。有一次，弟弟因为上树抓猫，一不小心从树上掉下来了，结果额头上裂了一个口子，鲜血直流，妈妈赶紧给他处理伤口，并警告他不要再爬树了。晓桥的伤口好了后，额头上留下一个小伤疤。

晓桥的爱好颇多，但他最喜欢的就是滑冰了。他在冰上的滑行速度很快，并且打得一手好冰球。我至今还记得，他穿着冰鞋在冰球场上的样子，当时我真的觉得，整个冰球场上就数他最帅，动作最灵活，冰球打得最棒。

一家四口（1956年拍摄）

（从左到右依次为：妈妈，弟弟，爸爸，我）

在运动场上，晓桥是一名勇于拼搏的运动员。他从小就在松花江边长大，所以他的水性也非常好。他在水里就像蛟龙一样灵活，会各种泳姿，还会打水球。

弟弟小时候就是一个"小美男子"，是我们三个当中最漂亮的孩子，而且他长得最像外国人。上幼儿园的时候，他个子不高，眼睛大大的，鼻梁高高的，皮肤黑黑的，幼儿园的老师们都叫他"巧克力"。

妈妈的日记本上记录了弟弟小时候的一些趣事，我摘抄几段：

"今天，晓桥哭了一场，请求我不要煎鱼，因为这条鱼还有一口气。于是，我们把这条鱼放到水盆里养着，晓桥看着这条鱼在水里游动的样子，久久不肯离去。他问我："这条鱼是男孩，还是女孩？"我说不知道，晓桥沉思了片刻说：'它自己肯定知道。'"

"晓桥在街上看见一只小黄猫，小黄猫又瘦又小，样子很可怜，他请求我把小黄猫带回家。我就给他做思想工作：'小黄猫有自己的家，它的妈妈很快就会把他领回家。'晓桥这才转悲为喜，高高兴兴地回家了。"

"有一次晓桥问我：'妈妈，那个死人，后来医好了吗？'"

"晓桥又伤心了，自言自语道：'为什么所有的娃娃都坐在窗台上？它们的妈妈怎么不哄他们睡觉呢？难道它们能够这样坐一整夜吗？要是让姐姐这样坐着，她肯定受不了。它们的妈妈肯定不是一个好妈妈。如果它们的妈妈不要他们了，我就来照顾他们，我的妈妈会哄他们好好睡觉的。'"

"我这个儿子真天生一副好心肠，富有怜悯心和同情心。"

……

弟弟的心肠的确很软，他对身边的人，对一切弱者都非常热心，并给予帮助。他的朋友有很多，朋友们都愿意和他一起玩。上小学时，学校的赛事比较多，各项体育活动他都会积极参加。班上的卫生委员经常要检查同学们的个人卫生情况，每个人都要伸出手来接受检查。晓桥总是不肯让她检查，怕她发现自己那双不干净的手，因为他一有时间就会去操场上玩。

弟弟初中一年级还没读完，大字报就来了。我常常想，如果不是因为当时的社会环境，就凭他的条件，他的成长道路一定是完全不同的。单凭他那良好的身体素质，在体育运动方面他绝对是一个难得的好苗子。

直到现在，他对体育运动的爱好依然十分强烈，尤其热爱足球。晓桥关注所有的足球赛事，无论是国际大赛，还是俱乐部联赛，他都会守在电视机旁观看。他是一个研究型球迷，很了解各个足球俱乐部的变化，也很关心球员的转会情况，对各个球员在赛场上的表现还能给予专业的点评……

徒步上北京

1966年下半年，学校全部停课，满大街都是各种大字报，高音大喇叭里反复播放着各种宣传口号。学生们都穿着黄色军装，头戴绿色军帽，腰间系着皮带，胸前戴着像章，脚上穿着军用胶鞋。他们天天在写大字报，参加各种辩论，"革命"情绪高涨。

北京是大家最向往的地方，很多学生都想去那里看看，晓桥也不例外。他和另外两个同学选择了一条最艰难的赴京之路——徒步前进。

他们既没有沿着铁路线行走，也没有沿着公路前行，而是走乡间土路，而土路特别不好走。他们每天都在赶路，还要忍饥挨饿，身体极度疲劳。三个只有十几岁的孩子经过长途跋涉，在两个月后终于达到北京。

这两个月的"长征"经历，不仅给了晓桥克服困难的信心和勇气，而且锻炼了他的意志。虽然这是他第一次独立走出家门踏上社会，但他把课本里学到的"长征精神"付诸实践，发扬当年红军"革命理想高于天"的乐观主义精神，体验红军爬雪山、过草地时的艰辛，以磨炼自己的意志。

那段时间，人们热情高涨，都去参加"革命"了，我们也不例外。我们分别加入了两个不同的阵营，彼此成了"敌人"。我们一碰上就吵，经常不欢而散。那段时间，我和弟弟形同路人，有好几个月的时间见了面都不说话。这可苦了妈妈，经常是弟弟和他的同学从家里走后，我又带着一帮同学跑到家里找东西吃。

有一回，弟弟连续好几天没回家，爸爸妈妈非常担心。后来有人过来通知爸爸，说弟弟受了伤，正在医院救治。爸爸立即赶往医院，才知道弟弟被流弹击中了腿。之后，在医生的帮助下，弟弟腿上的弹片被取出来了。这事发生后，爸爸就不许弟弟到处乱跑，把他送到了北京的姑姑家里暂住。

然而没过多久，爸爸和妈妈都被关进了"牛棚"。面对突如其来的变化，我们承受着巨大的压力。父母的工资已停发，单位只给我们每人每月20元的生活费。经历了这场变故，弟弟好像一下子就变成熟了，一句抱怨的话也没有。

弟弟步行赴京时随身带着一个铝制的脸盆，为了方便携带，他在脸盆边上扎了三个眼儿。他一直留着这个脸盆，从遥远的生产建设兵团回来后，我看见他还在用着它。它就像一个忠实的朋友，陪伴着弟弟走过艰难和辛酸的曲折历程。

兵团磨炼

按照当时的规定，我和弟弟两个人当中只有一个人可以留在哈尔滨市里，弟弟把指标给了我，自己则报名去了生产建设兵团。

1968年冬天，弟弟告别了校园，告别了同学们，准备奔赴遥远的生产建设兵团。他全然不知，等待他的会是整整四年的艰苦生活。

刚回城的弟弟（1972年拍摄）

送弟弟出发时，家里没有钱了，但弟弟身上不能没有钱。经过一番思想斗争后，我去了哈尔滨工业大学的外语部，向妈妈的单位求助，请他们借给我80元钱。他们的领导听了我的话之后，就从抽屉里取出了一张纸，让我先写揭发妈妈的材料，然后他才会考虑借钱的事情。我很平静地说道："我妈妈没问题，我也没什么好揭发的。如果你们不借钱给我，我弟弟就不能去生产建设兵团了，也就不能支援国家建设了。"最终，学校领导还是把钱借给了我。

然而，根据我的预算，这80元钱只不过是杯水车薪。无奈之下，我只好鼓足勇气去了爸爸的单位。我向爸爸单位的负责人说明来意，也把哈尔滨工业大学同意借钱的事情告诉了他。让我感到意外的是，他当时就把钱借给了我。

有了钱，我就尽力把弟弟需要的东西都准备好，还给他买了一个柳条包①那些天，我和弟弟的心情都很沉重，小妹妹薇拉看到们我愁眉苦脸的样子，脸上也没有了往日的笑容。

离别的日子终于到来了，那是一个极其伤感的日子。那一天，哈尔滨火车站的月台上挤满了奔赴生产建设兵团的青年学生。每个即将要走的学生都有亲人或朋友相送，而且行李很多。晓桥很乐观，与他同行的十几个同学也很乐观。然而，当火车鸣起长笛，车轮慢慢转动的时候，人们的哭喊声一下子就响起来了。

晓桥随着大队人马终于到了目的地，他们得知，这里是855农场。因为不通火车，人们需要从勃利县坐几个小时的拉粮车才能到达农场，交通极其不便。

855农场最初只有一百多名老职工。晓桥来之前，这里已有好几批从全国各地过来的知青，几年下来，农场的队伍壮大了不少。

所有新来的知青都被安排到大工棚里住。他们面临的第一件大事就是分配工作。农场里因工种不同分成好几个班，条件相对较好的是机务班，但进机务班的人必须是贫下中农，而晓桥因为

---

① 指用去了皮的柳树枝条编成的箱子。

父母的原因，与机务班自然无缘。他被安排进了后勤排，后勤排包括炊事班、马号班等。弟弟从小就喜欢各种动物，在他看来，天天和马打交道可能会好一些，于是他义无反顾地选择了马号班，当起了"弼马温"。弟弟从此与马结缘，向师傅学起了赶车技术。

马号班的工作非常辛苦，晓桥不仅要承担艰苦的运输任务，而且要赶着车、带着干粮进山伐木、砍柴，并装上马车拉回农场。在寒冬腊月，北方的天气十分恶劣；在炎炎夏日，山里会有各种野兽出没……弟弟就是在这样的环境下完成每一项工作任务的。

一个从未去过农村的城市青年，不仅要经受严寒酷暑的考验，还要承受繁重的体力劳动，这让我非常揪心。然而，爸爸妈妈当时都被关在"牛棚"里，我无法将弟弟的情况告诉他们，也没有人可以商量。小妹妹薇拉常常问我："哥哥什么时候回来？我想念哥哥……"

晓桥会给我们写信，却从来不讲自己遇到过什么困难，只在信中说一切都好。

他一直记得那些帮助过他的人，包括农场的老职工、知青、附近的农民等。师傅和师娘把他当亲儿子，有什么好事都会想着他。他的衣服破了，师娘给他缝补过无数次。女知青看到晓桥不会缝被子，也会过来帮他……就这样，他感受到了这个大集体的温暖。

马 儿

　　起初，来自全国各地的知青经常闹矛盾，而来自北京、上海、哈尔滨等大城市的知青还经常闹派性。然而，随着时间推移，繁重的体力劳动让知青们感到疲惫不堪，他们无力争斗，最后连吵架的心思都没有了。老职工们对知青的评判十分公正，他们不看你来自哪里，也不看你的出身，只看你干活是否出力。农场的人在一起劳动，在一起吃饭、睡觉，时间长了，大家也就抱团儿了！

　　不到一年工夫，弟弟就成了干活的能手，而且他讲义气，为人随和，和所有的知青关系都很好。

　　855农场的人越来越多，光知青人数就有500多人。随着农场建设的推进，他们有了属于自己的砖厂，于是他们扒掉了土坯房，盖起了砖房。没过多久，大家都住上了砖房。拉砖的任务很繁重，晓桥既要赶车，又要装车、卸车，非常辛苦，他经常累得满头大汗，总是灰头土脸地回到住处。

　　冬天冰天雪地，寒冷至极，马儿都不愿意出去拉活，晓桥就想办法让马儿听从他的指挥。这个时候，妈妈以前给他讲的故事发挥了作用。妈妈以前对他说过，马儿喜欢吃糖，于是晓桥就到小卖部买来一些硬糖块，在拉活儿之前给马儿吃上一块。马儿吃了糖还真的特别听话，农场的人都以为晓桥会变魔术呢！

一到冬天，农场的伐木任务就会非常繁重。晓桥天天都要赶着马儿上山伐木。晓桥不仅要顶着严寒砍倒树木，还要把木头锯断，装到马车上运回来。因为路上有积雪，所以山路非常难走。有一次，晓桥牵着马儿下山，马后面拉着一马车的木头，晓桥和马车在下坡路上打滑，情况十分危急。此时，马儿用后腿顶住马车，并死死地咬住了晓桥的棉衣，不让他滑下去，好在马车的轮子被一块大石头挡住了，马车这才停了下来。通过这件事情，晓桥对那匹马儿产生了深深的感激之情，于是他更加热爱自己的马儿。

有一次，有匹母马不太安分，晓桥以为它吃坏了肚子，便把那匹母马牵到了团部的兽医站。工作人员检查后告诉他，那匹马儿快要生小马驹了。于是，晓桥就留在团部照看那匹母马，一连好几天都没回农场。可就在那几天，有一件让晓桥感到非常痛心的事情发生了，那匹曾经救过他的马儿因为过度劳累，死在了山路上。晓桥回到农场后才得知这个消息，他十分难过。马号班的人还特意给晓桥留了一块马肉，他看了一眼马肉，难过地走开了。

又过了几天时间，那匹母马回来了，后面还跟着一匹小马驹，这让晓桥心里有了些许安慰。晓桥赶车拉活儿时，小马驹就会跟在后面跑，给单调的农场生活增添了一点儿乐趣。

农场里经常会出现一些突发事件，其中最危险的事情就是山林着火。

有一年深秋，山林着了火，农场的人都跑到山里救火去了。此时晓桥接到了一个重要的任务，就是骑马进山，给扑火队员送去馒头和咸菜。晓桥二话没说，把装草料的麻袋当马鞍，带上馒头和咸菜进山去了。

晓桥到达目的地，看到所有的人都是黑乎乎的。大家看到晓桥送来吃的，都跑了过来。大家一边吃着馒头和咸菜，一边俯下身去喝地上的积水。

晓桥也加入扑火的队伍中，但他的脚不小心被尖锐的物体伤到了，当时他只是把扎进去的东西拔了出来，卫生员对他的伤口做了简单处理。在下山后的第三天，晓桥的伤口化了脓，他不得不去团部的医院接受治疗。

当地的老乡们都非常喜欢晓桥，因为他干活认真，为人爽快，服务既周到又热情。老乡们家里有好吃的，都会给晓桥一些，但他从来不会独自享用，而是把老乡给的东西带回来与大家一起分享。

晓桥是一个热心肠，心地非常善良。有一次，他在山里采蘑菇时发现了一只小狍子。这只小狍子还不会爬，如果没有人管，它肯定会被野兽吃掉。于是，他把小狍子抱到怀里带回了农场，并细心照料它。他还给这个小家伙起了一个好听的名字，叫"小美"。好在农场里有头奶牛，晓桥就用牛奶来喂小美。

晓桥在农场工作是有一点儿工资的，他自己舍不得花，攒起来寄给我和妹妹。他还经常给在北京生活的奶奶寄钱，孙子的孝心让奶奶非常感动。

晓桥在农场的第二年，我就带着妹妹去看他。那是我第一次出远门，对路线不熟悉，幸亏路上有好心人帮忙，我和妹妹才顺利抵达勃利县。因为天色已晚，我们就在勃利县县城住了一晚。第二天一早，我们坐上了拉粮的车，一路颠簸，终于来到了弟弟所在的农场。

农场的知青热情地接待了我们，我们也了解到他的生活情况。我发现，晓桥瘦了，黑了，长高了。虽然他身上穿着打补丁的衣服，但他的身体变得更结实了，性格更加乐观了。晓桥非常节俭，我给他买的鞋他都舍不得穿，一直放在床边。

因为我还要回去给关在"牛棚"里的爸爸妈妈送东西，我们第二天就动身回哈尔滨了。分别时，晓桥的眼睛里含着泪，他一再嘱咐我们路上要小心。

晓桥在农场的四年时间里，领导只给过他一次假。我们再次见到晓桥，那便是全家团聚的日子，也是爸爸、妈妈和妹妹从农村插队回来的日子。

返　城

1972年春天，我们全家有了一个天大的好消息：爸爸、妈妈和妹妹要从农村回来了！弟弟晓桥也要回来了！

晓桥去遥远的农场时，爸爸和妈妈还关在"牛棚"里面，他们没能见上面。爸爸、妈妈和妹妹去农村插队落户的时候，晓桥在农场，无法回哈尔滨给他们送行，这样一来，晓桥和爸爸妈妈有四年多没有见过面了。

那时候，我已经在电车公司上班了，独自留守在哈尔滨。忽然得知家人要回来，我欣喜若狂，激动的心情无法言表。

我至今都清楚地记得家人团聚时的动情场面。晓桥一见到妈妈，就紧紧地抱住了妈妈的肩膀，激动得连一句话也说不出来。妈妈也呼唤着晓桥，抚摸着他的头发，泪如泉涌。在这四年多的时间里，晓桥已经忘记了如何用俄语跟妈妈交流了，只能说几个简单的词汇。妈妈抚摸着他的头，握着他的手，用很慢的语速跟他说话……

爸爸回家了，这意味着一家人的主心骨还在。晓桥跟爸爸进行了多次长谈，把自己这些年的经历都讲给了爸爸听。爸爸开始考虑晓桥下一步该如何发展，父子俩的重逢使他们都深切地感受到了骨肉真情。

妈妈又开始在厨房里摆弄锅碗瓢盆，做大家很久都没有吃到过的美味佳肴。让妈妈感到意外的是，晓桥的饭量很大，妈妈煎的鸡蛋他一次就能吃好几个。妹妹也睁着大眼睛，看着哥哥享受美味的样子。

爸爸妈妈从农村回来时，只带了一些随身用的必需品，还有不少东西留在他们插队落户的地方，因此，爸爸妈妈交给弟弟的一个重要任务，就是把那些东西运回哈尔滨。爸爸的单位派了一个司机，晓桥就跟着司机一起去了。

在回来的路上，他们去一个老乡家休息，弟弟看见他家的狗刚下了一窝崽，于是他就跟这个老乡商量，希望老乡能送给他一只小狗崽。看他如此诚恳，老乡就爽快地答应了。这样，弟弟回来时，拉回来了所有的东西，他还从怀里捧出这么一个小家伙。大家都很高兴，妈妈还给这个白白的小狗起了名字，叫"布莎"。从此家里面就更热闹了，小狗给我们带来了很多欢乐。

晓桥返城后，工作暂时没有落实，他和很多刚返城的知青一样，只能在家待业。又过了好几个月，爸爸带回来一个好消息，那就是晓桥的工作解决了，他被安排到水产公司的车队上班，负责运输工作。这个消息让全家人都感到无比高兴！我打趣他："真是太好了！在农场赶马车的车老板，就要变成在城里开汽车的司机啦！"

看来，弟弟这辈子都跟"车"有缘，先是马车，然后是各种汽车。他在农场还开过拖拉机，所以他对"车"并不陌生。到了车队，他先跟师傅努力学习修理技术，不怕脏，不怕累，不怕苦。他经常把修车时穿的工作服带回家来自己洗。妈妈发现，他的工作服上全是油和泥，放在地上都能立起来。

功夫不负有心人，在车队修车的两年经历使晓桥对各种车的性能和特点了如指掌，并能一一排除故障，这为他之后的工作打下了坚实的基础。后来，晓桥俨然成了汽车维修、使用、保养等方面的专家。只要汽车一启动，光听声音他就可以判断出哪个地方出了毛病。

在车队修车期间，晓桥也考了驾照，这样他就可以开车上路了。两年后，晓桥又考上了夜大，学习机械制造专业。因为学业荒废太久，所以他在学习的过程中遇到了不少困难。他平时特别忙，白天要工作，晚上又要学习，但他还是咬着牙挺了过来。没过几年，晓桥就拿到了夜大的毕业证书。

在水产公司工作期间，晓桥当过汽修工和司机，后来又晋级当了技术员。因工作需要，水产公司安排他去过好几个工作岗位。无论在哪个岗位上，他都努力工作，勤勤恳恳，任劳任怨，和同事们打成一片。

晓桥遇到困难从不退缩，总是努力想办法克服。晓桥吃了很多苦，他所经历的磨难都是他宝贵的财富，因为这些磨难培养了他吃苦耐劳的精神，造就了他钢铁般的意志。

与晓桥一同下乡的同学也陆续回城了，他与这些同学一直保持着密切的联系，他们之间的情谊是战友之间的情谊，是兄弟般的情谊。无论谁有事情或有困难，晓桥都会在第一时间出现在大家面前。

知青们回城后要适应新的环境，重新面对生活中的种种难题。有很多知青在相当长的时间里没有安排工作，也就没有了生活来源，但他们相互帮助，相互支持，不离不弃。

顺应潮流

十一届三中全会的召开，迎来了改革开放的春天。人们就像躲在冰层下面憋了好久的鱼儿，得到了伸展身姿的机会。改革开放政策使中国社会发生了极其深刻的变化，也给人们提供了改变命运、实现抱负的机会。知青们赶上了改革开放的好时代，晓桥和他的战友们如鱼得水，积极顺应改革开放的大潮，应势而谋，顺势而为。

那个年代，全国各个领域的改革和发展都处于起步阶段，各种机遇也随之而来。可是谁也没有想到，晓桥会与电影结缘。晓桥被长春电影制片厂看中了，长春电影制片厂的导演邀请他出演电影《熊迹》里面的沙皇兵。

我们一家人都非常喜欢看电影，以前妈妈就常常订阅俄文版的《苏联电影》杂志。晓桥有了参演电影的机会，成了我们家第一个"触电"的人。

在我们家几个孩子当中，晓桥长得最像外国人，也是最帅的一个。当年他被流弹击中住院治疗的时候，医院里的护士们都到他的病房里来看他。20世纪80年代，南斯拉夫电影在国内上演，风靡一时，大家都说晓桥像电影《瓦尔特保卫萨拉热窝》里的男主人公瓦尔特。

这是晓桥第一次进剧组，《熊迹》这部电影拍摄了20多天。对他来说，这是一种全新的体验。他每天都要化妆，都要穿着沙皇士兵的服装拍戏。虽然很辛苦，但他乐此不疲。晓桥悟性极好，适应能力也很强，他第一次"触电"便对演员这一职业产生了浓厚的兴趣。

过了几年，八一电影制片厂的《战地之星》剧组请他出演美国大兵。这部电影讲的是在抗美援朝时期中国人民志愿军支援朝鲜的故事。晓桥跟随剧组在延吉市一连拍了三个月。

在这个剧组里，晓桥认识了几位在八一电影制片厂的知名演员，他跟这些演员混得很熟，并与他们始终保持着密切的联系。

电影《战地之星》剧照（1983年拍摄）

在延吉拍戏的时候，晓桥还帮了八一电影制片厂一个大忙。剧组通过火车运送过来的两辆吉普车在运输过程中严重受损，无法使用。电影开拍在即，剧组的工作人员急得团团转。在这关键时刻，晓桥对剧组工作人员说他会修车，可以试一试。结果不到一天的时间，这两辆吉普车都修好了，能正常能投入使用。剧组的工作人员都感到无比惊讶，还特地请他吃了一顿大餐。

晓桥的工作很稳定，一直都在水产公司工作。20世纪80年代初，他又在单位的项目办公室工作了几年，并且评上了工程师。在项目办公室工作期间，他有机会接触各类项目的开发和实施工作。他对项目开发的一些环节考虑得非常细致，提出了不少建议，并得到单位领导的认可。

1987年，水产公司决定引进先进的技术设备，以便更好地发展哈尔滨的淡水养殖业，因此单位需要引进挖掘机、牵引车、小型卡车等机械。哈尔滨水产公司是招标方，日本的一家公司是投标方，水产公司需要派人去日本进行实地考察。为此，水产公司成立了项目考察团。晓桥被选入其中，有幸迈出国门，和几位同事一起赴日本考察。在考察过程中，他接触到了许多新事物，目睹了国际上比较先进的机械化生产线。让他感到意外的是，日本的汽修厂窗明几净，一尘不染，工人们穿的工作服既干净又整洁。现代化的生产线和先进的管理方法给晓桥留下了深刻的印象，对他触动很大。

招标工作结束之后，日本公司负责培训机械使用技术人员。当时在国内，这些学员几乎是学到这些先进技术的首批人员。

晓桥也认识到自己有很多不足，他努力学习先进技术，强化自己的知识结构。同时，他还努力学习俄语，逐步提高俄语水平。

从日本考察回来后一年多，他又有了去苏联工作的机会。

当时，晓桥所在的水产公司属于哈尔滨市农牧渔业局下属的一个单位。1989年，农牧渔业局与苏联的东方港谈成了一个项目，即由农牧渔业局将中国的菜农派往东方港种植各类蔬菜，为期8个月。派往苏联的团队里有33位菜农，晓桥是随团翻译兼技术员。

在东方港种植蔬菜是一个难度较大的项目，因为东方港气候寒冷，且无霜期相对较短。由于时间短、任务重，而且菜农们第一次到国外种菜，在工作、生活等方面都有一个适应的过程，这对晓桥来说也是一次全新的体验。

菜农们在东方港搭好了大棚，种上了茄子、辣椒、西红柿、小萝卜、小葱等蔬菜。晓桥和他们在一起工作，随时帮助他们与外方进行沟通，解决技术问题。很快，晓桥就和外方建立起良好的工作关系，他们对晓桥越来越信任。当时，像晓桥这样既懂技术又懂业务还懂翻译的人员，真的非常难找。

一段时间后，菜农们在东方港的工作和生活都进入了正轨。团队里有自己的厨师，饭菜可口，菜农们都很满意。晓桥和他们的关系处得非常好，他们都叫他"邓翻译"，有什么事情都跟他讲，非常信任他。

有一次，晓桥和菜农们聊天，一位菜农跟晓桥说："邓翻译啊，这里的伙食都挺好的，又靠着海，常常吃上鱼，可是大伙儿已经好久没吃过猪肉了，你能给大伙儿弄点儿过来吗？"

为了给大家弄来猪肉，晓桥动了一番脑筋。最后，他找到当地的一个养猪场，赊了一头猪回来。当他带着一头活猪回到住地时，大家真的特别高兴。菜农们自己动手宰猪剔肉，还灌了血肠。之后，厨师把猪肉分成了好多块放进冰箱。就这样，在相当长的时间里他们过上了既有鱼又有肉的生活。随后，他们种的蔬菜丰收了，他们的日子就更好过了。

这次出国工作的机会使晓桥有了更加丰富的阅历。他跟随菜农在国外生活了八个月，并在外贸活动中积累了很多实战经验，这段经历为他今后从事中外贸易工作奠定了良好的基础。

拿得起，放得下

从东方港回来后，晓桥的工作发生了变动。那时候，中国人民解放军总后勤部的下属单位"新星集团"要在哈尔滨成立一个分公司，以便更好地开展边境贸易工作。分公司有意聘请晓桥任公司外贸部经理。对晓桥来说，这不仅是一次大转型，还意味着他要在一个新的平台上重新起步，迎接更大的挑战。

晓桥和水产公司的领导谈了自己的想法，领导自然不肯放他走，但因为晓桥去意已定，领导最后还是同意他调走。

20世纪90年代初，苏联解体了，俄罗斯联邦国家成立，中俄贸易形势越来越好，晓桥非常看好中俄贸易的发展前景。他进入新公司后，着手组建团队，开始联系俄罗斯的客商，寻求贸易合作伙伴。他们四处奔波，洽谈合作，在相当短的时间内就与俄方的几家大公司建立了稳定的贸易合作关系。

弟弟晓桥在新星公司工作时的情景（1992年拍摄）

晓桥和他的团队一起努力开拓市场，取得了显著的成效。他们从俄罗斯进口钢材，一到中国边境口岸就被中国公司抢购一空。当时，国内基础建设如火如荼，对钢材的需求量极大。

那段时间，晓桥去了俄罗斯的很多城市，如纳霍德卡、赤塔、乌兰乌德、伊尔库茨克等，莫斯科也有他的足迹……那时候，晓桥经常去俄罗斯，一跑就是十来天。他在国内也是到处跑，联系客户，寻找货源，订购货物，安排物流……他不辞辛劳，跑遍大江南北。

这是一种不怕苦、不怕累的精神。当年他当知青时，正是这种精神一直激励着他。

与贸易伙伴建立一种友好、互信的合作关系，是晓桥一直坚持的原则。他在工作上严谨、认真，没有出过任何差错，因此深得贸易伙伴的信任，贸易伙伴也把他当成了好朋友。那时候在俄罗斯，白砂糖比较少，俄罗斯人又很喜欢吃甜食，俄方急需进口大批量的白砂糖，以满足市场需求。为满足客户要求，晓桥亲自跑到广西，订购了大量优质的白砂糖。

晓桥还帮助许多俄方客户在中国求医问药，给他们介绍中国的好中医，领他们找中医看病，俄方客户们对他非常感激。

他是一个热情而友善的人，所以无论在国内还是在国外，他都能结交到很多朋友。因为他长得像外国人，所以他在俄罗斯时常被别人当成俄罗斯人，他在国内又常被人当成老外。

有一年，晓桥接待了来自莫斯科的老朋友老米。老米想在哈尔滨买些纪念品回去，晓桥就开着吉普车带着老米，来到哈尔滨最繁华的购物中心。当时正值盛夏天，晓桥和老米都穿着格子衬衫，戴着墨镜。可是他们刚到市中心，就碰上了巡逻队。巡逻队的工作人员拦住了他们，当时的情形非常紧张，"老外"开军车，那可不是一件小事啊！

正当晓桥准备出示证件，想要跟巡逻队的工作人员解释的时候，巡逻队的领导走了过来，他认识晓桥。他向巡逻队的工作人员说明了情况，两名工作人员立即走开了。

这件事颇有戏剧性，给老米留下了极其深刻的印象。他与晓桥每次聊天都会提到他们与巡逻队的那次意外邂逅。

然而，天有不测风云。1995年之后，中俄贸易进入了低谷期。20世纪90年代末，晓桥所在的公司突然停办，他成了下岗人员。作为一名出色的外贸工作者，晓桥想靠自己的努力来解决下岗后的再就业问题。

我见过晓桥自己设计的名片。名片的一面写着"您的朋友邓晓桥"，是用俄、汉双语写的；名片的另一面写着他的联系方式。这是我见过的最简单的名片了，可就是这样的名片成了晓桥与俄罗斯客商联系的桥梁。

与晓桥一直保持联系的俄罗斯客户有很多，有的客户在十几年的时间里把所有在中国的采购业务都交给了晓桥。就这样，晓桥就成了中俄贸易的"单干户"，他的客户群相当稳定。

2002年，妈妈腿部意外骨折，行动不便，只能待在家里。因为我和妹妹都是教师，工作很忙，所以晓桥挑起了照顾妈妈的重担。他天天给她做饭，陪她说话，帮她解闷……

晓桥那些曾经一起下过乡的知青，知道我们家有事，都会伸出援手，那种情谊让我们感动至今，我们对他们充满了感激之情。对于他们的帮助，妈妈在日记里都有记录。妈妈与他们感情深厚，都把他们当成了自己的孩子。

晓桥单干之后，他在俄罗斯的朋友们经常得到他的帮助，这种帮助是无私的。俄罗斯滨海边区的冬泳爱好者们每年都要来哈尔滨，参加一年一度的冬泳比赛，多年来，晓桥作为他们的朋友，每次都会热情地接待他们，并且长年与他们保持密切的联系。几年前，俄罗斯滨海边区为晓桥申报并颁发了俄罗斯政府授予的"中俄友谊奖"，这个有普京总统签名的奖章一直被晓桥珍藏着。

我的妹妹薇拉

邓 军

生不逢时

艰难的生活

妈妈的小帮手

可爱的"小公主"

我们家的"小邓老师"

手足情深

生不逢时

1964年6月，我满了十四岁，弟弟也满了十二岁，而我的妹妹薇拉才刚出生。妹妹是我们家的小宝贝，我们都爱她。

那时候，家里有一张儿童用的钢丝床，这张床是可以拆卸的，我和弟弟在小时候都用过这张床。我们长大后，这张床就一直存放在库房里，它好像在等待下一个孩子的来临。妹妹的出生结束了这张床"靠边站"的历史，妈妈把它摆在了家中采光最好的房间里。

我和弟弟每天放学后的第一件事，就是回家看看妹妹，和她玩一会儿。我会用奶瓶给她喂奶，陪她说话，给她唱歌……妹妹的目光里慢慢有了期待，她似乎认识我们了。她一看到我们，就开始摇着手，蹬着腿儿，嘴里会发出我们听不懂的声音。

爸爸和妈妈给妹妹起了名字，俄文名字叫"薇拉"，中文名字叫"晓玲"。这两个名字是有来头的，取名"薇拉"是为了纪念姥姥，取名"晓玲"是因为妈妈的中文名字里有个"玲"字。家里人一直喊妹妹为"薇拉"，或者叫她"玲玲"。

因为妈妈身体不太好，没有奶水，所以妈妈就用牛奶来喂养她。妹妹很安静，很少哭闹，她吃饱了就睡，睡醒了就自己玩，非常乖巧。她总是用明亮的大眼睛看着挂在上方的彩球和玩具。我们逗她玩时，她还会对着我们咯咯笑。

我几乎天天都要帮妈妈给妹妹喂牛奶。有一次，我的手一直拿着奶瓶，有些发酸了，于是我就想出一个办法：用小枕头垫着奶瓶，直到妹妹喝完奶瓶里的牛奶，我再把空奶瓶拿走。我这种偷懒的行为被妈妈发现了，妈妈告诉我，这样给妹妹喂奶很不好，因为瓶子里的空气也会进到妹妹的肚子里。从那时候起，我再也不敢偷懒了。

妹妹出生时，父亲已经调到水产局办公室工作了。妹妹不到两岁时，爸爸就被派到郊区搞"四清运动"了，经常回不了家。妈妈一个人领着我们三个孩子，日子过得紧巴巴的。无论发生什么情况，妈妈都会把家操持得很好，家里面永远都是温暖的。

可惜这种平静的生活很快就被打破了。1968年的初夏，爸爸和妈妈被送进了"牛棚"，我们一下子成了没人管的孩子。我们三个抱在一起痛哭了好久。妹妹难过地看着我和晓桥，一边哭，一边问我们："我要爸爸妈妈，他们什么时候才能回来啊？"

我这个当姐姐的一下子就感觉到自己身上的责任。我意识到，照顾好弟弟和妹妹的担子我必须挑起来，可我没有做过饭，更没有管过家……我将如何面对这一切，如何带着弟弟和妹妹活下去呢？

我帮妹妹擦干了眼泪，告诉她要听话，哥哥和姐姐会照顾好她。我也告诉弟弟，要照看好妹妹，然后转身去厨房煮面条给他们吃。

　　这是我第一次煮面条，面条不太好吃，妹妹只吃了几口就不吃了，这让我和弟弟心里感到很不安。她那么小，要是营养跟不上，那可怎么办呢？

　　我对生活的艰难程度估计严重不足。爸爸妈妈的工资停发了，我们每人每个月只能领到20元的生活费，所以我们的生活成了最大的问题。我告诉自己，要尽快进入状态，撑起这个家，照顾好弟弟和妹妹。可是，妹妹越来越瘦，胃口越来越不好，年幼的她无法用语言来表达内心的不安。她每天都听着门口的动静，盼着爸爸妈妈回到家来。

艰难的生活

  艰难的生活开始了。我首先琢磨着每天吃饭的问题，尽量省着用那很少的生活费。去商店买东西时，我会认真打听每样东西的价格；买水果时，我为弟弟和妹妹只买一两个苹果或桃子；买肉时，我也只买二两肉馅……

  对我来说，学会精打细算，学会省吃俭用，不是一件容易的事情。我常常请教邻居，学习生活中的小窍门，做到如何省钱、省时。我开始研究怎么做饭才会更好吃，因为妹妹的饮食起居是我最上心的事。我看到她闷闷不乐的样子，就会学着妈妈的样子每天给她洗脸、梳头、讲故事……

  那时候，我们家里只剩下一个房间，其余的两个房间被别人占用了。原有的两个房门用砖块堵住了，而另一面墙上开了一道门。这样，我们这个家被分成了两半。妹妹当时很小，还不懂这些事情，她总是用疑惑的目光看着我和弟弟。我只好对她说，房间小一点儿更好，这样更安全、更暖和。

  我在厨房做饭时，妹妹会坐在桌子旁给我帮忙。我也会让她做一些她力所能及的事情，让她感觉到咱们这个家还在，姐姐和哥哥会陪伴她、呵护她。

我后来也当了母亲，也见过很多别人家的孩子，可是像妹妹这样懂事、听话的孩子真的不多见。

爸爸妈妈被关进"牛棚"的那年冬天，弟弟就去了生产建设兵团，家里只剩下我和妹妹了。弟弟对我们很不放心，但他心里也很无奈。我和妹妹含着泪送走弟弟后，家里面变得空空荡荡的。在一个男人缺位的家庭里，还会有安全感吗？还有谁来保护我们姊妹俩呢？

这段时间，我们面临的最大的问题就是钱不够花。因为我们的生活费非常少，所以我尽量节约开支。我们的日子过得紧巴巴的，生活非常艰难。我想起妈妈进"牛棚"之前的嘱托："如果没有钱，你就变卖家里的东西。"于是，我背着旧衣服，带着妹妹去了离家很远的旧货市场。

我们是坐有轨电车去的旧货市场，车上非常冷，我抱着妹妹在车上坐了好久。下车时，我们已经冻得瑟瑟发抖。我担心妹妹会生病，赶紧带着她进了一家又小又破的饺子馆。当时我只有两毛钱，乘有轨电车花了四分钱，所以我的兜里只剩下一毛六分钱了，还好，这些钱够买一两饺子了。我让妹妹吃了几个热乎乎的饺子，又喝了一碗饺子汤。我也喝了一碗饺子汤，身上慢慢热乎起来了。

我对旧货市场的行情一无所知，但还是硬着头皮向小贩问起了旧衣服的收购价钱。小贩见我们一副可怜巴巴的样子，就把衣服都收了，还多给了我们两块钱，我心里特别感激他。我装好钱，领着妹妹回家了。

妹妹小时候很喜欢吃饺子，她长大后自己包的饺子也非常好吃，这可能与那年冬天我们去旧货市场的经历有关。以前，妈妈很少包饺子给我们吃，我对包饺子也是一窍不通。看到妹妹对饺子有了兴趣，我就学着和面，学着擀饺子皮，学着包饺子……在我包饺子时，妹妹就在旁边拿着面团玩。饺子煮熟后，我看着妹妹吃下一个个热乎乎的饺子，心里很是满足。

那个时候，我们一有困难，邻居就会过来帮忙。邻居有好吃的，也会想着我们。我和妹妹常常能吃到邻居送来的包子、饺子、大碴子粥等食物，心里充满了感激之情。

妹妹是个爱美的小姑娘，喜欢漂亮的花布衣服。她长大了一些后，原来的衣服就显得不合身了，于是我就萌生了一个给她做新衣服的念头。家里的缝纫机一直是妈妈用，我见过妈妈如何做衣服，而我自己却不会做。那时候，买布料要用布票，我就省吃俭用，把省下来的钱用来买花布。在邻居的指导下，我先把妹妹的旧衣服拆成布片，然后根据拆下来的布片适度加长、放宽，进行裁剪或缝补。就这样，我试着做起衣服来了。

最难做的工序是缝领子。我试了好多次，缝了拆，拆了又缝，结果还是不太理想。衣服的领子有些偏，但妹妹对我做的新衣服非常满意，这让我甚感欣慰。

有一次，不知怎的，妹妹右胳臂的肘部关节脱臼了，她疼得直掉眼泪，我就带她去了离家很远的骨科医院。大夫把妹妹的关节复位后，她就不再哭了，我才放下心来。大夫嘱咐我，一定不能让妹妹用右胳臂使劲，否则关节还会错位。不幸的是，没过多长时间，妹妹的关节又错位了。我一着急，就学着大夫的样子，用左手托着妹妹的肘关节，用右手轻轻往回拉……我吓得满头大汗，生怕再把妹妹弄疼，也担心自己会把她的胳臂弄坏。让我没想到的是，我居然成功了！妹妹破涕为笑，说胳臂不疼了。我紧紧地抱住妹妹，告诉她一定要注意，不能用力。我买来专用的绷带绑住她的肘部关节。幸运的是，在此之后妹妹的肘部关节再也没有脱臼过。

1968年底，弟弟去了生产建设兵团，算是有了一份工作。虽然当时的生活也非常艰苦，但他时常给我们寄钱，以缓解我们姊妹俩的经济压力。

在那个年代，不管生活有多艰难，我们都熬了过来。艰难的日子教会了我们许多东西，让我们更快地成长，更懂得珍惜。

我照顾好妹妹，保证她有饭吃、有衣穿，健康快乐地成长。在这段日子里，我和妹妹有了很深的感情，她对我更加信任和依赖。直到现在，她那一声声"姐"常萦绕在我的心头……

妈妈的小帮手

　　1969年初，妹妹四岁半了。那一年的除夕夜，我们是在孤独中度过的。第二天，热心肠的邻居给我们送来了热乎乎的饺子，饺子是白菜猪肉馅的，这是妹妹爱吃的，可是妹妹只吃了几口就放下筷子不吃了。她一直望着窗外，我知道她在想爸爸，想妈妈，想哥哥……

　　让我没想到的是，春节过后没多久，爸爸和妈妈意外地回到家了。爸爸和妈妈是在同一天回到家里的，好像他们说好了一样，我们真的高兴坏了！

　　妹妹一直依偎在妈妈身边，久久不肯离去。当时，年纪尚小的妹妹不会注意到爸爸和妈妈憔悴的面容，也无法感受到他们沉重的心情。家里只剩下一个房间了，很多东西已被我卖掉了。弟弟又在遥远的生产建设兵团，我们也不知道他过得怎么样。

　　让我同样没想到的是，爸爸妈妈与我们的相聚竟如此短暂。第二天，他们又分别被安排到不同的农村，继续接受劳动"改造"。

我们送妈妈走时，妹妹含着眼泪问道："三个月是多长时间？"妈妈说"很快"，并嘱咐她要好好听我的话。可怜的妹妹在爸爸妈妈走后又有好几天不好好吃饭。我知道，她心里很难受，可我又没办法把情况跟她说清楚，一个只有四岁半的孩子怎么会懂得那么多呢？

妈妈在农村因过度劳累而生重病，生命垂危。我当机立断，立刻赶往妈妈所在的村庄，恳求当地的领导允许妈妈回哈尔滨接受治疗。几经周折，妈妈终于获得批准，但假期只有五天时间。

看到妈妈又回家了，妹妹高兴得不得了，天天围着妈妈转，始终不肯离开。当体弱多病的妈妈躺在床上时，妹妹就在妈妈的床边端茶倒水，这个画面定格在了我的脑海中，让我终生难忘。

幸亏有大夫帮忙，他给妈妈开了病危诊断证明，妈妈才可以不去巴彦县的农村。看到妈妈和妹妹脸上的笑容，看到因为有妈妈在而变得温暖的家，我心里感觉特别踏实。

自妈妈回家之后，妹妹每天都非常高兴，她寸步不离妈妈，生怕妈妈再次离她而去。妈妈在厨房做饭时，她也在旁边帮忙，用她那双细小的手摘菜、剥蒜……她俨然成了妈妈的小帮手。

其实，妹妹不仅是妈妈的小帮手，还是妈妈的小卫士。妈妈带着妹妹出去买东西时，偶尔会遇到一些对妈妈不友好的人，大人们会骂妈妈"老毛子"，小孩子们还会朝她扔石子。这个时候，我那不到五岁的妹妹就会勇敢地站出来，挥着她的小拳头保护妈妈。妈妈表扬了她，我们也觉得妹妹像一个勇敢的小英雄。

三个月后，爸爸和妈妈又被安排到遥远的农村插队落户。这次插队落户是无限期的，户口也随他们一起迁往农村。爸爸妈妈都是特别坚强的人，他们表现十分冷静，默默地收拾东西，整装待发。

这次下乡，爸爸妈妈决定带着妹妹一起走，因为我正在等待安排工作。我快要上班了，无法继续照顾妹妹。

看到爸爸妈妈收拾东西，要去遥远的农村，我心如刀绞，因为我知道，等待他们的会是异常艰难的生活境遇。

他们要去的农村在一个非常偏僻的地方，那里交通不便，没有通电，自然环境非常恶劣。他们与一家农户共同居住在一个土坯房中。这个房子里有两间厢房，两个炉灶，爸爸、妈妈和妹妹就在这户人家对面的厢房里住了下来。

在那里，用水是个大问题。全村只有一口井，井里的水时有时无，人们常常是高兴而来，扫兴而归。

妹妹慢慢适应了那里的生活，开始和村里的小朋友们一起玩了。她从小就有这个本事，能和各种各样的小朋友玩到一起。有玩具时，他们就在一起玩玩具；没有玩具时，几块小石头他们也能玩上半天。

妈妈因为手受过伤不能到地里干重活，所以领导就安排她到果树园里和菜园里干活。妈妈一般会带着妹妹去劳动，妹妹在妈妈的指导下会做一些力所能及的事情。如果妹妹不能跟着妈妈去地里干活，她就在家里老老实实地待着。天黑了，要是爸爸妈妈还没回来，她就会坐在家门口等着他们。

有小孩的妇女要下地干活，最大的问题就是孩子没人看管。妹妹一开始也是这样，无人看管，一个人孤零零的。后来，妈妈不用下地干活时，就帮着村里的妇女们照看孩子，此时妹妹就高兴得不得了，因为她可以跟这些孩子一起玩。这些从来没有上过幼儿园的孩子们在妈妈那里找到了家一样的感觉，并在她的保护下健康快乐地成长。

可爱的"小公主"

　　1972年，爸爸、妈妈和妹妹可以返城了。那一年，弟弟也从生产建设兵团回到哈尔滨了。这是天大的喜讯！

　　我们团聚在一起，幸福时光让我们忘记了所有的苦难。我们相信，一切困难都压不垮我们，只要这个家还在，希望就还在。

　　这一年，妹妹已经七岁多了。想到自己快要上学了，妹妹憧憬着美好的校园生活。

　　爸爸安排妹妹进了离家不远的学校。妹妹每天上学都是蹦蹦跳跳的，放学时她会和几个同学一起回来。她是班里的生活委员，每天早晨，她便全副武装，左肩挎着书包，右肩挎着药箱，高高兴兴地上学去。

　　妹妹在一天天地长大，我和弟弟也有了自己的小家，并且有了自己的孩子。爸爸和妈妈的家一直都是我们的根据地，是我们的大本营，而妹妹就是这个家的"小公主"。我们叫她"小公主"，是因为她可爱、善良，大家都喜欢她。"小公主"一点儿也不娇气，她懂事、乖巧，手脚勤快。最重要的是，她爱家里的每一个人。

记得妹妹出生后，有个朋友问爸爸妈妈："你们已经有两个孩子了，为什么还要第三个孩子呢？而且儿女都这么大了，你们是怎么想的呢？"他们告诉这个朋友："正因为儿女都大了，将来会有自己的小家，我们当父母的总会慢慢变老，身边有个小家伙陪伴，我们才不会感到孤单。"事实证明，一直陪伴在爸爸妈妈身边的妹妹，确实成了他们的好帮手，成了他们贴身的小棉袄。

20世纪70年代末，我的大儿子昌武和弟弟的女儿佳音都很小，他们经常住在爸妈家里，妹妹对这两个孩子非常好。妹妹自己还只是一个十几岁的孩子，可她却像大人一样照顾着这两个孩子。有一年夏天，爸妈家里来了客人，为了让妈妈有时间招待客人，妹妹就带着两个孩子去了离家不远的儿童公园。妹妹带着两个孩子回来时，两个小家伙手里还拿着妹妹给他们买的玩具。

在跟孩子们玩的同时，妹妹还教他们要懂礼貌，要讲卫生。在跟他们一起玩游戏的时候，妹妹给他们安排角色，让他们模仿医生，模仿老师……

因为妹妹非常爱美，所以我一有时间就给她缝制衣服，时间一长，做衣服就成了我的业余爱好。我经常拿妹妹当小模特，给她设计衬衫、裙子等，把妹妹打扮得漂漂亮亮的。

我曾经给妹妹做过一条由十几块布片拼成的连衣裙，难度相当大。在做这条连衣裙之前，我需要事先按尺寸剪出纸样，然后根据纸样裁剪布料。妹妹非常耐心地配合我，一遍又一遍地试穿，而我一次又一次地修改。她在旁边一直鼓励我，告诉我她是多么期待这条连衣裙……终于，我成功地做好了这件连衣裙。

没想到，妹妹穿上它真的很好看。她走在街上，经常有人过来问她："小姑娘，你这衣服是在哪里买的啊？这么好看！"

每个周末，我们都是在爸妈家里度过的。做饭时，大家各显其能，家里十分热闹。此时，妹妹格外忙，时而要照顾老的，时而要照顾小的。家里有人过生日时，妈妈都要亲手做生日蛋糕，妹妹就成为妈妈的好帮手。蛋糕做好时，上面要用巧克力、奶糖或果酱装饰好，用甜品拼写出"寿星"的名字和年龄。妹妹每次都用她那双巧手调制好巧克力奶油酱，一点点地把蛋糕装饰起来，孩子们看着，馋得直流口水。

妹妹学习非常刻苦，并且成绩一直很好。她还努力提高自己的俄语水平，和爸爸妈妈用俄语谈天说地。家里来了客人，她又当起了翻译。妈妈的闺蜜从澳大利亚回来探亲时，妹妹既当翻译，又陪她们到市里各个地方参观。

1983年，妈妈退休了。按照当时的政策，子女可以接父母的班，

刚参加工作的妹妹晓玲（1985年拍摄）

继续在单位工作。妹妹接了妈妈的班，在哈尔滨工业大学外语部任打字员。没过多久，她就练就了盲打、速记的本领。

妹妹并没有安于现状，而是想办法努力提高自己。她利用业余时间补习文化课，最后考上了黑龙江大学的夜大，学习俄语。妹妹一边工作，一边读书，非常辛苦，但她克服了所有的困难，并以优异的成绩毕业了，全家人都为她感到高兴。

我们家的"小邓老师"

哈尔滨工业大学的外语部里有不少老教师是妈妈的老同事，也是妈妈的好朋友。他们是看着妹妹长大的，所以妹妹上班后这些老教师对她非常关心。妹妹工作认真，积极进取，打字技术越来越好，从未耽误过老师们的教学工作，大家都很喜欢她。

从夜大毕业后，妹妹决心继续深造，开始准备考研究生。她既要上班又要学习，经常没有足够的休息时间，非常辛苦。全家人都给她鼓劲儿，尽量不打搅她备考。妈妈的日记里这样写道："薇拉就要参加考试了，天天躲在房间里看书。我们尽量保持安静，不去打搅她。"我们大家都知道，对她来说，考研非常重要，这将会改变她的人生轨迹。

1989年5月，妹妹考上了哈尔滨工业大学俄语系的研究生，全家人都为她感到高兴，就连国外的亲戚和朋友们都寄来贺卡，对她表示祝贺。

在读研期间，妹妹读了很多书，写了很多读书笔记，为自己的论文写作积累了丰富而翔实的资料。在读俄语原版书时，她更加细致，在笔记本里写下了她思考的问题，同时也列出了一系列需要向导师咨询的问题。那个阶段，她进步飞快，我发现她对自己研究的课题有不少新想法。我也一直鼓励她进行深入的调查和研究。

考上研究生的那一年，妹妹已满25岁了，并且有了心上人，所以她在读研的第二年就把自己嫁出去了。妹夫是一名军人，爸爸妈妈对他非常满意。结婚后，他们跟公公婆婆住在一起，有时也回爸妈家里住上一两天。无论在哪个家里，他们都很孝顺，明事理，关系处得非常好。

一般来说，年轻人是不太愿意与老人在一起生活的，不仅是因为生活习惯不同，还包括其他方方面面，比如观念不一样、看法不一致等。然而，妹妹与公公婆婆相处得很融洽，很让人称道。无论自己有多忙，妹妹都会把家务做好，把公公婆婆照顾好。

1992年上半年，妹妹要完成论文答辩，此时她怀孕在身，而且妊娠反应强烈，经常呕吐。就是在这样的情况下，她克服了种种困难，按时提交了硕士论文，如期参加了论文答辩，最后顺利获得了硕士学位。这样，她便拥有了在哈尔滨工业大学外语部的教师资质，我们家迎来了第三个"邓老师"——"小邓老师"。

妹妹是一个非常敬业的老师。在每次上课之前，她都要花很多时间备课，教案上写的字密密麻麻的。她每讲一课，都要查阅大量的资料，以便用最清晰的思路和最简洁的语言把要讲的内容给学生讲清楚。她经常把上课的情况讲给妈妈和我听，让我们给她提一些建议。从妹妹讲述的课堂情况来看，她对教学中每一个环节都做过认真的推敲。她讲课时思路清晰，言简意赅，常给学生留下深刻的印象。

从妹妹当教师的第一天起，她就暗下决心，要做一个好老师。她非常热爱自己的学生，对每个学生的情况都非常了解。我经常听她讲起一些学生的情况，她每次都讲得很细。看得出来，她对那些学习成绩较差或家境比较困难的孩子特别关注，会尽全力去帮助他们。

由于教学成绩出色，妹妹任教两年后，学校就给了她赴俄罗斯学习深造的机会，这让她兴奋不已，全家人也都为她能够出国学习而感到高兴。那时，妹妹的孩子还很小，但她知道，这次学习机会弥足珍贵。她下决心克服困难，去实现目标。在丈夫及公公婆婆的支持下，她去了俄罗斯进修学习。她全身心投入，刻苦学习，努力提高自己的专业水平。

这段时间，妹妹常用俄文给妈妈写信，所以我们对她的学习情况和生活情况都比较了解。她在信中提到，自己很喜欢那里的饮食，尤其喜欢那里的奶制品。她还学会做各种沙拉，说她回来后要给大家做，让大家好好品尝一下她的手艺。

在俄罗斯学习的时候，妹妹还承担一部分汉语教学的任务。同时，她又帮助哈尔滨工业大学联系校际合作业务。妹妹第一次出国就有这么好的表现，我们真的为她感到特别高兴。

妹妹心地特别善良，乐于助人，同去的中国师生有什么难处，她都会给予帮助。学习汉语的俄罗斯朋友也常常向妹妹请教，她都会热情地回答他们的问题，并且教他们做中国菜、包饺子。

在哈尔滨工业大学，妹妹会认真设计好每一堂课。每次下课后，妹妹都要回爸妈家，妹妹一家三口有时候也住在爸妈家里。有一次，我看见妹妹拎的包，里面装满了各种教学材料，足有十多斤重。我非常心疼妹妹，提醒她不要拎这么重的包，可她却笑着对我说道："没事的，姐，我习惯了！"

除了教学材料，妹妹的包里也有一些简单的化妆用品。她从小就爱美，特别注意自己的形象。每次看到她，我都会发现她精心挑选的小物件，比如一块小小的方巾，一个简单的小饰物，一枚别致的胸针……

手足情深

　　我和弟弟、妹妹经常在爸妈家里见面。只要是节假日，全家老老少少都会在一起相聚。做饭时，大家轮流上阵，菜谱都是大家经过讨论后定下的。弟弟和妹妹常常是主厨，两个人同时上阵，非常热闹。弟弟掌勺时，嘴里还会叼根香烟，样子酷酷的，而妹妹会在旁边打下手。

　　家里有客人时，孩子们会单独在一张小桌上吃饭；家里没有客人时，他们就围坐在大圆桌旁。全家人要聚餐时，孩子们也有自己的任务，比如男孩子负责买啤酒、香烟、酱油、醋等东西，女孩子则负责摆餐具、剥葱、剥蒜、洗碗等。

　　爸爸生病在家调养时，我们都尽量找时间回家陪他。爸爸住院治疗时，弟弟经常陪护他，妹妹也在床边照料着，而我则负责家里的采买任务，买回各种爸爸爱吃的东西。

　　爸爸去世后，妈妈的身体更差了。我们就更加频繁地陪着妈妈，跟她聊天，帮她解闷，给她讲各种趣事。

　　2001年，妹妹晋升为副教授。2004年，她又被派到俄罗斯普希金语言学院做访问学者。在那段时间里，妹妹忙于编教材，翻译各种材料。同时，她还帮着哈尔滨电视台《睦邻》摄制组做了一段时间的翻译工作，帮着摄制组采访了很多俄罗斯的专家和学者。摄制组的所有成员对她都给予了高度的评价，他们说："薇拉太能干了，我们都喜欢她。"

妹妹晓玲给《睦邻》摄制组当翻译时的情景（2004年拍摄）

在给妈妈的信中，她报告了自己的采访过程，还讲述了她在莫斯科参观博物馆、画廊和很多名胜古迹的情况。每次收到妹妹来信，妈妈都要和我聊上半天。

妈妈去世后，我们三个人开车去了一趟本溪，去那里看望一位年事已高的阿姨。这位阿姨是妈妈的好朋友，也是看着我们三个长大的。妈妈在世时，一直与她保持着密切的联系。弟弟开车，我们给那位阿姨带去了她爱吃的秋林红肠。阿姨一家人见到我们都非常高兴，招呼我们要吃饱喝好。

在回家的路上，我们三人共同追忆着那些已经逝去的青春。弟弟发出感叹："时间都去哪儿了？"妹妹安慰我们说："没关系，等你们老了我来管你们。"

然而，天有不测风云，谁也没想到，妹妹会先离我们而去。

妹妹的身体不太好，她容易感到疲劳。有一次，弟弟小声告诉我，他发现妹妹的脸色不太对劲，我们都劝妹妹去医院做一次全面的检查。

检查结果吓了我们所有人一大跳：妹妹得了肝癌，而且处于晚期。我们商量对策，不对妹妹讲出实情，只说肝里长了一个囊肿。

我们全力以赴，动用了所有的关系，赴北京、上海向权威的专家咨询有效的治疗方案。我们的目的只有一个，那就是挽救妹妹的生命。

我们当着妹妹的面还得强颜欢笑，保持冷静，尽量不让妹妹发现异样的情况。我有时带妹妹去逛商店，为她选购漂亮的衣服和鞋子，有时到她家里去跟她聊天，尽量表现得跟平常一样。学校领导对妹妹也很照顾，让她专心治病，但妹妹坚持要把课上完。她每次去上课，妹夫都会陪着。我劝她把课转给别的老师，她说："就剩几次了，我还是坚持上完吧，这样我就不会留下遗憾了。"

后来，我才明白妹妹为何做出了这样的决定，因为她似乎已经知道自己的病情。她住院治疗时，我们常去医院看望她，和她聊天，给她讲有意思的事情。我总是把手搓热给她按摩，但她很少说话，只是在静静地听我讲……

我每次从医院出来时，我的眼里都是泪水，而心却在流血，因为我知道，妹妹不久将会离开我们。

那时候，我正赶上要去北京参加一个非常重要的学术会议。动身前，我跑到医院去看妹妹，对她说："好妹妹，姐去北京开会，马上就回来，你一定等着我！"

我在北京的学术会议上一做完学术报告，就立即赶赴机场，登上返程的飞机。飞机在哈尔滨机场降落后，我马上与亲人联系，让他们转告妹妹，我已经回来了。半个小时后，我接到了妹夫的电话，他在电话里告诉我，妹妹已安详地走了……

妹妹英年早逝，在2011年的4月17日的凌晨永远离开了我们。

爸爸妈妈去世之后，妹妹的辞世让我感到更加悲痛。在很长一段时间里，我在梦里都会听到妹妹喊我"姐"，只是声音越来越小，越来越微弱……

全国十佳新闻工作者、黑龙江省"五一劳动奖章"获得者郑鸣先生曾在《黑龙江日报》（副刊）上发表了一篇题为《薇拉的微笑》的悼文，以此方式来表达《睦邻》摄制组所有工作人员对她的思念和哀悼。现将全文抄录如下：

薇拉的微笑

郑 鸣

2004年初秋时节，莫斯科迎来了第一场大雪。我要为100集纪录片《睦邻》的创作前往莫斯科做一些准备工作。临行前，我向俄罗斯问题资深专家邓军教授和在北京的十几位同样资深的专家请教了许多问题。邓军教授最后说，薇拉在普希金语言学院进修一年，你有事尽管去找她。

薇拉是邓军教授的妹妹，是哈尔滨工业大学俄语系的副教授。尽管我与邓军教授非常熟悉，但记忆中我与薇拉仅仅见过一面，印象中她就是一位小姑娘。

在莫斯科的几天里，薇拉真的帮了我的大忙。她陪我们一起去见俄罗斯越野车俱乐部的老板，又陪着我们跟几家旅行社洽谈项目合作。她的干练与优雅、热心与细心，让我觉得她应该是《睦邻》摄制组最好的合作者。但考虑到她的学业和年轻女性等诸多不便，我不敢轻易发出邀请，毕竟给这支长距离采访的摄制组做翻译，实在是一项非常辛苦的工作。

我要离开莫斯科了，薇拉郑重地对我说："我给你们做翻译吧？我不讲任何条件，只想跟你们走上一回。"

她见我很犹豫，接着说道："你觉得我不能胜任吗？"她是微笑着并带着一点儿调皮的神情对我说这番话的。

"薇拉，我很愿意。但我说了不算，我要回去请示大邓老师。"我说。

"大邓老师肯定同意！"她笑出了声。

2005年4月1日，《睦邻》摄制组从绥芬河出境。考虑到俄罗斯幅员辽阔，《睦邻》摄制组必须一分为二。叶研带领"莫斯科—圣彼得堡"分队的4名队友，从符拉迪沃斯托克率先飞往莫斯科进行采访、拍摄；我带领"远东—西伯利亚"分队的7名队友驾驶4辆越野汽车，从符拉迪沃斯托克一路向西进行采访、拍摄。我们约定40天后在欧亚大陆分界线以西的喀山汇合，然后进入哈萨克斯坦。

薇拉当然知道我们的全部拍摄计划，一开始就跟我软缠硬磨，说她最想参加"远东—西伯利亚"分队。我以路途遥远、行车艰辛、食宿不便为理由婉拒了她的要求。为此，她曾跟我赌气："就你老郑头把我当孩子看！"

说归说，做归做。"莫斯科—圣彼得堡"分队的采访质量，真的超过了我们"远东—西伯利亚"分队，这与她主动联系采访对象和超强的沟通能力有直接关系。我与叶研带领的分队每两天必有一次电话联络，我经常听到那边的队友说，薇拉太能干了，我们都喜欢她。

《睦邻》摄制组的全体队员都喜欢上了薇拉，不仅因为她有超强的俄语翻译能力，还因为她有出色的协调能力，以及她的细致周到和古道热肠，更有她从心里流淌出来的快乐与微笑。

《睦邻》摄制组的两个分队在喀山如期汇合，大队人马要从这里进入哈萨克斯坦、吉尔吉斯斯坦和塔吉克斯坦这三个国家，尽管前面的情况将会十分复杂，我还是决定只留一位俄语翻译，薇拉成了我们的不二人选。

　　在后来一个多月的时间里，薇拉大多数时间都坐在我那一号车的副驾驶位置上，有时也有当地的向导坐进来。行车、通关、采访、拍摄、餐饮、住宿、风土、人情……我们交流的话题一下子多了起来。

　　记得从俄罗斯的车里雅宾斯克进入哈萨克斯坦时，我们顶着骄阳排队过关，终于轮到我们办理过关手续时，我们突然发现四辆越野汽车的过境手续竟然少了一张！没有齐全的车辆手续，海关只能放行三辆车，这真是太恐怖了！就在我们所有人都感到心急如焚的时候，薇拉一一询问我们每辆车的主驾驶人员，那个至关重要的报关单到底在什么时候不见的，让他们再仔细找一找。随后，她快步走出海关大厅，向着长龙般等待过境的车队跑去，干热的风吹起地上的沙尘淹没了她那娇小的身影。

　　时间一分一秒地划过，半个小时后，薇拉高高地举着那张有些皱的报关单跑进报关大厅。她笑吟吟地对我说："怎么样？老郑头，我还有点儿用吧？"我一把搂住薇拉："岂止是有点儿用啊！你绝对是我们的大功臣！"

　　原来，我们需要报关的车辆手续有很多，车队又排在挺远的地方，每次过关都得备齐所有的资料，其中一位队友不小心弄丢了其中一张最重要的报关单。这报关单被大家误以为是一张废纸，让它随风飘去，直到它被风吹到一辆快要过境的小车车轮下。薇拉低头仔细寻找，还与边防军人反复交涉，跑到边境线的另一侧寻找，最后她终于帮我们找回了那份极为重要的文件。

我百思不得其解，问她："你怎么就知道那张报关单被风给吹走了？"

"直觉告诉我，是风把它吹跑了。"她微笑着对我说。

有如神助般的女人的直觉，真是一件秘密武器。

我还注意到，无论是我们一起采访塔吉克斯坦的外交部部长，还是采访普通的平民百姓，她总要事先梳理一下她那长长的秀发，整理一下衣服，再补一下脸上的淡妆，然后非常谦和地选择准确的用词，微笑着提问。我在想，如果不是拥有良好的教养和学术修养，在那样局促与艰苦的环境中，谁又会刻意注重自己的形象呢？

在吉尔吉斯斯坦、塔吉克斯坦和乌兹别克斯坦三国交接的奥什地区，是"三股恶势力"聚集的地区。路过这一地区，我们必须小心谨慎，生怕遇到不测。

我问薇拉："你害怕吗？"

她说："有一点儿，不过和大家在一起，我就不害怕了！"

听起来平平常常的这句话，竟让我感动了许久。

薇拉与我们不同。她完全可以不来，在莫斯科轻轻松松、优哉游哉地做她的高级访问学者。与我们同行，既没有高额的报酬，还要忍受诸多不便和艰辛。

在路途上，她会拿起车载对讲机，给我们唱起大家耳熟能详的歌曲，有中文和俄文的，一扫旅途的困顿与乏味。她的歌声在吉尔吉斯的米粮川里飘过，在帕米尔高原6月的雪峰上飘过，更在《睦邻》摄制组全体队员的心底久久地回响。

为了尽快离开奥什地区，我们昼夜兼程，希望在太阳落山之前通过吉尔吉斯斯坦和塔吉克斯坦边境上的萨里奈陆路口岸。

这座位于帕米尔高原上的吉塔之间的陆路口岸海拔在4200多米之上，几乎终年积雪。由于雨雪交加、道路泥泞，我们赶到口岸时夜幕已经降临，办完入关手续已是晚上八点多钟。这时，鹅毛大雪飘然而至，天空和山脉之间混沌一片，积雪很快就没过脚踝。薇拉在与塔吉克斯坦边防部队军官沟通之后对我说，塔方热心地告诫我们，大雪封山，不可冒然下山，最好选择在山上过夜，等明天天亮雪停之后再走。遗憾的是，他们这里营房有限，无法为我们提供食宿，我们只能像那些卡车司机一样在车里休息了。

一路风餐露宿，对我们这些男人或许问题不大，但对薇拉来讲，恐怕就是一次磨难了。

我向队友们说明我们目前的窘境，要求大家就着保温杯里的热水，把烤馕、咸菜和香肠拿出来填饱肚子，然后翻出羽绒服、抓绒衣、冲锋衣等所有可以御寒的衣物在车里对付一夜。

低温、缺氧、头疼……许多队友都出现了程度不同的高原反应。一开始，大家还通过对讲机，东一句西一句地聊着露营的感受，畅想着温暖的被窝和塔吉克的羊肉手抓饭，但很快就因为身体疲劳，谁都不想再多说一句话了。

高原反应让我无法入睡，也不敢入睡。大约到了夜里11点多钟，我发现雪停了。又过了一会，竟有几辆载重卡车从山下开了上来。我悄悄喊起半睡半醒的薇拉，说我们是不是应该去问一下那些司机，前面的路况如何？在这样寒冷、缺氧的夜晚露营会出事的。

薇拉向刚上来的卡车司机详细询问了他们刚刚走过的路况。卡车司机说只有接近山顶的这一段路积雪较厚，十几公里外就没雪了。我在征求塔方边防部队军官和队友们的意见之后，决定带领《睦邻》摄制组沿着卡车上山时的轨迹下山，直奔50多公里外的一座小山村。

大家听到这个决定后，都没了睡意，整理装备，发动车辆，拉开车距，告别塔吉克斯坦的哨兵。在经历了六个小时的跋涉，期间还经历了一次戈壁滩迷路、找路的过程，我们终于在天亮时看见了公路的前面那一缕缕袅袅上升的炊烟。那座塔吉克族的小村寨迎来了我们这批最早的访客，我们找到一家不错的家庭式旅店，用完早餐后倒头便睡。

我醒来时已是大中午了。我看见薇拉在和女主人的女儿轻声地说着话，全然看不到她昨天晚上的疲惫状态。

这就是薇拉，一个永远微笑着面对一切困难的人。

在过去的三十多年的时间里，我参加或组织过许多长距离采访活动，到过南极和北极，足迹遍布近70个国家，采访内容涉及国家关系、民族宗教、地缘政治、科学考察、风光风情等，但100集《睦邻》纪录片是我记者生涯中的巅峰之作。幸运的是，我请到了薇拉这样一位最好的合作者。因为俄华后裔的血缘关系，薇拉不仅对《睦邻》的创意给予了充分的理解和肯定，还对项目的顺利实施提出了许多非常重要的意见。她更是亲力亲为，为《睦邻》项目的圆满完成做出了不可替代的贡献，这让我这个有大男子主义思想的人由衷地钦佩这个"黄毛丫头"。

薇拉很年轻就离开了我们，她走得太早、太突然了。不然，我后续的许多创作都会请她再次"出山"，与她合作，听她的建议，与她一道远行。

我写下这些文字，其实最想说出我的心里话：薇拉，我们喜欢你，爱你！

我分明看见天堂里的薇拉依然微笑着看着我们。

我的故事我的歌

邓 军

小时候的印象

我小时候是什么样子，自己已经不记得了，也说不清楚，有很多事情是妈妈讲给我听的。

1950年，我在哈尔滨一幢挂着"中苏友好协会"牌子的楼房里出生了。当时妈妈难产，她费了很大的劲儿才把我带到了这个世界上。妈妈说，我出生时个头儿比较大，不太像新生儿。

那时候，家里的条件还可以。为了能够让妈妈和襁褓中的我得到更好的照料，爸爸给我们请了一个保姆。保姆是一位五十多岁的俄罗斯阿姨，名字叫安娜。她在我们家干了好几年，后来回俄罗斯了。安娜阿姨比较胖，手脚不太勤快，妈妈就和阿姨一起干家务。

在我两岁大的时候，弟弟出生了。等弟弟长到一岁多的时候，妈妈就去上班了。因为要去上班，妈妈就把照看两个孩子的任务交给了安娜阿姨。那时候，安娜阿姨经常带着我和弟弟去公园里晒太阳。弟弟坐在手推车里，而我总是在他们面前跑来跑去。有一次，安娜阿姨要上厕所，就把坐在手推车里的弟弟交给我看管。我是一个贪玩的孩子，没把这事放在心上，独自跑到旁边的花丛里抓蜻蜓去了。

弟弟没人看管，只能在手推车里拼命地哭。安娜阿姨听到弟弟的哭声，赶紧从厕所里跑出来，看看到底发生了什么事情。她看见我在旁边抓蜻蜓，却不管自己的弟弟就非常生气。她威胁我，说要向我妈妈告状。

妈妈后来给我们讲这件事情的时候，我和弟弟在旁边笑个不停。弟弟打趣道："姐，你可真能坑人啊！"

妈妈说，我从小就特别爱美，喜欢各式各样的连衣裙，还喜欢自己搭配颜色。我会选自己喜欢的红头绳，让妈妈给我扎头发。我穿戴齐整后，会跑到院子里跟小朋友们一起玩，或者去附近的秋林商店转一转。

有一次，我从家里拿了两元钱，去商店买了各式各样的糖果，还在院子里和小朋友们分着吃。那时候，两元钱已经很多了。爸爸妈妈知道这件事后严厉地批评了我。我意识到这是一种不好的行为，再也不敢干这种事情了。

在我五岁的时候，父母让我学钢琴。我的钢琴老师是一个奥地利人，当时她在哈尔滨小有名气。一开始，我学得非常认真，努力听从老师的指导，可是后来就没耐心了，总是找各种借口推脱。我一会儿说自己肚子疼，一会儿又说自己头疼，妈妈拿我没办法，就再也没让我上钢琴课了。

在妈妈的日记本里，妈妈对我小时候的各种表现做了总结：

伊娅喜欢做的事：喜欢吃甜食，喜欢穿漂亮的衣服，喜欢看故事书。

伊娅不喜欢做的事：不喜欢弹钢琴，不喜欢做家务，不喜欢刷牙。

　　在我七岁的时候，我上了小学，但学习成绩一直不太好。我上课不专心听讲，不是和同桌窃窃私语，就是在做各种小动作。老师对我的表现很不满意，于是他们吓唬我，说要找家长。我最怕老师找家长了，因为当时爸爸特别忙，妈妈又是一个外国人。要是妈妈来到学校，同学们肯定会过来围观。

　　到了小学四年级，我的脑袋好像开了窍，学习成绩突飞猛进。弟弟比我更优秀，因此他在我之前就加入了少先队，而且他是学校老师看好的体育苗子。

　　那时候，我特别喜欢唱歌，最爱唱《金瓶似的小山》。有一次在课堂上，老师让每个同学站起来讲一下自己长大后的理想，轮到我时，我就说："长大后，我要当一名文艺工作者。"我话音刚落，同学们就哄堂大笑起来。可能老师也没想到，我会说出这么一个与众不同的答案。长大后，我没有当上文艺工作者，却成了一名教育工作者。

　　在家里，我们一般都会说两种语言。我们跟妈妈一般都说俄语，跟爸爸则说汉语。在我不到四岁的时候，有一天家里只有安娜阿姨和我，这时家里来了一位中国叔叔，他告诉我们，家里要留人，因为他要来修理电灯。安娜阿姨听不懂这位中国叔叔说的话，我就当起了翻译。安娜阿姨感到特别惊讶，后来爸爸妈妈知道这件事后还特意表扬了我。这种表扬让我颇有自豪感，内心受到极大的鼓舞。

上女子中学

我做梦也没想到，自己上的中学会是一所女子中学。当时，哈尔滨第一女子中学是一所刚创办的学校，也是全市唯一一所女子学校。我就在那里上的初中，学校里的学生自然都是女生。

刚入学时，我被分到了俄语班。开学后半个月，我才把分班的情况告诉了爸爸妈妈，他们都认为我应该进英语班。于是，我就向班主任提出了转班申请。最后经学校批准，我顺利地转到了英语班。

转班的事情折腾了将近一个月。进英语班后，我发现自己的英语课落下很多。班主任对我非常关照，利用自己的休息时间给我补英语课。不到一个月的时间，我就能跟上班里的教学进度了。

那时候，全国刚经历了三年困难时期，老百姓都过着艰苦的日子。同学们都穿着打补丁的衣服，而且大部分衣服都是她们的哥哥或姐姐穿过的旧衣服。然而，艰苦的生活并没有影响到我们这些女学生学习的热情。我们在课堂上争先恐后地回答问题，如果哪个同学答错了，大家的积极性就更高了，因为同学们又多了一次展现自己的机会。我的书和文具摆放得非常整齐，作业也完成得很认真。我喜欢上英语课，听力和翻译都成了我的强项，班主任对我的进步感到非常满意。

上初中二年级时，我们被学校派到农村劳动，到苞米地里掰苞米。当时，学校安排我们住到老乡家里，睡在炕上，我生平第一次感受到农民的艰辛与不易。

从农村回来不久，同学们开始为新年晚会做准备。学校没有男生，同学们只能女扮男装，这成了文艺汇演的一大看点。我们班准备了一个叫《逛新城》的对唱节目，讲的是一位藏族老大爷带着女儿去了拉萨，歌颂他们在城里看到的新面貌。那个藏族老大爷由我来扮演，我就把爸爸的皮袄翻过来穿，用棉花当胡须……就这样，一个藏族老大爷的形象就活灵活现地展现在大家面前。我们的节目获得了全体师生们的一致好评，校长也对我们竖起了大拇指。

在女子中学的学习和生活丰富而多彩，我们都过得非常开心。最让我难忘的是学校老师组织大家练习团体操的场面，同学们穿着白色的连衣裙，随着音乐翩翩起舞，整个操场上一片白。

可是好景不长，没过多久，学校停了课，同学们都走出校园，去街上贴大字报了。

艰难困苦

那个时候，全校已经停课了，学校外面也是一片混乱的景象。我和几个同学都萌发了去北京的愿望。我们决定乘火车去北京，因为坐火车不用花钱。我们上了火车，发现车厢里拥挤不堪，有人睡在座位下面，有人靠在行李上。糟糕的是，一旦赶上内急，上厕所成了一件最麻烦的事情。身手灵活的人会踩着座位的靠背像猴子一样跨越过去，身体比较笨重的人只能拼尽全力挤过去了。虽然离厕所较近的人上厕所比较方便，但那种冲天的臭味实在让人受不了。最要命的是，人们过去之后就会发现，那里的厕所已被人占用了，而空着的厕所根本下不去脚。

从北京回哈尔滨时，我们坐的是运货用的全封闭火车。这种火车的车厢能装很多人，但每节车厢都是全封闭的，而且没有座位和厕所。火车只在几个大站停下来，停的时间又很短，大家只能就近方便一下，尽量找到遮挡物。

在那个年代，有很多人都改了名字，目的是让自己的名字富有"革命"色彩。我一直都对军人比较崇拜，又不希望自己的

232

名字里留个"晓"字，因为"晓"与"小"同音，读起来没劲儿。于是我就跟爸爸妈妈商量了一下，把"邓晓伊"改成了"邓军"。爸爸妈妈没有反对，反正在他们眼里，我永远是他们的女儿伊娅。

当年，爸爸妈妈给我取名"晓伊"，其中的"伊"取自妈妈的名字。后来妹妹出生了，爸爸妈妈给她取名为"晓玲"，其中的"玲"也是取自妈妈的名字。而弟弟的名字是"晓桥"，其中的"桥"取自爸爸的名字。

爸爸妈妈依然还是叫我伊娅，而我就这样轻易地改掉了自己那个原本很有传承意义的名字。

1968年，爸爸被关进了"牛棚"，没过多久，妈妈也受到了牵连，同样被关进了"牛棚"，生活的重担一下子就落在了我的肩上。

我每天都要照顾好弟弟和妹妹，解决吃饭问题是我的首要任务。我做出一个大姐姐应有的样子，把家里的事情都处理好，让弟弟和妹妹有饭吃、有衣穿。

说到衣服，我慢慢学会了钉扣子、缝衣服、补袜子……我像妈妈那样把应季的衣服找出来，进行缝补。因为没有钱买新衣服，所以我们穿的都是带补丁的旧衣服。

我每个星期都要去爸爸和妈妈各自关押的地方，给他们送粮票和生活必需品。我先把妹妹安顿好，然后骑自行车赶往两个方向完全不同的地方。

爸爸所在的"牛棚"是在哈尔滨道里区的新阳路上，离家很远。这个"牛棚"分前、后两个楼，前楼用来接待我们这些家属，后楼里面关着爸爸和他的难友们。

妈妈住的"牛棚"是在哈尔滨工业大学的图书馆里面，离家比较近。我只能把东西送到图书馆一楼门口，妈妈和他的难友们住在二楼。那里的看守人员特别凶，总是不停地训斥我们。不过，那里的看守人员允许我用俄语给妈妈留字条，我尽量用简明扼要的语言表达清楚意思。但没过多久，情况就变了，允许我留字条的时间只持续了半年。

我可以给爸爸妈妈送东西，却不能与他们见面。接收衣物和粮票的看守人员对我们非常严厉，会仔细检查每一件物品。送东西的人大多数是老人和孩子。无论是老人还是孩子，看守人员都会训斥他们。我看到这种场面，会感到很气愤，但只能忍气吞声。

家中的自行车是我们的宝贝。有一天，我给爸爸送完东西回来，骑车经过当时哈尔滨最繁华的尚志大街，我一时大意，没有及时刹住车，自行车重重地撞上了前面的无轨电车。结果自行车车把被撞歪了，大梁也弯了，我吓出了一身冷汗，好在司机看到电车无损，也就没说什么。我赶紧用手抬起前轮，拖着自行车往前走。

我来到了附近的自行车修理铺，修自行车的师傅看了一下车况，问我："你的车都撞成这样了还想修啊？"我不知如何回答，只能站在那里发呆。他看到我无助的样子，又对我说了一句："我试着给你修修吧，给七块钱！"我一听，当时就傻了，心想："我兜里只有两块钱，还要留着它买这几天的干粮和蔬菜，怎么办呢？家里的东西让我卖得差不多了，生活费还没发下来，就算是发下来了，我也不敢一下子花这么多钱啊……"

我忽然想起家里还有一个铜火锅。我一边往家里走，一边自言自语道："对了，可以卖铜火锅啊！"进了家，我找出铜火锅，拿着它去了废品收购站。其实，我做了一个非常错误的决定，假如我把铜火锅送到旧货市场，它一定能卖个更好的价钱，可惜当时我没这方面经验。

废品收购站里的师傅看了一下铜火锅，说这个东西只有部分金属是铜的，只能砸开它取出铜来称重量。于是，我只能按照师傅的要求砸开这个我们全家人都非常喜爱的铜火锅。就这样，我把铜火锅当废品卖了。

还好，卖铜火锅的钱够修自行车了。付完修理费后，我手里还剩下一块多钱。我看着修好的自行车，心想："这回好了，我又可以骑车出去了。"我提醒自己，以后一定要注意安全，再也不能出事了。

多年以后的一天，我跟全家人讲述了当年"卖锅修车"的事情，弟弟和妹妹捧腹大笑，而爸爸妈妈的眼里却含着泪水……

爸爸妈妈从"牛棚"里出来后，我跟他们讲过家里的详细情况。妈妈也告诉我，她在里面特别担心我们，晚上经常做噩梦，经常梦到我们掉进松花江里了。因为我和同学们的确横渡过松花江，这样做只是为了去对岸时能够省下坐船的钱。我们每人身上系着一个游泳圈，衣服、馒头和咸菜绑在游泳圈上。我们有时也会遇到大风浪，所幸没有发生大的危险。

第一份工作

20世纪60年代末，为了响应国家的号召，大部分青年学生去了农村接受锻炼，我们这些留在城里的学生也经历了漫长的等待。这是一段让我刻骨铭心的时光，我感到悲伤、恐慌、惆怅，内心备受煎熬……

终于有一天我被告知，可以到哈尔滨电车公司无轨电车厂当售票员。我把这个消息告诉了爸爸妈妈，爸爸没有说话，妈妈也没有表态。过了几个小时，爸爸走到我跟前，只对我说了一句话："当工人也挺好的。"

过了好多年，我才理解爸爸当时说这句话的无奈之情。爸爸知道，我的工作比较辛苦，同时他对我的前途表示担忧。爸爸对我要求比较严格，希望我不要有干部子女的优越感，更不能有"骄""娇"二气。他担心我不能吃苦，干不了这份工作，但他又没有其他更好的办法。他特别希望我能发挥自己的俄语特长，继续读书深造，可当时没有更好的机会让我选择……所以，爸爸当时的心情是非常复杂的。

而我的心情却非常好，因为我觉得自己可以工作了，可以挣钱了。我想得比较简单，觉得自己可以自食其力，不会被人瞧不起就可以了。

我到单位报到后，参加了一个星期的培训，然后就被领导安排到无轨电车厂当售票员。上班之后我才知道，我们这行分早班和晚班。早班时间是从凌晨四点到中午十二点，而晚班时间是从下午一点到晚上十点。对我来说，上早班是最辛苦的，不仅因为自己要早起，还因为心里有些害怕。在大冬天一早出门，街上路灯幽暗，空无一人，我只能听到自己的大头鞋踩踏雪地的声音。我一边走，一边不停地回头看，一旦发现身后有人就赶紧跑，生怕自己遇到坏人。

每辆无轨电车上都安排了两名售票员，一个在前门，一个在后门。我们的师傅是一位经验丰富的老司机，他少言寡语，很少指挥我们做这做那。我和我的搭档把该做的事都做得很好，车里车外总是干干净净的。

无轨电车有两根集电杆，老百姓都叫它"大辫子"。电车在行驶过程中，集电杆会因某种原因而脱离线路，此时售票员必须以最快的速度跳下车，把集电杆重新搭回到线路上，恢复正常行驶。在师傅的指导下，我们很快就学会了如何把集电杆快速搭回到线路上。

那个时候，哈尔滨的公共交通状况非常糟糕，车上经常有人打斗，电车上的玻璃经常被人打碎。玻璃碎了，但很长时间都没人过来修补，遇到雨雪天气，雨雪就会从车窗外飘进来。

虽然身上都穿着公司发的大皮袄，但我们依旧感觉寒冷，因为有的车窗没有玻璃，车内的温度与车外的温度几乎一样。我们用颤抖的声音报站名，用冻僵的手卖票、收钱、找零。只有回到总调度室，我们才能喝上一口热水，烤一烤冻僵了的手和脚。

调度室是我们司乘人员休息的地方。夏天天气炎热，大家在冲洗车辆的时候可以在室外玩玩水。冬天天气寒冷，大家可以在室内取暖、聊天。

我们这个调度室既团结又和谐，是一个非常温暖的大家庭。在那个年代，我们经常会遭遇各种意外情况，所以我们必须抱团，相互支持，相互保护。

我们在电车上遇到过各种各样的乘客，毫不夸张地说，公交车就是整个社会的缩影。素质高的人，语言温和，动作优雅；素质低的人，满嘴脏话，动作粗暴。有时候，车厢里拥挤不堪，我们无法在车上走动、售票，就由乘客把钱传过来，再由他们把票递过去。如果有人到站要下车，有的人会主动给下车的乘客让路，而有的人就是站在那里稳如泰山，岿然不动。

车厢里经常会发生一些让人意想不到的事情，比如某个乘客的东西因挤压而受损，某个乘客丢了钱包，某个女乘客被人占了便宜……

最遭罪的就是那些抱着小孩的妇女了。上车时，因为人多，她们要抱着孩子挤上来；到了站，她们又要抱着孩子挤下去；下了车，地上可能因为有雨水或冰雪，她们走路时又必须特别小心。

车在行驶的过程中，我们还要在车厢里来回走动，完成询问、卖票、找零钱等工作。师傅告诉我们，售票员在售票时要保持侧身状态，面向车窗，这样不易摔倒。我们很快就掌握了这一技巧。为了便于收钱、找零和撕票，我们戴的手套是那种没有手指尖的。因为天气寒冷，我的手指经常处于冻僵或麻木状态。

工作虽然辛苦，但我也很知足，因为这是我的第一份工作。通过这份工作，我了解到社会，结识了很多人，掌握了一定的职业技能，学会了如何生存。

工作时间一长，我就跟调度室里的其他同事混熟了。平时大家都在车上工作，只有在调度室里休息时或回厂里培训时大家才能见上面，所以大家都很珍惜在一起共处的时光。有一次，我在调度室里休息时，给大家讲了一部外国小说里的故事。因为时间短，我只讲了一段，结果引起了大家浓厚的兴趣。等我再次回到调度室里休息时，他们就催着我接着往下讲。如此一来，只要有时间，大家就让我讲各种故事。没过多久，同事们给我起了个绰号，叫我"邓博士"。让我没有想到的是，当年大家给我起的绰号在很多年之后竟然变成了现实。

有的乘客为了省钱，只买一个区段的票。我的记忆力很好，所以我好几次都发现了这种情况。这类乘客经常狡辩，我就跟他们说，他们是在哪站上的车，经过了多少个站。他们想不到我会记得那么清楚，有的甚至会恼羞成怒，不仅不补票，还指着我的鼻子破口大骂。

我们的行车路线比较长，而且大部分乘客是各个工厂的青年职工，他们一般不会主动把月票给售票员看。但遇到漂亮的女售票员，他们当中有的人又会把月票放到她的眼皮底下，然后挤眉弄眼，故意说道："你看我长得好不好看？"

当售票员是非常辛苦的，为了赶早班，我必须很早起床出发，有时还要饿着肚子上班，到了下班时间已经是大中午了，累得我走路都打晃。如果赶上开会或培训，我就只能在晚上十点后才能回到家，那时街上早已空无一人。

工作如此辛苦，但生活上有好邻居帮助我。

家里出现变故后，很多事情都靠邻居帮忙解决。其中一家邻居对我们帮助最多，那就是住在一个院里的大爷和大娘。他们都是山东人，一大家人对我们都很好，非常热情。我常去他们家里吃饭，也跟他们学会了不少原来不会做的事情。

原来我做白菜时，一般都会扔掉白菜帮子，后来我在大爷的指导下，学会了把白菜帮子切碎做成馅，并包出美味的包子或饺子。平时穿旧的衣服我在大娘的帮助下，翻过来重新缝制，这样缝制出来的衣服就跟新的一样了。有很多生活之道和勤俭持家的办法都是他们一家人教我的。

爸爸妈妈回城后不到两年，我就结婚了，大爷大娘成了我的公公婆婆。虽然后来因为性格问题，我跟他们的儿子在结婚七年后协议离婚了，但我仍然忘不了我的公公婆婆，忘不了那些美好的过往。

那一天，我去公公婆婆家告别，当时只有婆婆一个人在家。我最后叫了她一声"妈"，嘱咐她要保重身体，然后含着泪离开了。

虽然离婚了，但生活还要继续，我依旧在电车公司上班。电车公司的职工有两种，一种是外勤人员，另一种是内勤人员。司机和乘务员都属于外勤人员，而在车间工作的工人则属于内勤人员。随着工作年限的增长，很多外勤人员都会转到公司车间做内勤工作。我是在1976年冬天由外勤人员转为内勤人员的，来到电车公司的粉末冶金厂当工人。

进厂之后，我被安排到车工组，跟着一位老师傅学习车工技术。我每天都要穿工作服，戴工作帽，按师傅的要求把要上车床的金属件准备好，并用大锤把一块块的料砸开。

我是一个动作比较笨拙的人，刚开始上机床时心里有些害怕，师傅就耐心地教我，鼓励我要勇敢一点。时间长了，我就慢慢掌握了要领，上机床也像个样了。

厂里是八小时工作制，工人们的劳动强度不太大，但每天的工作任务必须完成。中午是我们这些车间工人最美好的时光，大家会把从家里带来的各种菜切好，放进铁饭盒，并放上一小块猪油，加上盐；等小铁炉子烧得热热的，他们就把大米放进铁饭盒，并添上水……没过多久，香喷喷的中午饭就做好了。我特别喜欢品尝各家腌制的咸菜，然后向他们寻求制作秘方，回家学着做。

因为工厂离爸妈家不太远，所以我有空时也会去他们那里蹭饭，改善一下伙食。

那时候，我们全家人都满足于现状，而新的机会已悄悄来临。

高考前后

1977年的冬天，全国要恢复高考，招收"文革"后的第一届新生。

消息传来，大家都非常兴奋，但真正下决心参加高考的人很快犯愁了：没有任何复习资料，只知道要考五门课程 —— 政治、数学、历史、语文和外语。

我只是一个初中毕业生，高中课程都没有学过，备考更是困难重重。最让我头疼的科目是数学，其他科目可以自己看教科书，自己可以背，可是数学怎么办呢？

让我没想到的是，车间里的领导和同事们都支持我参加高考，我们厂的刘工程师还主动提出来要给我辅导数学。

刘工程师个子高高的，人很瘦，戴着一副高度近视眼镜。他平时寡言少语，但对所有人都很好，大家都亲切地称呼他为"刘工"。刘工帮我找来了数学教科书，并利用休息时间给我补课，指导我做一些练习题。他先从简单的内容讲起，然后逐渐加大难度。因为时间很紧，刘工就把数学科目里最重要的内容给我梳理了一遍。

有了刘工的无私帮助，高考时我的数学成绩考得还不错。虽然我的数学分数不太高，但它对总分的累积起到了关键作用。

我永远都不会忘记，刘工指导我演算数学题的情景。可以说，如果没有刘工的无私帮助，我就不可能有以后的平坦道路。令人感到遗憾的是，我离开厂里没多久，就听到了刘工因病去世的噩耗。我的数学老师就这样默默地离开了人世。

高考笔试之后，按照要求，报考外语专业的考生还要参加口试。这是我生平第一次参加口试，所以我感到有些紧张。在考场上我看到许多衣着俭朴、年龄大小不一样的考生，他们当中有的看样子已是三十多岁的青年，有的可能是还不到二十岁的毛头小伙儿。对我们进行口试的老师都是高校的外语教师，他们态度和蔼、言语亲切，我的紧张情绪很快就消失了，我顺利地回答了他们提出的问题。

之后，我在焦急的等待中期待着最后的结果。我当时想，要是这次考不上，我就接着再考，直到考上为止。

功夫不负有心人，好消息终于来了。我接到了黑龙江大学的录取通知书，家人和同事们都为我的成功而感到无比高兴！

后来我才知道，学校为了录取我费了不少周折，主要原因是我的"政审"出了问题，因为我的爸爸妈妈当时还未彻底平反。黑龙江大学的领导亲自到省主管部门谈录取我的事情，还对他们说："这个学生，我们要定了！"

我去黑龙江大学报到的时候，心里一点儿底都没有，因为我参加过工作，年龄偏大，又有一个三岁大的孩子……

那天，我只带了一个简单的行李，里面只有几件换洗的衣服。那时我很穷，没有几件像样的衣服，身上穿的上衣还是我自己翻新做的。

前来报到的学生来自全国各地的各个行业，有在部队当过兵的，有在食堂做过饭的，有在农村插过队的，也有在农村当过老师的……至于年龄，让我没想到的是，我们班竟然还有好几个同学比我还大，他们的孩子也比我的孩子大。

我上了大学，但还是电车公司的职工。我享受着电车公司给的待遇——每月能领到三十几块钱的工资，此外我还有电车公司给的乘车证，乘车也不用花钱。

读了四年大学，月月领工资，还不用花一分钱车钱，我由衷地感谢支持我上大学的电车公司。毕业后，虽然我没有回电车公司工作，但我从未忘记电车公司里那些热心的同事们。

在电车公司工作的时候，我原本想着就这样过着平凡的日子，然而时代在变化，社会在酝酿一场史无前例的变革，召唤着我们这一代人在改革开放的大潮中不断进取，砥砺奋进。

大学时代

1978年3月，我正式成为黑龙江大学俄语系的一名学生。我上课之后才了解到，有的老师刚从农村或工厂回到学校，有的老师刚从"牛棚"里出来。学校里没有现成的教科书，我们用的都是油印资料，老师们只能一边编，一边教。

那一年，黑龙江大学俄语系一共招收了17个学生。一开始，我们这17个学生都被安排到一个班里上课，后来系里的领导了解到我们的俄语水平参差不齐，就把我们当中5个俄语基础比较好的学生挑出来，组成一个小班。我很幸运，因为我也进了小班。

小班的教室特别小，我们5个人坐成一排，紧紧地挨着老师讲课的小书桌。上课时，老师离我们很近，转个身都不太方便。

虽然我有较好的俄语基础，但因为荒废了很多年，我需要重新系统地学习。在课堂上，我积极回答老师提出的问题，认真完成老师布置的各项练习。老师修改过的作业我都会仔细地看上好几遍，记住每一个写错的地方，避免再犯同样的错误。对我来说，这个学习机会十分宝贵，所以我非常珍惜。

同学们的学习劲头特别足，他们一大早就在教室或走廊里朗读课文，练习发音。他们的学习热情让我感动！为了掌握更多的俄语单词和句子，同学们整天都是书不离手，句不离口。后来班上定了一个规矩，在教室里只能讲俄语，说汉语就要受罚。

那时候，大家的经济条件都不太好，伙食也比较差，但是每个人都非常努力，精力很充沛，学习上一刻也不懈怠。晚上，教室里十分安静，同学们都在努力学习，谁也不甘落后。到了晚上八点多钟，大家肚子饿得咕咕叫，就啃两口玉米饼，或咬一口咸菜，喝一杯热水，然后继续学习，直到教室熄灯。

俄语系的老师们都非常敬业，他们克服了种种困难，及时编写出最新的教材，满足了教学的需求。教我们小班的几位老师教学经验非常丰富，他们结合我们的实际情况，采取适合我们的教学方法，使我们的俄语水平有了相当大的提高。上课时，老师经常给我们提出一些能引发我们思考的问题，我们几个争先恐后，积极回答。下课后，我们意犹未尽，继续探讨。那时候，训练听力的设备只有一台旧式磁带录音机，而且听力资料很少。尽管如此，大家还是不厌其烦地听，一遍又一遍地模仿。

20世纪80年代初，我们俄语系来了一批苏联专家，所以我们有了与他们直接交流的机会。苏联专家给我们授课，给我们做学术报告，与我们面对面地沟通。那时候，学校里有了新的图书和音像资料，教学环境有了很大改善。

除了学习，我还想在文艺方面有进一步的发展。我担任了系学生会的文艺部长，还在校学生会的文艺部任职。我们经常组织各种各样的活动，全校师生都会满怀热情地参加各种辩论会、演讲比赛和文艺晚会。

每次辩论会举行时，教室里面都挤满了人，同学们屏住呼吸，认真听着每一个辩手阐释自己的观点。每到精彩之处，教室里时而哄堂大笑，时而响起雷鸣般的掌声。

组织文艺晚会是文艺部的主要工作，除了组织晚会，文艺部的成员还承担着具体的演出任务。我们登台表演时没有华丽的服饰，但我们表演的节目都很时尚。我们在演唱歌曲时，台下的同学也跟着唱，或者用力打着节拍。

我们俄语系还有一个小乐队，我是乐队的成员之一。我们小乐队相当厉害，在整个校园里都很有名气。学校举行全校运动会时，我们这个小乐队都会为全校师生演奏各种乐曲。

黑龙江大学的学生们到松花江边野游
（1980年拍摄）
当时我是文艺部副部长（二排左一）

毕业前，我们当中有很多人准备报考研究生。有的同学通过努力考上了研究生，实现了自己继续深造的愿望。我和其他两位同学则被学校留下了来，当了俄语教师。1982年3月，我有了人生中的第二份工作，这份工作我一干就是35年……

我们这一届没有考研的同学，也都有很好的去向。他们毕业后怀着满腔的热情，去了各个不同的岗位，投身到改革开放的大潮中。他们每个人都热爱自己的工作，也都取得了很好的成绩。

第二个"邓老师"

我成了我们家第二个"邓老师"，全家人都感到非常高兴，尤其是妈妈，她嘱咐我一定要做一个好老师。

我心里有些不安，担心自己上不好课，怕误人子弟，所以我时刻提醒自己，要不断学习，扩大知识面，提高业务水平。留校任教后，我开始给大二的学生上课。为了上好课，我经常跑到图书馆和资料室里，阅读各类书籍，查阅各种资料。我几乎把全部的精力都投入到教学工作中。一方面，我认真听其他老师讲的课，向其他老师请教；另一方面，我努力备课，编写教案。每次在上课之前，我都会花很多时间去查阅资料，并设计好课堂教学的每个环节。课后，我会仔细地回忆讲解过程，了解学生们的反应，看看自己有哪些不足之处，思考如何改进。

我上课时，提问不断，训练不断，有很多新的知识点我会有选择地教给学生。学生们的课后作业我都会认真批阅。作业发回到他们手里后，我还会在课堂上分析典型的错误，同时不忘记表扬认真完成作业的学生。

学生们的学习劲头很足，每次上课时他们都会积极配合，努力回答问题，完成练习任务。俄语里有些字母的发音很特别，南方来的学生发音时会遇到不少困难，但他们刻苦练习，直到正确为止。在操场上和走廊里，同学们会大声朗读课文，还会自愿组合练习对话，学习热情高涨。

那个时候，我备课和批改作业的工作主要是在学校里进行，批改不完的作业本我会放进包里，带回家里接着批阅。虽然这样很辛苦，但我过得很充实。

在学习和工作上我很投入，但在生活上我却遇到了一些难事。我在读大三的时候，就跟前夫协议离婚了，孩子跟我过。我住在学校的教工宿舍里，有时会回娘家，孩子也跟着我往两边跑。在我工作特别忙的时候，爸爸妈妈会帮我带孩子，妹妹也帮着带。

那时候，我们这些青年教师都住在教工宿舍，教工宿舍的条件比较简陋，三个人一个房间，打热水要到很远的水房里去。水房和厕所都很破旧，老鼠在那里经常出没。

那时候，学校的青年教师有很多，有夫妻两个在一起住的，也有带着孩子一起住的。到了饭点，走廊里就热闹起来了。因为我们的煤油炉很小，所以我们在做饭时会特别小心，即便如此，我们乐在其中。

尽管教工宿舍的条件都比较差，但我们的生活还是丰富多彩的。课余时间，为了让学生们更好地了解俄罗斯文化，我会带着手风琴到班上去，教学生们唱俄文歌曲。在教唱歌之前，我会先给学生们讲解歌词，让他们了解歌曲的背景，掌握一些生僻的词汇。之后，我用手风琴弹出曲调，带着学生一起唱。学生们的学习热情很高，一首首歌曲越唱越熟，越唱越好。

让我没想到的是，我的学生在毕业后几十年的聚会上，还唱着当年我教他们唱的俄文歌曲。

我们这些青年教师因为得到了学校的支持与鼓励，对自己的教学工作也越来越有信心。在生活方面，我们经常会得到同事们的帮助，遇到困难时总会有人伸出援手。

我们这一届留校任教的同学除了我，还有另外两个同学。其中一个男同学来自浙江，俄语名字叫安德烈，他对我格外关照。我时常会麻烦他带着昌武到男澡堂里洗澡。他每次都会把昌武洗得干干净净的，还带着他在校园玩，或者一起去看电影。

在留校任教的两年时间里，安德烈对我和孩子都非常好。我们大学四年都是同窗，我非常了解他，他也非常了解我，我们在交往中渐渐有了感情。

然而，我不敢考虑感情问题，因为我非常清楚，当时在南方，我这种情况叫"拖油瓶"，我不知道他的父母会怎样看待我。然而，安德烈的态度非常坚决，为了我们的婚事，他专程回浙江跟父母谈，最后他还是得到了全家人的理解和祝福。我的爸妈得知此事也十分高兴，他们相信安德烈一定会是一个好丈夫，我和孩子从此会有稳定的生活，会有一个稳定的家。

我们是在1984年的夏天登记结婚的。我们没有举办婚礼，只是带着孩子去了松花江边的饭店里吃了一顿饭。在饭桌上，孩子正式改口叫安德烈"爸爸"，因为在此之前他一直喊安德烈"舅舅"。在我们登记之前，我和孩子谈了我要跟安德烈结婚的事，征得孩子的同意。

　　用现在时兴的话来讲，我们是真正意义上的"裸婚"。学校分给了我们一个8平方米大的小屋，与另外一家人合用一个厨房和卫生间。当时我们没有任何家当，同事们得知我们已经登记结婚，特意送给了我们一张孩子用的折叠床。我们弄来了几块木板当床板，花了60元钱从学校后勤部买了一个柜子，这个柜子大小正合适。对我来说，这个柜子是多功能的，最上面可以用来放书，中间一层用来放碗筷，最下面两层则用来放衣服。因为屋子小，所以我们买的桌椅都是可以折叠的。

　　我和安德烈都是老师，经常跟学生们打成一片，所以到家里来的基本上都是我们俩的学生。要是赶上饭点，我们就多煮些面条，打些卤，和学生们一起吃。

北外求学

20世纪80年代，中国的高校面临进一步的改革和发展。作为高校教师，我们同样面临提高教学水平和自身素质的问题。虽然当时我的教学压力非常大，但考虑到今后的发展，我毅然决定报考黑龙江大学的硕士研究生。

第一年，我对考上研究生没抱太大的希望，因为我当时的教学任务重，没有时间去准备。结果因为政治科目差了一分，我因此真的没考上。家里人都鼓励我坚持备考，来年再战。而且，安德烈也打算尝试一下。

我们在第二年都报考了北京的院校。为了能考上理想的学校，考前两周我们都拼命地复习要考的内容。

这次考研，我和安德烈都考上了。我考上了北京外国语学院，也就是现在的北京外国语大学。安德烈因为录取指标问题，不得不调剂到黑龙江大学。我们俩都为考上研究生而高兴，但又感到十分遗憾，因为我们不得不面临两地暂时分居的问题。

我到北京后，孩子主要由安德烈来照顾。那时候，爸爸妈妈已到花甲之年，身体不是很好。安德烈也要读研，压力也很大。虽然大家都支持我去北京学习，但我的心情还是很沉重的。事已至此，我顾不了那么多，只能继续往前走了。

我对北外的一切都感到新鲜，这里的学习氛围十分浓厚。我们在课堂上获得的信息量非常大，老师们的授课方式也不太一样。北外俄语系的老师们给我们复印了最新的俄语教学资料。手捧着厚厚的油印资料，我感受到了巨大的压力，同时又为自己获得了这样一个宝贵的学习机会而感到无比高兴。

我们的寝室与教工宿舍在一栋楼里，所以我们经常会看

我在北外读研时的样子（1984年拍摄）

到老师们的家属在水房里洗洗涮涮，走廊里也经常出现孩子们的身影，我对这种生活非常熟悉。

黑龙江大学俄语系的老师们对我也很关照，为了给我和安德烈提供相聚的机会，俄语系的老师们把自己来北京出差办事的机会都留给了安德烈。

我的室友是一位非常可爱的东欧语系罗马尼亚语专业的女研究生，我们就像好姐妹一样互相关照着。我丈夫来看我，她就到其他女生宿舍里借宿，给我们创造二人世界，我很感谢她。

我和安德烈的工资都很低，所以我们花钱很谨慎。他来北京的几天时间里我们都尽量自己买菜做饭，我最爱吃他做的豆腐泡

烧油菜。安德烈告诉我，他每周都会领孩子去洗澡，然后给孩子做他最爱吃的红烧排骨。孩子在姥姥家也很好，他的小姨和舅舅也都帮忙照顾着。

为了减轻安德烈的经济压力，我在读研期间当起了校外代课老师，教十几个工程技术人员学俄语。这样一来，我在北京的开销问题就解决了，我的工资可以全部留在家里。对我来说，代课也是一个提高业务水平的好机会。

在北京读书时，我也会去探望二伯、姑姑以及妈妈的好朋友丽达阿姨。二伯和姑姑年事已高，我就帮着做点儿家务，与他们拉家常，给他们解闷。那时候，姑姑家住在四合院里，四合院里有好几户人家，谁家做好吃的，饭菜的香味就会扑鼻而来。

丽达阿姨和她的丈夫高叔都是妈妈的好友，他们是看着我长大的。他们夫妇俩从小就在苏联长大，能讲一口流利的俄语。我去他们家最大的享受就是听他们两个人用俄语聊天。丽达阿姨做的菜非常好吃，我去他们家总会大饱口福。高叔爱喝酒，而丽达阿姨因担心高叔的身体，会严格限制他的酒量。高叔是陕北人，会做一手好面，一大碗面在他的调和下变得色、香、味俱全，让人直流口水。

我有时候会特别想家，但因为经济比较拮据，会买最便宜的火车票回家。有一次快到国庆节，我忽然很想回家看看，就偷偷地买了票回哈尔滨。火车到了哈尔滨车站，我下了火车直接去了爸妈家里。当时正赶上全家人都在场，安德烈开门时看见了我，发出了"哎呀"声。孩子昌武看见我了，从屋里跑出来跳到我的怀里。大家都高兴得不得了，我也非常激动，泪水在眼眶里打转……

那一次，我只在家里待了三天就回北京了，因为当时正逢节假日，去北京的票很难买到，所以我不得不提前走。火车到北京站时，已是凌晨两点钟。我坐不起出租车，只好在车站附近的小广场上坐到天亮。天亮时，我就坐着公交车回到学校了。

给我们上课的几位教授都是国内的大学者，所以我一次课也不舍得错过。我的导师对我要求非常严格，经常指导我阅读相关的理论书籍，要求我做读书笔记，并定期向他汇报。我对导师安排的任务从来不敢怠慢，每次都会认真完成。那时候，我每周都会去北京图书馆（即现在的国家图书馆），查阅各种资料，完成导师安排的学习任务。

出国交流

读研的第三年，我就准备写毕业论文了，但按黑龙江大学的要求，我得回去教学。因此，我回到黑龙江大学一边上课，一边准备毕业论文，这也是我想做的事情。让我没想到的是，这一年又发生了很多有意思的事情。

回哈尔滨后，我和黑龙江大学的女研究生艳梅有机会一起去南斯拉夫参加斯拉夫语学术研讨会，这意味着我可以走出国门，去妈妈的家乡了。

妈妈听到这个消息后心情激动万分，开始和爸爸一起商量怎么找到那边的亲人，应该带什么礼物。

第一次出国，第一次办各种手续，这对我和艳梅来说是一件很复杂的事情。好在黑龙江大学俄语系办公室的老师给了我们极大的帮助，我们才顺利地踏上了漫漫征程。

我们赴南斯拉夫要经过莫斯科，并且要在国际列车上待五天半的时间。一路上，我们到达一个车站时就出来透透气，领略一下异国风情。让我们感到意外的是，为了方便乘客拍照，列车驶过贝加尔湖时还特意停留了几分钟时间。所有的乘客都挤到车窗前竞相拍照，想留下这个美丽的画面。

我们顺利抵达莫斯科，终于见到了原来只是在教科书和影像资料中了解到的苏联首都。因为我们还要赶路，所以只能粗略地观赏一下莫斯科的风光，但那种激动的心情无法用语言来形容。

我们找到了在黑龙江大学工作过的苏联专家，他们帮了我们很大的忙。在他们的帮助下，我们很快就买到了去贝尔格莱德的火车票。两天之后，我们来到了贝尔格莱德。下了火车，我们乘出租车顺利抵达贝尔格莱德大学，学术研讨会将在这里举行。

我通过一个中国留学生联系上了表舅扎尔克的女儿和女婿，并约他们见面。

我们第一次见面是在别人的翻译下进行的。我们都很激动，但因为时间非常短，我们只能简单地互通了一下信息，约好在另一个时间去他们家做客。

让我没想到的是，学术会议的主办方为所有与会者开设了塞尔维亚语速成班，我十分努力地学习，与老师们进行互动和交流。塞尔维亚语和俄语有很多共同之处，但塞尔维亚语的语法还是很复杂的。赴会的几位俄罗斯学者和我们一起学习了塞尔维亚语，课堂上的学习氛围非常浓烈，我的收获也非常大。

过了几天，我就找时间先去了表舅的女儿家，又去了表舅家。我把带来的礼物都分给了他们，他们都非常高兴。在表妹家里，我们包了饺子；在表舅家里，我帮表舅做了一条裤子……我来到这里就像回到自己家一样，几天后我居然能听懂亲人们的讲话内容，而且能用塞尔维亚语把家里的情况讲给他们听。

有一次，我在贝尔格莱德的大街上散步，有一位中年妇女走过来向我问路，我用塞尔维亚语回了她一句："对不起，我不知道。我来自中国。"那位妇女感到非常惊讶，睁大双眼看着我，后来她微笑着向我挥挥手，我当时心里感觉暖暖的。回国之后把这事讲给了妈妈听，妈妈对我说："人家把你当塞尔维亚人了。"

在贝尔格莱德的学术会议上，我和艳梅了解到不少学术前沿信息，结识了几个国家的专家和学者。在告别晚宴上，我代表中国学者用手风琴自拉自唱了一首《谁不说俺家乡好》，博得了一片掌声。此外，我还学会了几首塞尔维亚歌曲，其中一首名叫《老路灯》的歌我非常喜欢。临别前，我和亲人们去步行街散步时，就请街边卖唱的两位老歌手演唱了《老路灯》这首歌，他们的歌声引起了大家的共鸣，很多人都停下脚步跟着他们一起唱。

我和亲人们建立了密切的联系，亲人们给了我无尽的温暖和关怀，我也成了爸爸妈妈来南斯拉夫的先导。

回国后，系里安排我给大三年级一个俄语班的学生上课，这也是我没想到的，我很认真地做起了上讲台前的准备工作。课堂上，学生们很配合，与我积极互动；课后，学生们有不懂的地方也来问我，我会给他们仔细地分析，耐心地讲解。

这段时间，我重新阅读了从北京带回来的资料，着手写硕士论文。在撰写论文的过程中，我一直与导师保持着密切的联系。

我和安德烈的小家也有了新的变化，我们的居住条件得到改善。学校分给我们一套比原来大一些的住房，于是我们从8平方米的小屋搬到了将近20平方米的套房里。我们也把孩子转到了黑龙江大学附近的小学上学，这样我们一家人就可以天天在一起了。

1987年初，我发现自己怀孕了，当时心里有些紧张，主要原因有两个：一是自己年龄有些大了，二是怕孩子昌武不能接受这个现实。

然而，我的担心是多余的。我去做产前检查时，大夫告诉我一切正常，而且可能是一个男孩。我把这个消息告诉了安德烈，以为他会特别高兴，可是他却说："我们已经有一个儿子了，要是能有个女儿就更好了。"另外，昌武得知自己快要有弟弟时却特别高兴。他听我们说过胎教的事情，于是他总是贴着我的肚皮哼唱各种歌曲，那种场面让我至今难忘。

我还有一个担心，那就是六月末的硕士学位论文答辩会，但学校考虑我身怀六甲，行动不便，同意我的论文答辩在黑龙江大学完成，我的导师为此专程来哈尔滨参加论文答辩。

我怀孕后坚持给学生们上课，从未耽误过教学进度。学生们得知我要进行论文答辩，都过来给我打气。那一天，我的学生都来了。我挺着大肚子在前面进行答辩，他们则静静地坐在我的身后，给我支持和鼓励。

斗室里的生活

我们一家人在斗室里的生活着实让人难忘。所谓"两居室"是指两个紧挨着的小屋，俗称"套间"，一个8平方米，另一个10平方米。尽管如此，我们依仍然感到非常满意。

就是在这个小屋里，我们迎来了第二个孩子，他也是一个男孩。

因为我属于高龄产妇，胎儿较大且胎位不正，所以我最终只能选择"剖腹产"，好在一切都很顺利，我和孩子都很好。

因为公公婆婆非常希望我们将来能到南方生活，所以大家给老二起名的时候就考虑到了这个因素，于是起了"南飞"这个名字。他的小名也有些说道，叫"南南"，因为孩子的爸爸是南方人，姥姥是南斯拉夫人，当时又有"南南合作"这个概念出现。

生了南南后，我的奶水不足，我只好给孩子喂奶粉，这样一来，家里的开销大了，生活更加拮据了。

在孩子还没满月时，安德烈接到了去农机站当翻译的任务。

安德烈心里很纠结，因为他担心我一个人照顾不了两个孩子。我觉得自己能行，就全力支持他去农机站当翻译。家里的事情怎么弄都好，挣奶粉钱是最重要的。

几年之后，当我们回忆起这段艰苦的生活时，已经懂事的南南得出了这样一个结论："生了我之后，咱们家就有钱了！"他的话引得大家哄堂大笑。的确，随着改革开放的深入发展，我们这些俄语老师有了更多的机会，收入自然也就多了起来。

因为房间小，我们只有一个小写字台。老大昌武每天都在小写字台上写作业，安德烈和我备课时，在饭桌上或床边的椅子上进行。老二南南则在床上玩耍，大家轮流看着他。

最热闹的事情就是给老二南南洗澡了。因为空间窄小，我就把南南放到厨房的大盆里洗澡，然后用大毛巾把他裹起来交给安德烈，安德烈把他抱到床上，给他穿衣服。南南穿好衣服后，老大昌武就陪着他玩。

因为我和安德烈经常要去学校开会，又必须有人在家照看孩子，所以我们只好把爸爸、妈妈或妹妹请过来帮忙。他们每次来的时候，都会给我们带上各种好吃的。

南南十个月大的时候，安德烈得到了一个去莫斯科做高级访问学者的机会，需要去一年时间。对他来说，这是一个非常难得的学习机会，但他考虑到我们三个就非常犹豫。我告诉他，一年时间很快就会过去的，而且我们有家里人帮忙。他走的时候还是不放心，一再嘱咐我要照顾好孩子们，照顾好家，也照顾好我自己。

那段时间，我既要正常上课，还要去广播电台录制俄语讲座，每周都要去几次。去广播电台录制节目时，我要给两个孩子做好饭，再一边盯着老大昌武好好吃饭，一边喂老二南南。然后，我抱着南南去一个老奶奶家，委托她帮着照看一下。之后，我赶往车站，挤上公交车，到广播电台录制节目。我到达那里时，身上全是汗。

辛苦和汗水让我和广大听众建立了密切的联系。其中，一位大庆的听众一直和我保持着通讯联系，他非常认真地学习俄语。还有一位沈阳的听众，当时正在狱中服刑，他每次都很认真地听我的讲座。他给我写了一封长信，信里介绍了自己的服刑情况，表示自己要改过自新。我给他回了信，同时给他寄去了相关的学习资料，因为他买书不太方便。

身在远方的安德烈经常写信给我，在信中表达思念之情。我也写信告诉他，要安心学习，我们有家人和朋友的帮忙，一切都很好，要他把心放下来。

因为要照顾两个孩子，我只能在两个孩子睡着后开始备课。我在小台灯下伏案工作，需要用的字典和参考书放在旁边的椅子上。这时候家里很安静，我常常忘记时间，一直忙到深夜。

我的南方情结

　　我从小就生活在东北，没有去过南方，应该说，北京以南的城市我都没有去过，所以我对南方不是很了解，也没有体验过南方的生活。我跟安德烈结婚后，需要去杭州看望公公婆婆。我对这次南方之行有些担心，怕自己不习惯那边的生活，也担心自己处理不好与南方亲人之间的关系。

　　1985年春，我和安德烈一起乘火车南下探亲，先走到了上海，我们走出车站，走进巷子，让我印象最深刻的是，弄堂里、窗户外都晾着衣服或被子，我第一次领略到了"万国旗"的景象。

　　那天，我第一次品尝到了上海菜。我发现，上海菜有些甜，菜的分量很少，跟东北的大碗菜没法比。不过，我觉得上海菜做工精细，品种繁多，味道特别。

　　我们换乘了去杭州的火车。四个小时后，我们顺利抵达长安镇，这里是安德烈的家乡，是鱼米之乡。

　　我第一次来到江南水乡，对我来说，这里的一切都是新鲜的。这里阳光温和，微风拂面，青草和绿树随处可见，河水非常清澈。河边有人洗衣、洗菜，偶尔能看到垂钓者。

安德烈的家乡有条大河，河中的货船来来往往，络绎不绝。最有趣的是，我还看到以船为家的水上人家。他们在河上的生活看起来很安逸，船板上晾晒着衣服，小炉子里煮着东西，一阵阵香味扑鼻而来。

公公婆婆一家住在缫丝厂职工家属区，这里都是一排排整齐的小平房，有的人家门是敞开着的，所以从外边就能看到他们在屋里忙碌的景象。

公公、婆婆和小姑子早就站在路口迎接我们了。起初，我还有点儿紧张，但婆婆见到我，握住了我的手，让我感觉无比温暖。

进了家门，公公让我们坐下，婆婆和小姑子在厨房忙了起来。我好奇地看着厨房里刷着一层白灰的大炉灶，上面的炊具大部分是我没有见过的。锅里面蒸着腊肉、咸鱼、竹笋等，整个厨房里热气腾腾，香味四溢。

在东北，人们为了保暖，都会把门关得严严实实的。这里完全不同，不仅有的人家敞开着门，而且邻居有时会端着饭碗过来串门，拿筷子夹几口菜，给上两句评语。我感觉他们过得真的好自在。

按照当地习俗，我和安德烈要去拜访亲戚。为此，公公婆婆买好了点心和礼品，我们就带着这些东西去拜访亲戚了。

去镇上的亲戚家路好走，我们去那里很方便。唯独去安德烈的姑姑家，我们着实费了不少劲儿。

姑姑家离镇上较远，我们就骑车过去。我们要经过一片片的稻田，稻田中间的小路非常窄。安德烈在前面骑，我紧跟在他后面，小心翼翼，不敢看小路两侧，生怕自己掉到水田里。在这样的小路上骑车，需要很强的专注力，一不留神，就会掉进水田里。

我们好不容易到了姑姑家，姑姑一家人热情地接待了我们，给我们每人端来一碗红糖水煮荷包蛋。我们把热气腾腾的荷包蛋吃下去之后，身上暖暖的，心里也甜甜的。

后来，我们又骑车去了钱塘江边，去那里看潮涨潮落，那真是一次特别难忘的经历。汹涌澎湃的潮水从我们的脚下奔涌而过，场面非常震撼。我看着向前奔腾翻滚的潮水，感叹着大自然的神奇和伟大……

婆婆是缫丝厂的老工人，因为她心地非常善良，名字里又有一个"美"字，大家都亲切地叫她"美娘娘"。美娘娘是真正意义上的贤妻良母，她平时在工厂做工，下班后回家又操持家务，教育孩子诚实做人。

婆婆没有上过学堂，但她的头脑非常清楚，从不糊涂。来哈尔滨是婆婆一生当中第一次出远门，小姑子把她送到机场后，她就自己飞过来了。她在我家住的时候，我发现她做饭时会把握好数量，每次大家都能吃饱，又从不浪费。婆婆回到南方后，常给我寄来一些我爱吃的笋干，这些笋干是她专门给我做的。

南方的蔬菜和水果真是多，而且又非常新鲜，有些蔬菜和水果是我没有见过的。与北方不一样，市场上所有的蔬菜都洗得干干净净，水灵灵的，一看到就想买。我特别喜欢看南方人买菜时讨价还价的样子，即便不买菜，我也会站在旁边看一会儿。

从我第一次去南方到现在，已过去了三十多年了。这中间，我们多次举家到南方过年，每次过年家人会围坐在一个大圆桌旁，一起吃饭，一起聊天，非常热闹。在哈尔滨过春节时，我也特别想念我的公公婆婆，想着他们对我的好。有时候我出差去南方，跟南方的好友聊天时我会对他们说："我是浙江的媳妇。"我说这样的话，绝对不是为了跟人套近乎，而是因为这里有我深深的南方情结。

读博往事

1991年5月，我通过了黑龙江大学博士研究生入学考试，在职攻读博士学位。对我来说，这又是一次挑战。当时我已经是41岁的中年妇女了，没有任何优势，还带着两个孩子。而且，我一直都在教学一线，教学任务繁重，压力相当大。

读博就要有读博的样子，我认真上课，除了学习英语，还学习了法语、西方哲学史等课程。我们这一届的博士生人数很少，我要学的几门课程老师们只给我一个人讲，这绝对是我想不到的。

读博期间，我要完成繁重的教学任务，还兼任着俄语系工会主席、教研室主任等职。我每天都在忙碌之中度过，备课、上课、读书、记笔记、写论文、编教材……就这样马不停蹄，一直忙到深夜。

我的导师是华劭老师，是俄语学界的泰斗，他德高望重，深受大家爱戴。导师对我的指导既严格又细致，他要求我阅读很多原版书籍并写出详细的读书笔记。我非常努力地去完成导师布置的学习任务。遇到一些深奥的问题自己不太理解时，我会及时向他请教。导师对我写的准备发表的学术论文会非常仔细地修改。我看着导师修改后的满片红的稿子，感觉心跳加速，脸上发烫……我甚至怀疑自己能不能把博士读下来……

人们开玩笑说，世界上有三种人，即男人、女人和女博士。可见，女人要把自己修炼成"女博士"，那需要下很大的功夫啊！

因为劳累过度，平时又缺乏锻炼，我的身体出了一些不良状况。我得了关节炎，关节疼痛难忍，行动很不方便。朋友给我介绍了中医院的名医，医生用最新的治疗方法对我进行医治。这种方法是把中药制剂注射到骨关节里，每次注射时，我都要忍受巨大的痛苦。

那时候，我们有了一套三居室的住宅。安德烈把房子装修好后，买了新床、写字台、书柜、沙发等。搬家那天，孩子们非常高兴，小儿子南南在屋里来回视察，最后点了点头，说道："确实好多了！"

读博的时候，我的生活分成了三大部分：家庭、工作和学业。家庭这部分既包括自己的小家，又包括爸妈的家，这里面当然就有我丈夫、孩子以及其他亲人了。

说到工作，我继续在学校当老师，安德烈也有了一个很好的"下海"经商的机会。

但说到我的学业，应该说，在攻读博士学位期间，我遇到了不少困难。我的研究方向是话语语言学，当时国内俄语界从事这方面研究的人还不多，这方面的资料也非常少。我本来有机会到国外进修，收集一些资料，但因为安德烈"下海"经商后要经常出差，我要照顾家，还要照顾孩子，不能长期离家在外，出国进修的机会就这样一次次错过了。

有一次，我陪学校领导出访俄罗斯远东国立大学，并在团队里担任翻译。在出访任务完成之后，我跟校长谈了我的想法，想去莫斯科收集资料，进行访学。校长同意了我的请求，于是我很快就飞往莫斯科进行短暂的访学。

因为时间很紧，我先在列宁图书馆连续蹲了两天，查阅并复印了一些重要的资料。紧接着，我又去普希金语言学院拜访了几个语言学专家，向他们请教了学术上的一些问题，征询了他们对我的博士论文选题的意见。

在余下的时间里，我还专程去了沃罗涅日国立大学。我的几位俄罗斯朋友帮我找了个临时住处，又帮我联系了沃罗涅日国立大学的著名教授和学者。于是，我很快就见到了令人敬仰的切尔努希娜教授。切尔努希娜教授认真听取了我对博士论文选题的构想，用了几个小时的时间专门为我答疑，给了我非常重要的指导。难能可贵的是，老人家还给我的选题写了评语，给了我极大的鼓励。

沃罗涅日之行是我读博期间一次重要的访学，虽然时间很短，但我受到了很大的启发。我非常感谢我的那些俄罗斯朋友，感谢切尔努希娜教授。

回国后，我向导师做了详细汇报，并认真听取了他的意见。之后，我开始了针对性的阅读和论文写作。为了收集到更多的资料，我每天都泡在资料室里，查阅俄罗斯的各种刊物和报纸，常常为了查找到一个重要例证而花费大半天的时间。

功夫不负有心人，我终于完成了持续五年的博士学业，获得了博士学位。我忘不了导师对我的悉心指导，忘不了他为我审阅、修改论文时的身影。

为"官"两任

1996年，也就是我读博结束的那一年，我被大家选为俄语系的副主任，一年后又当上了系主任。当时，我已经47岁了，原本想着人到中年事业有成，就这样教学科研一直干到退休。没想到，我居然走上了"仕途"，而且一干就是六年多。

官者，民之仆也。我深知，无论我当系主任，还是后来当院长，宗旨都是为大家服务，而且，我永远是一名普普通通的人民教师。

高校的"官"与公务员系统的"官"有所不同。高校的系主任或院长自身也是学者，是老师，他们首先要完成自己的教学和科研任务，需要关心和呵护的不仅有教职员工，还有成百上千名学生。

2001年，黑龙江大学成立了俄语学院，我是第一任院长。当时我倍感压力，担心自己不能把工作做好，好在我有两位很好的搭档，一个是总支书记，另一个是行政副院长。我们三个人组成的领导班子犹如三驾马车，心往一起想，力往一处使。

我负责教学和科研，教学工作有教研室主任、教学秘书等积极配合，科研有学科骨干、科研秘书配合。这些工作都有书记和行政副院长给我支持，包括思想工作、后勤支持、办公室协调、工会助力等。

在开展教学评估、项目申报、举办学术会议和各类大赛时，我和同事们从早忙到晚，还经常加班。小儿子南南看到我这么忙，就主动承担起家务来，他学着买菜、做饭、洗衣、打扫卫生……我为孩子慢慢学会操持家务、独立做事而感到高兴。

邓军（2001年拍摄）

俄语学院的活动比较多，我们为学生们搞了"第二课堂"，包括组织各种比赛，请专家做专题讲座，与国外学生进行互动与交流等。

作为院长，我既要关心老教师，也要想着每一位青年教师的发展，为他们做一些必要的设计和安排。在聘请外国专家方面，我要做比较细致的工作，希望他们来到这个团队后能很快感受到我们这个集体的温暖。

我担任院长职务后，有些外联工作还需要亲力亲为。因为时间经常不够用，我每天的睡眠时间很少，导致身心透支，亮起了"红灯"。

有一次，我要去北京办事，必须一大早起床赶往机场。那天早上我一起床，突然感觉眼前一黑，差点儿没站住。我赶紧吃了几片药，然后提着行李赶赴机场。民航的服务人员看到我病蔫蔫的样子，劝我改签一下航班，我说没什么大事，不用担心。

到北京办完事情后，我回到了宾馆，还想着尽快赶回哈尔滨。然而，因为身体不适，我不得不去宾馆附近的诊所检查。医生给我做了检查后，立即叫了一辆救护车把我送到了一家医院的急救中心。之后，我晕了过去，什么事情都不记得了。

凌晨时分，我醒了过来，发现自己躺在病床上，身上扎着针、输着液，周围都是患者。我告诉医生，自己已经缓过来了，当天还要乘飞机回哈尔滨。医生又给我检查了一遍，之后才同意我离开。回到哈尔滨，我没对任何人说起此事，继续忙于我的教学工作。

2003年，我的身体越来越差，血压总是不稳定。我躺在床上，就像躺在摇摇晃晃的船上一样。医生提醒我，要我注意休息，否则会出大事。考虑到我自身的状况，我向学校递交了辞呈，决定辞去院长这一职务。

辞职后，我在一个中医院进行治疗。在两个多月的治疗过程中，医生给我针灸、按摩、拔火罐……我吃了一段时间的中药，病情有了好转。身体恢复后，我回到学校专心授课，努力搞科研，全力支持学院的工作。

我给学生上课时的情景（2013年拍摄）

我的心血没有白费，我的辛勤和努力让我得到了很多荣誉。我被选为第一届国家级高教教学名师，还在人民大会堂受到了总理的会见。我所负责的课程也被评为国家级精品课程。

时光荏苒，不知不觉中我已步入花甲之年，但我继续在讲台上给学生授课，因为在这三尺讲台上，我感觉更踏实，更有意义。

在家翻译书稿（2018年拍摄）

2010年末，俄语学院院长突然调离，学院里的各项工作要有合适的人来牵头。校领导找了我几次，要我再次"出山"，继续担任俄语学院院长职务。我怕自己没有很好的工作状态，但看到当时的情况，我又必须从大局出发，就同意了，并把工作重点放在"带好队伍，重视科研"方面。

这一阶段的工作与之前的情况有所不同，教学环境有了很大改善，各种设备都比较齐全。在学科建设方面，本科的生源越来越好，教学活动越来越丰富；硕士专业里增加了翻译硕士，既有口译又有笔译；博士生的招生人数也持续增长，研究方向也比较全面。作为院长，也作为学科带头人，我把更多的精力投到了师资队伍建设和学科建设当中。每一位老师在承担教学任务的同时，都有自己相对稳定的研究方向。

在全体教职工的共同努力下，学院多次召开了各类教学研讨会和教学经验交流会。为了给青年教师更多的机会，我们专门组织了微型公开课。主讲的老师用十几分钟讲完课后，由老师们来点评。

国际交流是这一阶段的重头戏。有很多俄罗斯和其他国家的专家和学者被我们请来参加各种学术会议，做最前沿的学术报告。我与这些外国专家、学者保持着密切的联系，他们更加了解我们学院，支持我们的工作。

无论自己有多忙，我都会去参加学生们举办的各种活动。如果学生们举办晚会，我会了解节目的准备情况，给学生们鼓劲，也给他们提一提建议。

有一次，我在教室的走廊里遇到了一位女学生，她停下来向我行了一个礼，然后说道："邓奶奶好！"我也笑着对她说："小姑娘，你好！"。实际上，我早就知道有学生这样喊我了。我听到他们这样喊我，心里挺高兴的，不过我确实该考虑退休的事情了。

2015年初，我上完课，感觉特别疲劳，走路时感觉头晕、恶心……我意识到这是自己的身体在作警示了。我想，这个时候学院的领导班子已经很成熟了，我这个状态会影响到学院里的下一步工作。回到家，我便提笔给校领导写了我人生中第二封辞职信，为我的为"官"岁月画上了一个圆满的句号。

"国之交在于民相亲"

　　2017年，《永远的"瓦尔特"——巴塔传》新书发布会在第24届国际图书博览会上举行，这则消息让我激动不已。我时常想起我们全家人第一次观看巴塔演的瓦尔特的情景，当年妈妈眼含热泪，一边看着巴塔演的瓦尔特，一边给我们讲着家乡的故事……

　　我们家一直和塞尔维亚的亲人保持着密切的联系，赶上亲人家中有喜事，我们都会给他们寄去一些礼物，表示我们的祝贺。现在中塞关系日益密切并不断发展，我们心里感到非常温暖。

　　我的姥姥是俄罗斯人，所以我们与俄罗斯也有着很深的渊源。我们家有三个高校俄语教师，弟弟从事对俄贸易工作多年，爸爸当年也曾有过与苏联打交道的经历，而我的丈夫在教过多年的俄语后"下海"经商，也常与俄罗斯人打交道。从这个意义上讲，我们也与许许多多的中国老百姓一样，希望两国人民的友谊不断加强。

　　我在北外读研时，有一批苏联留学生也来北外学习汉语，我和我的同学很快就跟他们相识了。那时候，我们的学习资料非常少，双方都有强烈的相互学习的愿望，以便提高各自的语言水平，所以我们经常交流，互通有无。

我最早当翻译的经历也与外国专家和留学生有关。那是1985年的寒假，有几位苏联留学生来了哈尔滨旅游，他们是第一次来哈尔滨旅游的，对当地的风俗习惯不太了解。他们对东北的特产也有着浓厚的兴趣，我就过来给他们翻译和讲解。通过那次翻译实践，我看到了自己的不足，并努力学习，弥补自己的短板。

在那个年代，我们都很穷，没钱请人去饭店吃饭。我和安德烈就请这几位苏联留学生到我们的"斗室"里来，支起折叠桌，请他们吃我们自己包的饺子，他们体会到了我们的真诚和热情。

我还有过一段同声翻译电影的经历。20世纪80年代初，国内电影制片厂的工作人员开始努力学习国外拍摄电影的经验和技术。那时候，国内有关电影方面的资料还很少，长春电影制片厂几次请我同声翻译苏联电影。在翻译之前，我要先看一下片子，了解人物和剧情，然后进行同声翻译。这种翻译比较特殊，我要让观众了解片子的时代背景，能很快认识片中的人物，同时要声情并茂，绘声绘色地再现电影场景。

20世纪80年代中期，我多次为黑龙江省几家大型企业担任翻译。在谈判遇到分歧时，我几次协调双方达成共识。达不成一致意见时，我就建议双方暂时休息一下，先喝点儿咖啡，然后与外方人员聊聊天。大家休息完后再回到谈判桌上，气氛就会缓和很多。

苏联解体后，俄罗斯与中国的合作加强了。中、俄两国在教育领域的交流与合作也更加深入。我几次陪同中央和地方有关部门的代表团赴俄洽谈合作事宜。

我曾在"中俄大学校长论坛"中多次担任首席翻译。在一次校长论坛中，由于俄方校长没有准备更多的翻译，我方校长上台讲话的内容都由我来翻译，而且部分俄方领导的讲话内容也由我来翻译。在会下交流的过程中我也尽量去帮助校长们翻译，努力促进相互间的沟通与合作。

会议结束后，俄罗斯主办方请与会校长上到一个岛上吃鱼，大家一起动手收拾鱼、煮鱼汤，就像一家人一样。吃完鱼后，校长们开始唱歌，一直唱到深夜。星空之下，周围是茂密的森林和清澈的江水，中方校长和俄方校长手拉着手站成一个大大的圆圈，一起唱起各自熟悉的歌曲，语言上的不同丝毫没有影响到他们之间的友谊。因为我既懂汉语又懂俄语，更能读懂双方的情怀，所以我有幸成了双方建立互信、达成共识的黏合剂。

黑龙江大学俄语学院每年都会聘请外教过来工作。外教刚来学院时，我会给他们送去刀叉和盘子，还会给他们介绍附近的商场、银行、交通状况等，帮助他们在短时间内适应这里的环境。

我与外教熟悉后，也会带他们来我爸妈家里，因为妈妈会做一些俄罗斯风味的美食。爸妈家就像是一个国际工作站，这里不仅接待过来自俄罗斯的朋友，也接待过塞尔维亚的朋友，还有来自澳大利亚、波兰、加拿大等国的朋友，每一位朋友都能真切地感受到我们的真诚和友好。

我还是学校侨联的一名成员，曾经担任过黑龙江大学侨联副主席。我深知侨联的重要作用，侨联为大家所做的都是实实在在的事情。

四叔是加拿大华侨，他得知我在侨联的情况时感到非常高兴。他经常写信给我，表达内心的思乡之情，并希望自己的孩子有一天也能回国工作。

与外国朋友交流时，我始终不忘传播中国文化。我不仅为外国朋友介绍中国的俄语学习与研究状况，还给他们介绍中国的国情和政策，与他们加强沟通，促进理解。

我曾赴俄罗斯克拉斯诺亚尔斯克国立大学，为汉语专业的师生讲述中国改革开放的发展历程。我的讲座持续了将近十天的时间，大大的会场上每天都是座无虚席。中央电视台俄语频道开通后，我一有时间就会收看，也给他们提出过合理化建议。

在与外国同行交往时，我会在合适的时候向他们阐释一些概念，解读一些现象，使他们对中国有更多的了解。

我的努力使我获得了很多的荣誉：

2009年10月13日，在人民大会堂，作为在中国为普及俄语做出突出贡献的六位学者之一，我接受了国务院总理温家宝和时任俄罗斯总理普京联合颁发的"普京奖"。

2011年5月10日，在第十二届世界俄语大会上，世界俄语教师联合会主席维尔比茨卡娅教授给我颁发了"普希金奖章"，以表彰我在研究俄语、推广俄语和俄罗斯文化等方面所做的贡献。

普希金奖章（2011拍摄）

2014年9月9日，黑龙江大学俄语学院通过努力，获得了国家级教学成果一等奖，我作为代表赴人民大会堂接受表彰。习主席与我们一一握手，合影留念。

⋯⋯

这一切都是过往，都是财富，都是我人生路上的里程碑。这一切有我个人的贡献，也有黑龙江大学俄语学院全体师生的贡献。这是学校鼎力支持的结果，是黑龙江大学精神的传承。

再赴妈妈的故乡

2018年，我又踏上了赴塞尔维亚探亲的漫漫征程，而前一次探亲是在32年前。32年前，我读硕士研究生即将毕业，风华正茂，如今我已是个快到古稀之年的老人了。

这次与上次不同：这次是我和丈夫、小儿子南南乘飞机一同前往，而上次我去贝尔格莱德是为了参加学术会议，顺便访亲探友。

我一直在思考这样一个问题：我们这个横跨欧亚大陆、相隔万里的家族亲人如何团聚，亲情该如何维系？父母那一代得益于国家改革开放的政策，我也有幸在1986年去南斯拉夫参加学术会议时见到了那边的亲戚。

一晃32年过去了，上一代人相继过世，而我们也渐渐老去。我们与塞尔维亚亲人们的联系方式从书信来往发展到了电子邮件来往，但我们始终没有再见过面。上一代人当中，只有表舅扎尔克还在世，但他已到耄耋之年，并且患有阿尔兹海默症，也就是我们常说的老年痴呆症，身体状况大不如前。我隐约感觉到，表舅的日子可能不多，我们如再不去，恐怕再也见不到他了。

我自己的身体也不太好，可以说是每况愈下。其实，身体状况不是我最担心的，生老病死都是自然现象。我最担心的是，我们的下一代乃至更下一代之间应该如何继续交往下去。

趁我现在还能走得动，我带着丈夫和孩子赴塞尔维亚看望那边的亲戚，这成了我此行的主要动因，也是危机感使然。

飞机经过11个小时的飞行时间，终于在贝尔格莱德国际机场降落了。

在机场出口，我见到了来接我们的亲人：住在贝尔格莱德的大表妹伏基察一家人，住在诺维萨德的二表妹留芭一家人，以及住在什德的米连柯表弟一家人。三家人从各地赶来，其重视程度不言而喻。我们四家人相拥在一起，一个个真情的拥抱，一双双感动的泪目，一张张幸福的笑脸……这正是我在梦里的场景。

在塞尔维亚期间，除了在贝尔格莱德，我们还去了诺维萨德和什德。在什德，我们见到了表舅扎尔克。他们一家原本住在米尔克芙茨村，南斯拉夫解体后，表舅扎尔克和表弟米连柯不得不搬迁到什德居住，因为米尔克芙茨村现在已归属克罗地亚了。亲戚们对那一段历史似乎都能够坦然接受，但在聊天的过程中，我依然能够深深地感受到他们对故土的眷恋之情。

表舅受病魔折磨已有多年，他日渐消瘦，反应迟钝，大家跟他说话，他只是点点头。从他的目光里和饱经沧桑的脸上，我总是觉得他好像还能想起我，但愿他还能想起……

与塞尔维亚的亲人在一起（2018年拍摄）

（从左到右依次为：我，表弟米莲柯，表舅扎尔克，二表妹留芭，
大表妹伏基察，小儿子南南，丈夫安德烈）

我与表妹伏基察（2018年拍摄）

现在想来，这一切好像在冥冥之中都已安排好了。表舅扎尔克于次年便驾鹤西去了。得知他仙逝的噩耗，我甚感悲伤，但又

庆幸自己没有错失去见他最后一面的机会。

从哈尔滨启程前，我和家人特意去了妈妈的墓地。我对着妈妈的墓碑说，我们要去塞尔维亚了，想带她一起回故乡。我们在她的墓前取了些许泥土，装在一个红色的丝绒布囊里……我们登机、转机，一路上小心呵护着这个带着妈妈对亲人们深切思念的布囊，将它带往塞尔维亚，放到扎尔克家族的墓地上。动身时，我又仔仔细细地检查了一下随身带的行李，生怕自己把它落下。

因为国境线的重新划分，我无法亲自前往米尔克芙茨村，这个村庄如今归属克罗地亚。我特意嘱托表弟米莲柯帮我过去安放这满含深情厚意的一杯土。

之后，我们在塞中文化交流中心附近的一家中餐馆设宴回请亲人们。表弟米连柯郑重地告诉我，他已完成了我的嘱托，我感到无比欣慰，了却了我的一个心愿。

到贝尔格莱德的第二天，我们去了中国驻塞尔维亚大使馆，这是我们之前早就计划好的，为了还我已故父母的一个愿。他们在1987年来到贝尔格莱德时，大使馆给了他们许多帮助，我们此行的目的是向大使馆表达谢意。大使馆的徐参赞热情地接待了我们，还给我们介绍了近几年中塞经济合作、文化交流等方面的情况。在新使馆院内，我们还参观了那幅从老使馆搬过来的用瓷砖烧制而成的巨幅壁画"长城"。1999年，以美国为首的北约轰炸中国驻南斯拉夫大使馆，许多建筑被炸毁，但这幅"长城"壁画却完好无损，可谓是"万里长城永不倒"。

中国驻塞尔维亚新使馆区"长城"壁画（2018年拍摄）

从大使馆出来，我们去了大使馆旧址，那里正在建"中塞文
化交流中心"，工程已基本完成。旁边有一个烈士纪念碑，碑前
摆放着鲜花。凡是去贝尔格莱德的中方人员，都会去那里吊唁烈
士，以此铭志，不忘国耻。

中国驻塞尔维亚使馆旧址区中国烈士纪念碑（2018年拍摄）

夏末初秋的贝尔格莱德气候宜人，景色优美。我们住在贝尔格莱德大学附近的第九广场饭店，在饭店不远处，就是遐迩闻名的卡莱梅格丹城堡。站在城堡高处向下俯视，就能看到蓝色的萨瓦河和多瑙河。从城堡高处向远处眺望，可以看到贝尔格莱德新城。

在贝尔格莱德新城中，首先映入眼帘的是华为公司的大标牌。在过去，无论是在国内还是在国外，我们都经常看到高楼大厦上耸立着外国公司的大标牌。而现在，在外国我看到来自中国企业的大标牌，内心除了欣喜，更多的是一种满满的自豪感。徐参赞告诉我们，随着"一带一路"倡议的实施，中塞经济合作、文化交流日趋频繁、深入，许多中国的优秀企业会来塞尔维亚投资，支持这里的建设。

在我决定去塞尔维亚时，《俄罗斯报》特派记者亚历山大·雅罗申科正好要在塞尔维亚进行采访，他之前在中国采访过我。他想跟我在贝尔格莱德见个面，对我们此行做一个专题报道，我欣然同意。

我到达贝尔格莱德后，亚历山大·雅罗申科带着工作人员对我们此行做了随行专访，还在我的大表妹伏基察家做了家庭采访。他们回俄罗斯后，根据采访内容制作了一个电视专题纪录片，在全俄做了实况报道。在此，我对亚历山大·雅罗申科等记者表示真心的感谢！

三十多年前，我父母去南斯拉夫探亲，南斯拉夫《政治报》画报社给予了很大支持，也对他们进行了多次专访。这次，塞尔维亚《政治报》的记者亚历山大·阿波斯托洛斯基也对我进行了专访，并在我们离开塞尔维亚的第二天就在《政治报》刊载了题为《光荣的中华儿女——塞尔维亚骑兵的后裔》的专题报道，我深受感动。在此，我向他表达我们最诚挚的谢意！

塞尔维亚《政治报》刊登文章《光荣的中华儿女：塞尔维亚骑兵的后裔》
（2018年9月10日）

十天的时间很短，但我感受到了塞尔维亚亲人们对我们的深情厚爱和无微不至的关怀。让我感到欣慰的是，我的小儿子南南和我表妹、表弟的孩子们在一起交流畅谈，唱歌跳舞，喝酒弹琴，毫无陌生感。临别时，他们都感觉相见恨晚，期待着下一次相聚，或在中国，或在塞尔维亚……

心相通，情相亲，路途就不再遥远。

孩子们在一起（2018年拍摄）

（从左到右依次为：南南，鲍利斯，米丽察，娜塔莎，谢尔占，米兰）

附　录

附录1：家庭简史

1919年，俄罗斯姑娘薇拉与塞尔维亚骑兵扎尔克在俄罗斯的克拉斯诺亚尔斯克相遇，两人一见钟情，并私定终身。他们在回塞尔维亚的途中辗转来到中国东北。

1920年，薇拉的儿子鲍利斯在黑龙江的亚布力火车站的水泵房里出生。

1922年，薇拉的女儿伊拉在黑龙江的亚布力镇出生。

1932年，亚布力镇发生水灾，扎尔克带着妻子和儿女举家迁往哈尔滨。

1945年，薇拉被日本兵杀害。伊拉到哈尔滨市侨民档案馆工作。

1949年，伊拉跟邓建桥结婚，改名为邓伊玲。

1950年，邓伊玲受聘到鲁迅艺术学院教授俄语，不久大女儿伊娅（邓军）出生。

1952年，邓伊玲的儿子晓桥出生。邓伊玲的父亲扎尔克病世，与妻子薇拉葬在一起。邓伊玲受聘到哈尔滨工业大学外语部当俄语教师。

1954年，邓建桥被任命为秋林公司总经理。

1957年，邓建桥被任命为哈尔滨市商业局局长。邓伊玲的哥哥回

287

到南斯拉夫，多年后因病去世。

1959年，邓建桥因对"大跃进"提出反对意见而被污蔑为"反党分子"，撤销了商业局局长职务，调到牧场工作。

1964年，邓伊玲的小女儿薇拉（晓玲）出生。取名"薇拉"是为了纪念姥姥。

1968年，邓建桥和邓伊玲被关进"牛棚"。晓桥参加了生产建设兵团，一走就是四年。

1970年，晓玲跟随父母到农村插队落户，一走就是两年多。

1971年，邓军参加工作，在哈尔滨市电车公司当售票员。

1972年，晓玲跟随父母返城，晓桥也返城。邓建桥在水产局工作。

1976年，邓伊玲第一次收到对之前误判的改正文件。

1978年，邓伊玲第二次收到对之前误判的改正文件。邓军考上黑龙江大学俄语系。

1982年，邓军大学毕业，留校任教，成了家里第二个"邓老师"。

1983年，邓伊玲退休。晓玲参加工作，在哈尔滨工业大学外语部任打字员。

1984年，邓建桥离休。邓军考上北京外国语学院俄语系硕士研究生。

1987年，邓军研究生毕业，回黑龙江大学继续教学工作。邓建桥和邓伊玲前往南斯拉夫探亲。

1989年，晓玲考上哈尔滨工业大学硕士研究生。

1991年，邓军开始在职攻读黑龙江大学博士研究生。

1992年，晓玲研究生毕业，成为哈尔滨工业大学讲师，是家里的第三个"邓老师"。

1996年，邓军获得博士学位，并任黑龙江大学俄语系副主任。

1997年，邓建桥因病去世。邓军任黑龙江大学俄语系主任。

2006年，邓伊玲因病去世。

2011年，晓玲英年早逝。

2018年，邓军带着家人前往塞尔维亚探亲。

附录2：主要人物生平

薇拉

俄罗斯人，邓伊玲的母亲。"一战"后跟随丈夫扎尔克回塞尔维亚，辗转来到中国。1945年在哈尔滨被日本人杀害。

扎尔克

塞尔维亚人，邓伊玲的父亲。"一战"时期当过骑兵，之后带着妻子来到中国，当过铁路工人、面包房工人、企业工人。

邓伊玲

薇拉和扎尔克的女儿，俄文名为伊拉·马加拉舍维奇，小名伊拉。

1922年，在黑龙江一个叫亚布力的地方出生。

1945年，开始在哈尔滨市侨民档案馆工作。

1949年，与同在市政大楼工作的邓建桥结婚，加入了中国国籍，并改名为邓伊玲。

1952年，她受聘到哈尔滨工业大学外语部工作。

1968年，被关进"牛棚"，至第二年春天。

1970年，与丈夫、小女儿一起去农村落户，接受"改造"，两年后返城。

1978年，因之前的误判而得到彻底改正。

1983年，退休。

1987年，与丈夫邓建桥一起前往南斯拉夫探亲。

2006年，因病去世。

邓建桥

革命干部，俄文名为吉玛。诗人出身，曾是一名战地记者，后来从事经济管理工作。

1920年，在安徽桐城出生。

1936年，为了革命理想奔赴延安，之后在抗日军政大学学习。

1947年，回哈尔滨，从事商业工作。

1949年，与邓伊玲结婚。

1954年，任秋林公司总经理。

1957年，任哈尔滨商业局局长。

1959年，因对"大跃进"提出反对意见，被污蔑为"反党分子"，撤销了商业局局长职务，调到牧场工作。

1968年，被人关进"牛棚"。

1970年，与妻子、小女儿一起去农村落户，接受"改造"，两年后返城，并恢复工作。

1984年，离休。

1987年，与妻子邓伊玲一起前往南斯拉夫探亲。

1997年，因病去世。

邓军

邓建桥和邓伊玲的大女儿,俄文名为伊娅。"伊娅"是姥姥在世时给外孙女留下的名字。

1950年,在哈尔滨出生。

1971年,参加工作,在哈尔滨市电车公司当售票员。

1978年,考上黑龙江大学俄语系。

1982年,黑龙江大学俄语系毕业,并留校任教。

1984年,考上北京外国语学院俄语系硕士研究生。

1987年,获硕士学位,回黑龙江大学执教。

1991年,开始在职攻读黑龙江大学博士研究生。

1996年,获文学博士学位,并任黑龙江大学俄语系副主任。

1997年,任黑龙江大学俄语系主任。

2001年,黑龙江大学俄语系改为俄语学院,邓军担任院长之职。

2003年,评为国家级教学名师。

2009年,获中国国务院总理温家宝和时任俄罗斯总理普京联合颁发的"普京奖"。

2011年,获"普希金奖章"。

2015年,因身体原因,辞去了黑龙江大学俄语学院院长职务。

2018年,带着家人前往塞尔维亚探亲。

邓晓桥

邓建桥和邓伊玲的儿子,俄文名为谢辽沙。

1952年,在哈尔滨出生。

1968年,参加生产建设兵团。

1972年，返城，在水产局车队当司机，后继续深造成为技术员、
　　　　工程师。之后从单位辞职，从事边境贸易工作。

邓晓玲

邓建桥和邓伊玲的小女儿，俄文名为薇拉。

1964年，在哈尔滨出生。三岁时父母进"牛棚"，由姐姐照顾。
　　　　五岁时跟随父母到农村。

1983年，到哈尔滨工业大学外语部任打字员。

1989年，考取哈尔滨工业大学硕士研究生，攻读俄语专业。

1992年，成为哈尔滨工业大学俄语教师。

2001年，晋升为副教授。

2004年，被学校派往俄罗斯普希金语言学院做访问学者。

2011年，英年早逝。